元ＯＬの異世界逆ハーライフ

登場人物紹介
ガルドゥーク
ロウアルトの古くからの知り合いで、
ギルドで出会った冒険者。
「脳筋」キャラに見えるが
繊細な一面も持つ。
二つ名は『轟雷《ごうらい》』。
ロウアルト
瀕死のところを
レイガに救われた冒険者で、
彼女に一生仕える誓いを立てる。
やや無口で俺様だが、
意外と面倒見がいい。
美形で、二つ名は『銀狼《ぎんろう》』。
レイガ
OL・加《か》納《のう》玲《れい》子《こ》の転生後の姿。
桁違いの魔力と美貌を持つが、
中身は三十二歳のままなので、
言動が少し残念。
前世では『未来が見える力』が
あることに、ずっと悩んでいた。

加納《かのう》康子《やすこ》
加納玲子(=レイガ)の祖母。
同じく『未来が見える力』を持つため、
レイガの良き理解者だった。
アルザーク
ギルドで受付をしている
中年男性。レイガのことを
いつも気にかけている。
ミューゼ
ミュラの母。
お店ではオーナー兼
ウエイトレスをしており、
夫が三人いる。
ミュラ
ガルドゥーク行きつけの
お店の看板娘。
よく働き、小動物系の
可愛らしさがある。

プロローグ

私・加納玲子《かのうれいこ》（三十二歳・独身・某中小企業事務員）は、諸事情にて生涯独身を貫《つらぬ》く覚悟を決めていた。

ゆえに、老後の生活設計もばっちりで、今住んでいるのも中古だが２ＬＤＫの自分名義のマンションだ。元々は郊外にある大きな家で、亡くなった祖母、両親、弟妹と一緒に生活していたんだけど、五年前に頭金に祖母の遺産をぶち込んでここを購入した。まだまだローンは残っているものの、定年退職前には払い終わる予定だ。それでも、最終的にはまだ見ぬ甥っ子姪っ子にお世話になることになるだろうから、そのときになって経済的な負担をかけないためにも、ちゃんと貯蓄もしている。あまり物欲の強いほうじゃないし、普段は自宅と職場の往復のみなので、ローンを払いつつでも貯金くらいはできていたからね。

休日はといえば、実家に帰って家族と過ごしたり、安くて（ここ重要！）おいしいものを食べに出かけたりして、後は趣味にちょこっとお金を使えれば、おおむね満足。寂しい生き方だと言いたければ言ってよ。でも、ほんとにこれで不満とかはなかったんだから。

でも、そんな地味だけど、ほどほどに幸福な人生に別れを告げるため、私はここしばらくの間、せっせと身の回りの整理にいそしんでいる。

年末でもないのに大掃除をして、親弟妹に見られちゃまずい蔵書の類《たぐい》は、もったいないけど古本屋に売り払った。使っているパソコンも、最低限のデータのみを残してハードディスクの中身を消去。通帳や印鑑は、さりげなくわかりやすい場所に移動させ、生命保険や年金といった書類もその隣に置いておく。

ああ、やっぱりローンが焦《こ》げ付いて夜逃げしようとか、あまりにも侘《わび》しい日常に急に絶望して自殺を目論《もくろ》んでるとかじゃないのよ？

本当の理由は――


会社からのいつもの帰り道、ここを右に曲がってしばらく行けば、地下鉄の駅の入り口が見えてくる――はずだった。

うぉっ、危ない！

そこの人、避《よ》けろぉっ！

背後からそんな声がして、振り返ったら巨大な車体が目の前に迫っている。

同時に、キキーーーーィッ！　っていうブレーキの軋《きし》む音がした。

どんっ！　がんっ！　とにかくそんな感じの音と、ものすごい衝撃とともに自分の体が宙を舞う。

その直後に、今度は固いコンクリートに叩きつけられたのが感じられた。痛みはなかったけど、全身が妙に熱かったのは覚えている。

ああ、今日だったのか……

すぅっ……と遠くなる意識の片隅で、そんなことを思ったのを最後の記憶として、四月十日に私は死にました。

そして――

……これ、どんなご都合主義？　私の覚悟はなんだったの？　……死んだはずの私は、しっかりと生き返ってました。

第一章

目覚めるはずがないのに、目が覚める。なんだこのありえない状況は？

「えーと……？」

どうやら、私は寝っ転がっているようだ。周囲は暗くてよく見えないが、真っ暗ってほどでもない。肌に触れる空気はひんやりとして、少し湿っている感じだ。洞窟や地下室みたい、と言えばわかってもらえるだろうか。

「ええっと……」

とりあえず「えーと、えーと」ばかり言っていても仕方がないので、まずは手足を動かしてみた。そういえば、声にもなんだか違和感がある。聞こえてくる声はいつもの自分のものじゃないような気がする。が、そもそも体がある――目が見え、声が出て、耳が聞こえること自体が異常なんだが、おそらくじっとしてても答えは出ない。まずはなんでもいいから行動しようと、用心しつつ、ゆっくりと体を起こしてみる。

「なに、ここ……」

ぐるっと見回してみたけど周りは一面の木の壁で、どこにも窓や出口っぽいものはない。木の壁に囲まれたむき出しの地面に横たわっていたことがわかり、どうりで寝心地が悪いはずだと思った。

ただ、それなのに真っ暗じゃないのは、壁自体が柔らかな光を放っているせいだ。

なんだろ、これ。発光する苔《こけ》でも生えてるのかな？　っていうか、なにを悠長に周りを見回しているのか。だって、私は死んだ……よね？


自分が死んだことは、はっきり認識している。私を撥《は》ねたのは、ちらっと見えた限りでもかなり大型のトラックだった。それに衝突されたうえに、もう一回すごい衝撃があったのは、ふっとばされて側にあったビルの壁にでも激突したんだろう。よほど運が良くても瀕死の重体だろうし、私にはあいにくとその運はなかったようだ。

それになにより……あれは三月の中旬くらいだったかな。『見え』ちゃったんだよね。自分は近いうちに死ぬ、って。

厨二《ちゅうに》的な言い方になるのが少々恥ずかしいが、私は、未来の出来事がわかるタイプの人間だった。『わかる』というか『見える』というか、その感覚を説明するのは難しいんだけど。とにかくその『見える』内容は多岐《たき》にわたっている。とはいえ、晩御飯のメニューや、お父さんの出張のお土産がなにかとかのささやかなことが多かったし、小さな頃は、私って勘がいいんだなーとかのん気に思ってた。けど、ある出来事が起こったとき、私のそれはただの勘じゃないってことに気づいてしまったのだ。

でも、いくらそういう自覚があったからって、自分が死ぬなんて素直には信じられなかった。見えたのは、一瞬の映像だったけど、不思議と隅々まで記憶に残っている。

白い花に包まれた祭壇《さいだん》に、私の写真が飾られていた。両親はその傍《かたわ》らで悲痛な表情をしていて、妹は棺《ひつぎ》に取りすがってガン泣き状態。弟は少し離れたところで、真っ赤な目をして歯を食いしばっていて……遺影は、お正月に撮《と》った写真だった。年末に久しぶりに当てたパーマがまだきれいにカールしてる。お正月に毎年必ず家族写真を撮るから、これが今年中の出来事なんだとわかってしまった。来年以降だったら、新しいお正月の写真を使うはずだしね。

うそでしょ？　まちがいでしょ？

それを見たときには、激しく動揺して大泣きしてしまった。自分のお葬式を見て泣くなんて、かなりレアな経験だ。ヒステリーっぽいのも起こしたけど、誰に相談できることでもなかったし、なんていうか、諦めともちょっと違って、どういう心の動きか自分でもよくわからないんだけど……時間が経つと納得したんだ、『自分が死ぬ』ってことを。

だから、それ以来こっそり身の回りの整理を始めた。あの映像だと、いつどうやって死ぬかはわからなかったから、外出するときはもちろん、マンションにいるときでも常にできる限り身ぎれいにして――

だってもし急に倒れて病院に運ばれたとき、変なスウェット着てたり、古い下着つけててお医者さんや看護師さんに見られたら恥ずかしいじゃない？

そんな心配をしていたことはさておき、『見えた』とおりに私は死んだ。死んですぐは、真っ暗なところで魂だけになって漂《ただよ》ってた――ような覚えがある。

そこにいたのがどれくらいの時間だったのかはわからない。一瞬だった気もするし、もっとずっと長い時間だったのかもしれない。そこでふわふわと漂っているうちに、遠くに白い光があることに気がついた。ついでに、私の周りのいくつかの『気配』にも。

　これって、私みたいに死んだ人の魂なのかな？

　そう思ったけど、確認しようにもどうやればいいかわからないし、頭がぼーっとしてて、まともに考えられない。だから、ただそこで漂いながら——それでも、なんとなく私も彼らも『白い光』を目指すんだと感じられた。あそこがあの世なのか、来世ってやつなのか、それとも全然違うものなのかはわかんない。だけど、とにかく光のほうへ行くんだ、行かなきゃならない。

　そう思って、行こうとしたとき、私はもう一つ、光があることに気がついた。

　同じくらい遠くに光ってて、けどちょっとだけ色が違う。最初に見つけた光は怖いくらい真っ白だったけど、こっちは少しだけ白の中に温かみがある。その色に私は惹《ひ》かれた。

　大好きだったおばあちゃんが亡くなる少し前に、「お守りよ」ってくれた指輪に、似た色だったからかもしれない。学生時代は宝箱に入れて大事にしていて、勤め始めてからは、チェーンを通してペンダントにしたものを毎日つけるほど大切にしていた。

　思い浮かぶのは、金色の台に乳白色の丸い石がはめ込まれていて、光の加減できらきらとさまざまな色を映し出す指輪の様子。

　ああ、似てる。きれいだな——って思った途端、いつも、そのペンダントをつけていたあたりが光ったような気がした。

　それはちょうど胸の中央あたりで——あれ？　体、あったっけ？　って、突っ込む間もなく、そこに引き寄せられる。

あんなに遠くに思えたのに、温かみのある光のほうに行くのは一瞬だった。遊園地のジェットコースターみたいな加速と落下の感覚だ。星がちりばめられた宇宙空間のようなところをものすごいスピードで通り過ぎ、目の前に大きな大陸が見えたかと思う間もなく、緑が一面に広がって——で、今に至る。


もしかして、最初の白い光のほうに行っていれば普通に生まれ変わったのに、ちょっとうっかり別の光のとこに来ちゃって、その結果が、今の状況ってことでいいのかな？

ライトノベル——いわゆるラノベのお約束である神様的な人物には会わなかったが、トラックに轢《ひ》かれて別の世界で復活するっていうのはよくあるネタだ。

まさか自分にそれが起こるとは思わなかったけど、死んだはずの私に体があるってことは、やはりこれは『転生』しちゃったと考えていいんだろうなぁ。

そう思う根拠がラノベというのは、はなはだ心もとない話だけど、とりあえずこうなってしまったからには腹をくくって、まずは現状を把握しないと——そう思って、改めて確認する。ここは木でできた円形ドームの内側って感じだ。薄暗さに目が慣れてきたのか、先程よりもよく見える。壁は上に行くにしたがって狭くなっていて、体を起こした私の真上あたりでくっついてた。

意外に狭い……長居してて酸素が続くんだろうか、ここ。

ちょっと不安になってさらによく周囲を調べると、隅っこになにやら置いてあるのが見えた。

これはマントだろうか。いや、袖があるから魔法使いが着るようなローブかも。その横には、杖が一本とバッグみたいなのが一つあった。

うわ、ローブと杖って、もしかして異世界ファンタジー、キター!?

思わずゲーム好きの血が騒《さわ》ぐ。

とりあえずそれらを手に取ってみると、杖は、不思議なことに、昔から使っていたみたいに手になじんだ。ローブも、適当に羽織《はお》ったけど、袖に手を通した途端にジャストフィット感に包まれる。

ここは薄暗くてはっきりとはわからないが、ローブの色は緑っぽい感じだ。袖は普通の上着とかよりちょっとゆったりめで、親指のつけ根くらいまで隠れちゃう。丈は踝《くるぶし》近くまでを覆《おお》う長さで、フードつき。喉元に留め具がついているから、袖つきマントみたいな感じで着られそうだ。

杖は、長さが地面から顎《あご》くらいまでで、石突《いしづき》は細くて、上に行くにつれて少しずつ太くなっていく。握りの部分だけ少しへこんでて、全体にわずかにでこぼこが感じられて、木の質感というか、温かみがそこから伝わってくる気がする。

そして、最後にバッグ。ウエストポーチを少し大きくしたみたいな形をしてる。中身は空っぽだった。

ローブや杖もそうだが、このポーチも、誰のなのかもわからない物を勝手に拝借していくことに後ろめたい気はするが、なにしろ状況が状況だ。この先、なにがあるのかわからないのだから、できるだけの準備はしておきたい。そう思い身につけた。

装備(?)を整えて、もう一度落ち着いて今の状況を考える——暇もなかったよ。

ひとどおりの作業が終わったのを見計らったように壁の一部が、そこだけ一瞬強い光を放った。次いで、まるで某有名アニメの中に出てくる動物バスみたいに変形して、今まで影も形もなかった外への出口ができたのだ。『みよ〜〜ん』ていう効果音が聞こえてこないのが不思議なくらいだ。

「……」

ごめんなさい、突っ込む気力がありません。

だけど、いつまでもここにいても仕方がないし、そもそもこの出口、いつまで開いてるかも不明だ。ぐずぐずしてて、またここに閉じ込められることになっても困るので、私はおっかなびっくり、まずはそっと首だけ出してみる。外の様子をうかがってみたけど……薄暗いところにいたせいで、外の光に目がくらんでよく見えない。それでも危険な気配はないようだったので、目を眇《すが》めつつ、ゆっくりと一歩、私は外の世界へと踏み出した。

「うわぁ……」

再度、絶句する。

そこは、森の中の小さな空地《あきち》だった。数歩進んで振り返れば、空地の中心に、幹が太い大樹がそびえたっている。見上げてもてっぺんが見えないほどの高さだ。

見れば見るほど立派な大木。そしてその周囲だけがぽっかりと空地になっている様子は、まるで他の木がこの木に遠慮しているようにも感じられる。

もしかして、私はこの木の中から出てきたってこと？

そう思って目をやると、ちょうど出口が再度『みよ〜〜ん』的な音を脳内補完したくなるような動きで閉じていく。

「あ、ちょ、ちょっと……」

思わず手を伸ばすけど、そんなことでどうにかなるもんじゃない。無情にも出口は、そのままきれいさっぱり消え失せて、あとはごくごく普通の木の表面があるだけだった。

さて、これからどうしよう？

……このまま突っ立っていても仕方がないので、大樹の幹に体をあずけるようにして腰を下ろす。

そして、改めて、今自分が置かれている状況を分析してみる。

まずは基本的な疑問から。

Q：私は死んだはずなのに、なんで生きてるの？

A：わからない。

Q：ここはどこ？　どうしてあんなところで寝ていたの？

A：わからない。

Q：なんか、私の体が前とは違ってるけど？

A：さぁ……別世界だからじゃ？

いや、それ答えになってないでしょう？　つか、疑問形で返すなよ！　とセルフ突っ込みするのも悲しい。つまり、今の時点ではなーんもわからない、ってことだ。ただ、それだけじゃアレなんで、わかったことを少しだけ。

まずは『私』について。

どうやら今の体は、元の私より若いようだ。だって肌が全然、違う。三十過ぎると、しわやたるみとかはまだにしても、二十代の頃よりも肌の張りってものが落ちてくる。けど、手とか腕を見てもぴっちぴちのつやっつや！　そのうえ、ボン・キュッ・ボンッていうかなりなグラマーさんというおまけつき。

髪は黒でロングのストレート。これは、元の私と同じだ。でも、目の色や、顔立ちはさすがに自分じゃわからない。鏡なんて持ってないし、近くに人家とかもありそうにない。池とか川とか見つけたら、そこで水鏡に映して多少はわかるかもしれない。なんにせよ、これは元の私の体とは別モノみたいだ。いくら若いときだって、ここまでグラマラスじゃなかったしね。

次に『力』について。

ゲームの表現を使うなら『索敵《サーチ》』って感じかな。今の私は、周りの様子がなんとなくだけどわかる。たとえば、そこの木の陰に小さな動物が隠れているとか、少し離れたところから水の気配がするとか、その近くに、もっと大きな生き物がいるとか。ついでに、悪意や敵意もわかる気がする。

小動物は、用心しつつこっちをうかがってるけど、攻撃してくるつもりはない。ただ、水の気配がするほうにいる生き物は強い敵意を持っていて――ああ、でもこっちには来ないな。

そっちに意識を向けると、大きな生き物が私のいる場所とは反対の方向へ少しずつ移動しているのがわかってほっとする。

例の『見える力』は別にして、こんな不思議な能力を前の私が持ってるわけがないから、ここに来てから身についたものだろう。もしかしたら、今の体に備わっている能力なのかもしれないけど、それについて答えてくれる人はいない。ただ、いきなりこんなところにたった一人で放り出された私にとって、とても助かる力なのは確かだ。

そして、最後に——のどが渇いてるし、お腹がすいてることについて。

せっかくシリアスに考え込んでいたのに、お腹がぐぐぅ……と鳴りました。

あれこれ悩んだり考え込んだりしてるうちに、思いがけなく時間が経っていたようだ。慌てて空を見上げると、お日様がかなり傾《かたむ》いていることに気がついた。こっちでもお日様は動いてるんだなー、なんて考えてる場合じゃない。

付近に危険なものはいないらしいから、ここで夜明かしするっていう選択肢はありだろう。だけど、空腹は我慢するにしても、さすがに水くらい飲んでおかないとマズい。

手っ取り早いのは、さっき見つけた水の気配のところに行くことだ。渇きだけでも癒《いや》せれば、しばらくは持つはず。ただ、行くとしても、明るいうちにここに戻ってこないといけない。

そう考えて、さっそく木々の間に足を踏みいれる。

ああ、言ってなかったけど、私の体には長袖のシャツとズボン的な服と、その下には慣れ親しんだものとは若干形が違うけど下着もついていたんだよ。足には編み上げブーツで、そのうえから、今はローブを羽織《はお》ってるわけだね。

気配をたどって、下草を踏みしめ、木の枝をかき分けつつ歩いていると、やがて密集した木々が切れたところで、きれいな小川が流れているのを発見した。

そして、ついでに——小川のそばに倒れてる血だらけのお兄さんも見つけちゃいましたよ。

驚いて固まってたのは一瞬だったと思うんだけど、そのわずかな間に、頭はフル回転してた。

――人だ！

――なんでサーチで気配がわかんなかったんだろう？

――血がいっぱい出てるけど生きてるの？　それとも死んでるの？

――この人を襲ったのって誰だろう？　もしかしてまだ近くにいたりする？

こっちで目が覚めて、最初に出会った人ではあるが、第一村人発見、なんて気楽な状況じゃない。こんなわけのわかんないとこに私は一人でいる。まずは自分の身の安全を確保するのが先だ。

先、なんだけど……

「……う……」

はい、逃げる選択肢は消滅しました。だって、この人生きてるよ。まだ息があるのに、見捨てて逃げるってのは、お人好《よ》しな日本人には無理な芸当です。

私は覚悟を決め、深呼吸して、木の間から一歩、足を踏み出す。

足元で枯れ葉がカサリ、と小さな音を立てて、ビクッとする。今まで森の中を歩いてきて、さんざん音を立てたり、枝に顔を引っかかれたりしたときぶつぶつ文句を言ってたことを、今になって後悔した。あんなに騒《さわ》がしくしてたら、誰かに聞かれていたかもしれない。もちろん、周りの様子にはサーチで気を配ってたけど、こうして、それに引っかからなかった人がいるってわかったからには、用心に用心を重ねるに越したことはない。

頭の片隅でそんな反省をしつつ、そっとその人に近づいていく。

「あの……大丈夫ですか？」

言葉が通じるかどうか不明だが、とりあえず声をかける。たとえ意味がわからなくても、声の調子とかでこっちに悪意がないのが伝わるだろう、という計算もあった。

かけた言葉の内容が、間抜けになったのはしょうがない。大丈夫じゃないのは見ただけでわかるけど、だからって『死にかけてるみたいだけど、どうしたんですか？』って聞くのも変だ。

「えと……近づきますけど、貴方《あなた》を傷つける意図はないです」

重ねてそう言うと、ぴくり、と小さく体が動く。こっちの声は聞こえてるみたいだ。ということは、意識はあるのか。警戒させないようにゆっくりとさらに側による。

近づいたことで、彼の様子がよくわかるようになった。

小川の向こうから来たのだろうか、ずぶ濡れで、足の先がまだ水の中に浸《つ》かっている。

銀髪で細身の体――うつぶせに倒れているから、顔はわからないけど、まだ若いようだ。ファンタジー系のゲームでよくある、革の胸当てみたいなのを着けてる。ただ、その背中が大きく切り裂かれていて、そこから血がどくどくと流れていた。

この傷、武器でつけられたんじゃない気がする。左の肩口から右のわき腹にかけて、三本の傷痕がある。しかも、きれいな等間隔で。

どっかの海賊剣士じゃあるまいし、三刀流なんてありえないでしょ。そうすると、これは大型の獣……例えば熊、とかそういうのにやられたっぽい？

そこで思い出したのが、ここに向かう前に見つけた『敵意』を持った大きい生き物の存在だ。

もしかして、あれに襲われたんだろうか？

それはさておき、酷《ひど》い傷なのはちょっと見ただけでわかる。これが日本ならすぐさま携帯で救急車を呼ぶんだけど、ここにはそんなものはないから、私がなんとかしなきゃならない。でも、どうやったらいいんだろう。相手は一刻を争う重傷なのに、私はお医者さんでも看護師さんでもなんでもない、ただの事務系ＯＬなのだ。途方に暮れつつ、それでもとりあえず防具だけでも脱がして、傷の詳細を見ないと、と思い、彼の傍《かたわ》らに膝をつき、できるだけそっと体に触れる。

「ぐぅ！」

ちょっと触っただけで、彼が苦痛の声を出す。

「ひぇっ！」

無理無理無理無理！　もしかして、傷が背骨までいってる？　だったら絶対動かせない！

触るに触れず、だからといって見捨てることもできず、おろおろするしかない自分に腹が立つ。

ああ、もう……小説やゲームならこんなとき、魔法で治せちゃうのにっ。ゲームではさんざん回復職《ヒーラー》メインでやってきた私なのに、なんで肝心なときにできないのよ！

状況がファンタジー的なものだったこともあり、腹立ちまぎれに妙なことを考える。その間にも傷には触れないが、せめて少しでも楽な姿勢にしてあげたくて、でもやっぱり触れなくて――と、傍《はた》から見たら妙な踊りをしてるみたいに、あちこちに手をやっていた。偶然にもその手が彼の傷口の上に、しばらく止まっていたら――

なんだろう？　手のひらが熱い。理力《りりょく》？　魔力？

なんなのかわからないけど、私の体の中――胸の中央あたりから湧き上がったものが、そこに集まりつつある。初めての感覚で戸惑《とまど》うが、それに集中してみた。今は集まってるだけだけど、きっかけがあればここから力が出せるんじゃないかな、そんな感じがする。

……きっかけってのは、やっぱり詠唱だよね？

なんだか、本格的にラノベのファンタジーものっぽくなってきた気がする。こういう場合、たいていチートがついていて、最初からすごい威力の魔法を使えたりすることが多い。でも、たまに失敗するパターンもあるし……この状態で、攻撃魔法とか出たらシャレにならない。助けようとしているのに、とどめをさしたら笑いごとじゃ済まないよ。

回復魔法《ヒール》だよ、傷が治って、痛くなくなるやつ、そーゆーの出すんだよ、自分っ。

「ヒ、ヒールぅぅ」

極度の緊張のおかげで、出た声は震えていて、情けないことこのうえなかったけど、それでも成功判定はもらえたらしい。

かざしていた右の手のひら全体がぽわっと淡く光り、それが彼の背中へと吸い込まれていく。

ぽわ……ぽわ……ぽわぁぁ。

その光はすぐに消えたりはしなかった。淡く光ったまま、私の中のなにかをどんどん吸い上げては彼に注いでいく。一瞬、立ちくらみのように頭がクラッとしたけど、構わずそのまま力を注ぎ続ける。そして、しばらくするとふわっとした、反発するような手ごたえとともに、力の流出が止まり、光も消えた。

治せた……のかな、これ。

急いで確認すると、装備の破損はそのままだったけど、その下に見えていた赤黒い肉や血だまりはなくなり、きれいな皮膚が見えるようになっていた。彼の呼吸も穏やかなものになっている。

「やれた？　……できた？」

思わずその場にへたり込む。

良かった、助けられた！　死なせずに済んだよ……

安堵《あんど》のあまり、ちょっと泣きそうになってしまう。

いくらなんでも刺激が多すぎでしょ。死んで、知らない世界で別人になって生き返って、そのうえ、行き倒れていた瀕死の怪我人治したんですよ。もうお腹いっぱいです。

これがゲームなら、ログアウトしてさっさと布団に潜《もぐ》り込むところなんだけど……残念ながら、まだまだ今日という日は終わっていなかった。

「おまえ……いや、貴方《あなた》が助けてくれたのか？」

よく通るテノールだ。茫然《ぼうぜん》とした響きが混じってるけどね。

その声に、反射的にそっちを見ると、彼がゆっくりと体を起こすところだった。

「あ、まだ動いちゃ……あの、痛みとかは？」

「全くない、傷もすべてふさがってる。貴方がやってくれたのだろうに」

「え、いや、そう言われればそうみたいなんですけど……」

確かに傷痕はなくなってたけど、今の今まで死にそうだった人が、そんなにすぐに動けるものなの？　普通に怪我が治るのと一緒に、体力まで全回復したとかってことなのか？

「まさか、こんな場所で療術師《りょうじゅつし》に出会えるとは思わなかった。おかげで死なずに済んだ」

へー、ヒールが使えるのは療術師っていうんだ、なるほど。

と、そこまで思ったところで、気がついた。彼の言葉がわかるし、彼も私の言っていることがわかる。ありがとう、転生チート！　と思う。一から言葉を覚えるとかしなくて済む。

さっきとは違う安堵をしていると、彼はなにを思ったのか、へたり込んだままだった私の前に立ってこちらを見下ろしてくる。

私からは見上げる形になるんだけど、そこで彼がきれいな目をしていることに気づいた。水色に近い薄い青で、銀髪によく合う。顔立ちは、精悍《せいかん》って言葉が似合うワイルド系イケメンだ……。

ナニコレ、私の好みのど真ん中です。

けど、いくらどストライクのイケメンでも、上からしげしげと見られてるとさすがに居心地が悪い。私も立ち上がろうとしたんだけど、その前に彼のほうがさらなる行動を起こした。

「あ、あの……？」

片膝をついて深く頭を下げる。時代劇の忍者か、中世の騎士みたいで、とにかくそんな感じのポーズをとったと思ったら、衝撃的なセリフを吐いた。

「俺の名はロウアルト。命を救われた恩義に報《むく》い、この先貴方に仕えることをここに誓う」

……へ？

「我が主《あるじ》よ、御名《みな》を聞かせていただけないだろうか？」

あ、主って？　でもって、私の名前？

「え？　あの……ちょっと待ってもらえます？　『主』ってどういうことでしょう？」

「今、理由は申し上げた。俺――私は狄族《てきぞく》だ」

びっくりして問い返したら、一言のみが戻って来る。

だけど、それで全部説明がつくみたいな顔されても困るんです。余計に謎が深まるだけじゃん。

「まず狄族、ってなんですか？」

「……主はご存じないのか？」

「す、すみません」

落胆《らくたん》したみたいな口調で言われて反射的に謝っちゃったけど、私が悪いのか、これは？

そしたら今度は、彼――ロウアルトさんのほうも慌てた表情になって、説明してくれる。

『狄族』とは、今いるところよりもずっと北に住む一族で、主に放牧をして暮らしている人たちなんだそうだ。

「主はご存じないようだが――狄族は、恩を受けたら必ずそれと同じものを返す。水を与えられたら、水を。羊を与えられたら、羊を。だが、それだけでは返せない恩もある――たとえば、飢えているときに干し肉を与えられたら、相手が食いきれないほどの歓待をする。凍える冬に一夜の宿を与えられたら、相手が求めれば何年でも宿を提供する。『恩』の大きさは与えるほうではなく、受けたほうがはかるべきものだというのが狄族の考えだ」

ふむふむ……つまり、とても恩義に厚い一族だってことだね。んで、場合によっては一生の誓いを立てられることもあり、その誓いは決して破られることはないと有名で……ってことは、まさかとは思うけど、死にかけてるのを助けたんで、そのフラグ立てちゃったってこと？

固まったまま、内心で大慌てしてる間にも、彼はさっきのポーズのままこっちを見つめてる。好みのイケメンに跪《ひざまず》かれてるなんてシチュエーションにちょっと萌えてしまうが、落ち着かないのも確かなので、さっさと立ち上がってほしいんだけど――なにかを待ってるみたいだ。

えーと……ああ、そうだ名前だ、名前。私の名前！

誓い云々《うんぬん》はともかく、あっちが名乗ってくれたのだから、こちらがいつまでも名無しの権兵衛《ごんべえ》じゃ失礼だ。

「私の名前は……」

いつものように『加納玲子です』と続けようとして、はたと思い止《とど》まる。死んで、生き返って、どうやら全くの別人になってるうえに、ここはかなりファンタジーな世界のようだ。そこにバリバリの日本人の名前を告げるのは、違和感がないだろうか。それによくあるパターンとして、うまくこっちの名前が発音できないこともあるかもしれない。――そう考えて思いつく。

「私はレイガと言います」

この名は最初にプレイしたオンラインゲームから、ずっと使ってるヒーラーのキャラクター名だ。さっき彼が言ったように、こちらの私が療術師《りょうじゅつし》ならば、今の状況から見て、その名前のほうがふさわしい気がする。本名をもじっていてなじみもあるから、呼ばれてもすぐ反応できるだろう。

「レイガ……様」

様づけ！　でも、きちんと発音できてるようだし、これからはこれでいこう。

「これより、お……私の忠誠は貴方《あなた》に捧げる……ます。どのようなことであれ、ご命令ください」

そしてロウアルトさんはといえば、敬語を使おうとしてるけど、無理してるんだなってのがよくわかる。彼の年は、二十歳を少し過ぎたくらいだろうか。こっちに来て体は若返った私だが、中身は三十路《みそじ》過ぎなもんで、こういうのってすごく可愛く思えちゃう。

「えとですね、貴方の傷を治したことなんですけど、気にしないでください。恩を売るつもりでやったことじゃないし、そもそも、大したことはしてませんから」

怪我してる人を見つけたら、助けたいって思うのは当たり前のことだ。それに、運良くヒールが出ただけで、もしもそれが使えなかったら死なせちゃってた可能性もある。たまたま幸運に恵まれたことなんだから、それを理由に主《あるじ》とか言われても困ってしまう。

「……大したことはしていない？　あのレベルの療術で……？」

驚愕《きょうがく》の表情で言われたけど、とにかく家来とかほしくないんだよ。姫プレイは苦手だし。

あ、『姫プレイ』っていうのは、オンラインゲームなんかで女性キャラが、男性キャラに守ってもらうプレイスタイルのことね。ちやほやされて、いろんなものをもらえたりすることもあるみたいなんだけど、あいにくと私はそういうのが嫌なタイプだ――まぁ、そういう環境になったこともないんだけど。

「そういうわけで、本当に気にしないでください。あと、私のことはレイでいいです。様づけもいりませんし、口調も普通でお願いします。それから……えっと、ロウアルトさん、でしたよね。フルネームだと長い気がするので、貴方《あなた》のことはロウさんって呼びたいんですけど、いいですか？」

「え？　いや、しかしそれでは……」

「ダメですか？　じゃ、普通にロウアルトさんと……？」

あれ？　これもダメ？　じゃ、どうすれば……と何度かやり取りをした結果――

「……わかった――わかりました。貴方のことはレイ、と呼ばせていただきます」

勝った！

やがて根負けしたのか、ため息とともに言われて、ガッツポーズが出そうになる。

「ありがとう、ロウさんっ」

「だが！　貴方を呼び捨てにするのだから、お……私のこともロウ、と呼んでいただきたい」

私としては『さん』づけのほうが言いやすいんだけど、あっちが譲歩したんだからこっちも譲《ゆず》るべきだよね。……って、なにをやってるんだろう、呼び方で時間を取るくらいなら、もっと有意義な使い方ができただろうに。

ただ、このとき私はもちろん、彼、ロウも実のところ平常運転な精神状態じゃなかったんだと思う。人気《ひとけ》のない森の中で重傷を負い、死にかけていたところを、いきなり現れた見ず知らずの私に助けられたのだから。後から思えば、ほかのこと――『誓い』や『主《あるじ》』のこと――を話し合うべきだったんだけど……そのときは、これがその後の私たちの関係に影を落とすことになるなんて思わなかったんだ。

そして、話が一段落した途端、ぐぅぅぅ、きゅるる……と、胃のあたりで音がする。

ちょ、空気を読め、私のお腹ぁ（涙）。

「レイ……は、腹が減っているのか……ですか？」

「敬語じゃなくていいですってば。で、その……まぁ、ちょっと、空腹……かな」

取り紛《まぎ》れて忘れていた空きっ腹に気がつくと、連動してのどが渇いてるのも思い出した。

「ここの水、飲めるよね？」

「ああ、大丈夫だ。飲めま……飲める」

また使い慣れないのが丸わかりの敬語口調になりかけたので、軽く睨《にら》んでみる。そしたら、不承《ふしょう》不承《ぶしょう》な様子ながらも、通常と思われる話し方にしてくれた。

いろいろ良かった、とほっとしたところで、もう我慢の限界にきていたのどの渇きを癒《いや》すべく、小川の近くにしゃがみこみ、両手で水をすくって口に運ぶ。

うわ、なにこれ、おいしい！

一口飲んでびっくりする。どこぞの天然水も顔負けのおいしさだ。思わず、何度も水をすくっては、ぐびぐびって感じで飲みまくる。気がつくと、ロウも私よりちょっと下流で水を飲んでいた。

その後で、どこから取り出したのか手ぬぐいみたいな布を流れに浸《ひた》し、顔や手をぬぐっている。さらに破れて血まみれになった防具や上着も脱いで、上半身裸になってそっちも――

眼福……じゃなくて、目の毒です！

だけど、体に血がこびりついててそのままじゃ気持ち悪いんだろうから止めるわけにもいかない。

ちらちらと横目でその様子をうかがっていると、布はあっという間に真っ赤に染まって、何度も水で洗っては体をふき直していた。

あんなに血が出てたんだ。ほんとに酷《ひど》い怪我だったんだな。貧血とか大丈夫なんだろうか。でも、顔色はそれほど悪くないみたいだから、もしかしてヒールって貧血まで治しちゃうのかしら？

そんなことを思ってると、ロウのほうもどうやら人心地ついたらしく、ほぅ……とため息をつく。

次いで、きれいに洗った布を、腰につけたポーチに入れる。

ああ、あそこから出したのか。そして、同じところから新しい上着を取り出そうと……って、ちょっと待ったぁっ！

彼がそこから上着と一緒に取り出したのは、長さが三十センチくらいの細長い筒《つつ》だった。先のほうに栓がついてるから、水筒《すいとう》みたいなものだろう。だが、それはどう見てもそのポーチに入る大きさではない。だってそのポーチ、ロウの手のひらよりちょっと大きいくらいなのに。茫然《ぼうぜん》とする私をしり目に、ロウはその水筒に川の水を汲《く》んでいる。

「レイは、水の補給はいいのか？」

「補給と言われても……それ、なに？」

「水筒《みずつつ》だが？」

こちらではそう呼ぶのか。それに普通の話し方になったのは良かったが、今度はどうも口数が減って来ている。どうやら、基本的に無口なタイプみたいだ。

「いや、そうじゃなくて、そっちのポーチ」

「ポーチ？　……この魔倉《まそう》のことか？」

「魔倉、っていうの？　で、どういう仕掛けなの？」

「どういう、と言われても。……あんたも持っているだろう？」

そういうロウの視線は、ローブの隙間《すきま》から見えてる、私のウエストバッグに向けられている。大きさは、彼のものより一回りほど大きい感じ――Ａ４サイズくらい――なんだけど、これって、同じものなのだろうか。

「えっ、そうなの？」

「まさか、魔倉も知らないというのじゃないだろうな？」

「……すみません、知りません」

心底呆《あき》れたような顔をするけど、まだこっちに来てから半日も経ってないんです。ゲームで言えばチュートリアルすら終わってない状態なんだから、知らなくても仕方がないじゃない。

そんな私の内心の声が聞こえたわけでもないだろうが、やれやれといった様子ながらも、説明してくれた。

「魔倉は、誰もが持っているわけではないが、それなりに知られている品物だ」

「……やっぱり収納《インベントリ》的なものなの？」

「いんべんとり？　……あんたの言っていることはわからんが、見た目よりも物が入る、という意味ならそのとおりだ」

いつの間にやら、私のことも『貴方《あなた》』から『あんた』になってるが、とりあえず今はスルーする。

下手に突っ込んで、また元の木阿弥《もくあみ》になったらたまらない。それに、まだ知り合って間もないんだけど、無口なうえに俺様なキャラってロウにはとっても似合ってる気がする。そして、さすがは魔法のあるファンタジー世界だ。あっちだとゲームの中にしか存在しなかったものが、普通にある。

「どうやって使うの？」

「入れるときは基本的には魔力を通しながら、入れたい物を近づければいい。容量は品質次第で、あんたのがどれくらいのものかは知らんが、俺のはあいにく荷車一つ分程度しか入らん」

荷車、というと軽トラ一台分くらいだろうか。ロウはあいにくというが、お財布と携帯くらいしか入りそうにない小さなポーチに、数百キロもの荷物が入るなんてすごいと思う。

「でも、このバッグって、中を見ても空っぽで、なにも入ってなかったんだけど……」

最初に見つけたとき、なにかこの事態の手がかりになるようなものが入っていないかと、当然チェックはしている。だが、革でできた長方形のバッグってだけで、手を突っ込んだら底にも普通に届いた。

「それは魔力を注がなかったからだろう。あの俺の傷を跡形もなく癒《いや》せたあんたなら、それほど強く意識しなくてもいいはずだ。出すときは魔倉に手を近づけて取り出したい物をイメージすればいい」

「そんなんでいいんだ？」

「魔力があまりない奴はもう少し大変だがな」

魔力が低い人は、それなりに集中しないと出し入れが可能にならないらしい。

「とにかくやってみろ。目的の物を頭に思い描くのを忘れるな。なにが入っているのかわからないなら中身を知りたい、と念じれば魔倉が教えてくれるはずだ」

ふむふむ、なるほど……と思いながら、言われるままに、バッグ——魔倉に右手を突っ込みながら『なにが入ってるの？』って心の中で聞いてみる。

「……うわっ？」

いきなり、頭の中にどえらい数の品物の名前が、怒濤《どとう》のようになだれ込んできて、私は驚きのあまり声をあげてしまった。反射的に突っ込んでいた手も引っ込め、まじまじと魔倉を見つめてしまう。

「どうした？」

「い、いっぱいすぎて驚いた……」

ロウが言ってた荷車一台分なんて、とっくに容量オーバーしてるよ、これ。

「ならば、それはよほど高品質なのだろうな。魔倉を作れる職人は少ないし、高品質を作り出せる者はさらに少ないと聞く。かなり高価なもののはずだが……」

「へー、そうなんだ」

「そうなんだって……あんたな……」

そんな顔をされても、今、初めて知ったんだよ。そんな高級品だったなんて。再度、勝手に持って来てしまったことに後ろめたさを感じるが、あそこに置いたままにしておいても朽《く》ちていくだけだろうから、せめて私が大切に使わせてもらおうと思う。

そんなことを考えながら、その後、しばし無言でお互いを見つめていたのだけど、やがてロウがなにかを諦めたようなため息をついた。

「……水も汲《く》めたし、腹ごしらえするにしても、ここから少し移動したほうがいい。どこか、安全な場所を知らないか？」

「安全かどうかはわかんないけど、この先に広場があったから、そこならここより見通しもいいんじゃないかな」

今ここで深く突っ込んでも仕方がない、との暗黙の了解で二人とも次の行動に移る。私の案内で森の中を進んでいく。ほぼ一直線に来たのと、途中で木の枝を折って目印にしてたこともあって、すぐにさっきの広場へと到着した。

広場は出てきたときと同じく平穏そのもので、ロウのお眼鏡にも適《かな》ったようだ。

「神樹《しんじゅ》の子っ！　確かにここならば、安全そうだ」

私が出てきた大木を見てロウが驚いている。なんでも、この森の中にごくたまに生えている木で、これがあると不思議と危険な生き物が寄ってこないと言われているそうだ。

「ねぐらはこれで確保できたな。で、メシだが……すまん、あまりいいものは持っていない」

いいえ、この状態なんですから、食べられさえすればなんでもいいです。

日はかなり傾《かたむ》いていて、もうすぐ日没という時間だったが、ロウの指示に従い、夜になっても火は焚《た》かないことにした。燃料になる枯れ枝なんかを拾い集める暇はなかったし、なにより、ロウ曰《いわ》く『神樹の子があるところでは、できるだけそういう自然ではない行動は慎《つつし》んだほうがいい』らしい。

ロウが提供してくれたのは、干し肉と丸いパンみたいなものだった。食料は私の魔倉にも入ってるようだったけど、ちゃんと確認するまでは俺の持っている物を使えって言われてしまう。

肉の味は普通、というか香辛料を抜いたビーフジャーキーみたいな味だった。パンは意外にも甘い。砂糖を使った甘さじゃないんだけど、噛みしめてる間に甘味を強く感じるようになる。

たまにロウから水筒を回してもらい、もぐもぐ、ごっくんと、しばらく黙って食べ続ける。それほど量があるわけじゃなかったけど、よく噛んだことで満腹中枢が刺激されたのか、食べ終わる頃にはお腹いっぱいになっていた。

「ごちそうさまでした。ありがとう、ロウ」

「あんたは俺の命の恩人で、俺の主《あるじ》だ。俺の物は、あんたの物――当然のことに礼は必要ない」

「だから、そういうつもりで助けたんじゃないって言ってるのに……」

言葉遣いは普通になったけど、まだ態度が硬い。だけど、そのうち自然になってほしいもんだ。

私は根っからの小市民だから、相手が緊張してるとこっちも緊張しちゃうんだよ。ロウとは少なくともこの森を脱出し、人里に辿《たど》り着くまでは行動をともにする話をしてあるから、そんなんじゃお互い疲れちゃう。

そうこうするうちに、とうとう太陽は沈んで、代わりにまん丸な月が空に昇っていた。

ここにもお月様があるんだなと、ぼんやり思う。火を焚けないから冷えるかと心配してたんだけど、日本の五月くらいの陽気だった昼間に比べても、気温はそれほど下がらなかった。ついでに言えば、このローブがかなり保温性が高いらしく、寒い思いはしなくて済みそうだ。

ロウと並んで、大樹に背中をあずけて座る。ここに来たときと同じ行動なんだけど、隣に誰かいると思うだけですごく安心できた。

「周囲には俺が気を配る。あんたは寝てくれ」

「大怪我してたのにそれはないでしょ。それにちょっと……っていうか、たくさん聞きたいことがあるんだけど……」

「あんたが癒《いや》してくれたおかげで、体はなんともない――そちらのほうが、疲れているのが顔に出ているぞ。話は明日にして、とにかく今は休んだほうがいい」

まぁ、確かにこんな時間――おそらくはまだ午後七時とか八時くらいだろうと思うんだけど――にしては、かなりくたくたになっていた。体力的にもだけど、精神的な疲労が大きい。

ロウの言うように、こんな状態じゃしっかりした話し合いは無理かもしれない。疑問がてんこ盛りで眠れるかはわからないけど、目をつぶって体を休めるだけでもだいぶ違うのは間違いないだろう。それでも、ロウだけに『見張り』を押しつけるのは躊躇《ためら》われる。そんなことをぐるぐる考えていた私を、ロウはしばらく無言で見た後、いきなり私の肩に手を回すようにして、自分に引き寄せた。

「ひゃっ？」

密着とまではいかないけど、ロウの肩に頭を持たせかける格好になる。その距離の近さに慌てる私に、ロウが一言だけ放つ。

「寝ろ」

「え、あの……」

「今は寝て、また明日、好きなだけ考えろ」

ロウってば、出会ってからわずか半日だっていうのに、初対面の印象に比べてずいぶんと偉そう——というか強引になってきた気がする。これが素《す》なんだろうけど、ぶっきらぼうな言葉遣いだし、態度も荒っぽい。

「いいから寝ろ」

同じ言葉を繰り返し、それっきり黙り込む。けど、黙っていても私のことを心配してくれてるんだってことが伝わってきて、なんだか、ドキドキしてしまった。

今が夜で、顔を見られないのは大変にありがたかった。おそらく顔は真っ赤、頭は混乱状態なのにがっちり肩をホールドされてるから逃げ出すこともできない。布越しにロウの手の、力強さが感じられ、ついでに先程見た逞《たくま》しい体つきまで……

ダメだ、それ以上思い出すなっ！

もう、ギュッと目をつぶり、無心無心と心の中で唱えるのが精いっぱいだ。

……そんな状態だってのに、私は、いつの間にかそのまま眠っちゃったようなんですよ。

そして、その夜、夢を見た。

女の子が泣いてる声が聞こえる。

あれは私だ。小学二年生の私。黒いワンピースを着て、涙と鼻水で顔をぐしゃぐしゃにしながら泣いている。この日は、おばあちゃんのお葬式だったからだ。

おばあちゃんは、早くに旦那様をなくし、一人娘だったお母さんを女手一つで育て上げた。お父さんは入り婿《むこ》で、おばあちゃんは新婚の娘夫婦に広い母屋《おもや》を譲《ゆず》り、自分は隣にあったお茶室を改装した離れで生活することにしたんだって。

私は長女で、次の年に弟の徹《とおる》が生まれたこともあり、二人の育児で大変なお母さんの負担を減らすべく、主におばあちゃんに世話をされて育つことになる。

おばあちゃんは優しくて、物知りで、急にお母さんと離された私をとても可愛がってくれた。一緒に絵本を読んだり、昔話やお母さんが子供の頃の話を聞かせてくれたり、裏の小さな畑で一緒にお野菜を作ったり――おかげで、私はおばあちゃんのことが大好きになりすぎて、おばあちゃんべったりっ子になってしまっていた。

それを心配した両親は、私が四歳になったとき、さらに下に妹・加奈子《かなこ》が生まれたこともあって、幼稚園に入れることを決める。当時の私は、半日とはいえおばあちゃんから離れるのが嫌で、えらく抵抗したらしい。が、所詮は幼児だ。最初は泣いたりわめいたりしていても、一月《ひとつき》もすると素直に行くようになったし、園でのお友達もそれなりにでき、両親もおばあちゃんも安心した。家に帰ったら、おばあちゃんべったりは変わらなかったけど。

だから私はなんでもおばあちゃんに話した。

幼稚園の出来事、お友達のこと、弟が生意気になってきて腹が立つこと、妹が可愛すぎて、離れ難《がた》くて、幼稚園に連れて行くって言ったらお母さんからダメって言われたこと……

今日の晩御飯はおばあちゃんの好きな太刀魚《たちうお》の塩焼きだよ。

お父さん、明日出張から帰ってくるけど、お土産はバームクーヘンなんだよ。

そんなこともいっぱい話した。

ただ……ユリ組の沙耶《さや》ちゃんは、明日怪我するからしばらく幼稚園に来れなくなるんだよ。

そんな報告をした日、おばあちゃんは珍しく怖い顔をした。

「そういうことは人に言ってはダメよ。もし次、同じようなことがあっても、おばあちゃん以外の人には絶対に言わないって約束してちょうだい」

そう言うと、私の頭を撫《な》でて小さなため息をついてから、呟《つぶや》くように続ける。

「玲ちゃんに伝わっちゃってたんだねぇ。つらい目にあわせるね、ごめんね」

なんでおばあちゃんが謝るのか私にはわからなかった。でも、滅多にないおばあちゃんの真剣な口調と、その後の悲しそうな顔が酷《ひど》く印象に残り、それ以来、私はおばあちゃんの言いつけを必ず守っていた。

そして、おばあちゃんの呟き——ごめんね、の意味がわかったのは小学二年生に上がったばかりの頃だ。

二時間目の国語の授業中、指名されたクラスメートが教科書を読んでいて、それに合わせて文字を目で追っていたら、いきなりそれがやって来る。

——おばあちゃんが死ぬ。

体が凍りつくかと思った。あまりの衝撃に、頭の中が真っ白になり、しばらくそのまま固まって、その後私は盛大に泣き出してしまう。

先生も友達も驚いて、なんで泣くのか聞いてきたけど、理由を話したりはできない。おばあちゃんと約束してたし、なによりそんなことを言葉にしたら、今すぐそれが本当になりそうで怖かった。泣き続けているうちに保健室に連れて行かれ、家にも連絡が入ったらしく、お母さんが迎えに来てくれる。

お母さんの顔を見ても泣き止まず、帰りの車の中でも泣きっぱなし。なにを聞いても、首を振るだけで答えない。お母さんも困っただろう。そして、私になにか困ったことがあったときは自動的におばあちゃんの出番になるのが、うちの暗黙のルールだった。

家に帰り着くと、私とお母さんは、母屋《おもや》ではなくおばあちゃんのいる離れに直行する。

顔を見るなり、私はおばあちゃんにしがみついた。死んでも離すもんか、な勢いで……その私の様子におばあちゃんは顔をしかめ、しばらく考えていたようだったが、お母さんに母屋に戻って二人きりにしてくれるように言った。

そして、二人きりになると、おばあちゃんはしゃがんで私と同じ高さになり、しっかりと目を合わせて聞いてきた。

「また、なにか『見えた』のね。なにが『見えた』の？」

でも、聞かれても答えられない。絶対に言えない、って思った。激しい勢いで首を振り、唇をギュッと引き結び、ぽろぽろと涙をこぼしている私に、おばあちゃんは優しい声で言う。

「おばあちゃんのことが『見え』ちゃったのかな？」

ぎょっとして涙が止まる。真っ青になった私を、おばあちゃんはギュッと抱きしめてくれた。

「いいのよ、玲ちゃんはなにも悪くないの。おばあちゃん、ちゃんと知ってるから。玲ちゃんと一緒にいられるのはあとちょっとだけど、おばあちゃんはずっとずっと玲ちゃんのことが大好きよ」

抱きしめられて、笑顔でやさしく語りかけてもらって、私はもう一度大きな声で泣き出した。そのときの気持ちを思い出すと、今でも涙が出そうになる。悔しくて、悲しくて、どうしようもなく自分が無力に思えた。おばあちゃんがなんで笑っていられるのかわからない。

おそらく、そのときが初めてだったんだろうと思う。『自分の力』が怖く感じると同時に、なんでこんなものが『見えて』しまうのかと、怒りにも似た感情が湧き上がってきたのは。

だけど、その恐怖や怒りをぶつける先なんかあるはずもなく、一人で心の中に抱え込んだまま、その日から、私はおばあちゃんと一緒に離れで寝起きするようになった。そして、学校に行っている時間を除いて、おばあちゃんと私は、今まで以上にいろいろなことを話す。

「玲ちゃんは、まだ小さいからおばあちゃんのお話は難しいかもしれないけど、大人になるまで覚えていてくれたらきっとわかるからね」

そう言われたので、頑張って覚えたけど、忘れたのもあるかもしれない。

そのお話の間に、おばあちゃんは私に一つの指輪をくれた。それが私が死んでまもなく見えた光の色に似ていると思ったあの指輪だった。

「おばあちゃんも、おばあちゃんのおばあちゃんからもらったのよ。その人もね、見える人だったの。おばあちゃんの力のことも知っていて、亡くなる前にくださったのよ。『お守りよ』って。だから今度はおばあちゃんから玲ちゃんにあげる。大切にしてね。そして、玲ちゃんが大人になって子供を産んで、もしその子も……だったら、これを渡してね」

まだ子供だった私にはぶかぶかだったけど、光の加減でさまざまな色をきらめかせるその指輪は、私の一生の宝物になった。

そして、二カ月後。梅雨《つゆ》の季節。下校して離れに戻った私が、居間のソファに座って冷たくなっていたおばあちゃんを発見する。脳梗塞《のうこうそく》だったそうだ。痛みや苦しみはなかったのか、いつも通りの穏やかな表情に見える。お葬式ではみんなも私もいっぱい泣いた。泣きながら、おばあちゃんの声が聞こえたような気がする。

「大好きよ、玲ちゃん。玲ちゃんのお父さんもお母さんも、徹も加奈子もみんな大好き。そんな大好きで大切なみんなに囲まれて、おばあちゃんはとっても幸せだったわ。だから、玲ちゃんもあんまり泣かないでね」

泣くな、なんて言われても無理だ。けど、ほんのちょっとだけ、その涙の勢いが弱まった気はする。だけど、やっぱり寂しくて悲しくて――悔しいのは変わりなかった。

どうして自分にはこんな力があるのか、なんで見たくもないものが見えてしまうのか……大好きな人の死なんて、誰が知りたいと思う？　しかも、見えるだけで、それをどうすることもできないんだよ――こんな力、ほしくない。大切な人を失う未来なんて、見たくない。

その感情は、その後もずっと私の心の中にわだかまり続けて、私の人生に影を落とし続けることになった。だから、結婚なんて考えられない。私はずっと一人で生きて行こうと決意した。私自身の『死』を知り、それが訪れたあのときまで。

目が覚めたら、ほっぺたが涙でびしょびしょに濡れていた。夢を見て泣くなんて初めてじゃないだろうか。さらに言えば、夢の中におばあちゃんが出てきたのも初めてだということに気づく。あんなに大好きだったのに、今まで一度もおばあちゃんは夢に出てきてはくれなかった。

「起きたか？」

夢の余韻《よいん》を引きずって、ぼーっとしてたところへ声がかけられる。お父さんでも弟でもない男性の声にぎょっとして、それから思い出す……ロウだ。

「お、起きたよ。おはよう。ごめん、寝坊した」

木の根っこを枕代わりにして寝てたようだ。報告、あいさつ、謝罪をいっぺんにしながら起き上る。んーっと伸びをすると、むき出しの地面で寝ていた割に、体はそれほどこわばってないのがわかった。柔らかい下草があったからなのか……若いから、なんて理由はアラサーであった前世を嘆《なげ》きたくなるから断固として却下する。

「体の調子はどうだ？」

「んー？　普通、かな。自分じゃ異常は感じないよ。ロウこそ、大丈夫？　ちゃんと寝た？」

「ああ、なんともないし、しっかり休んだ。前より調子がいいくらいだ」

瀕死になったダメージは全くない、ということか。本当に良かったと思う。

しかし、ロウが先に起きていたってことは、私が寝ながら泣いてたのを見られたんだろうな。けど、それについてはなにも触れず、ロウは代わりにこう言った。

「顔を洗いたいだろう？　昨日の川に行くぞ」

「あ、うん！　すぐ用意するね」

そういえば昨夜は顔も洗わず寝ちゃったんだった。化粧水とかもつけなかったし、やばい、お肌が……と思いきやつるっつるのすべすべじゃないか、うれしいけど悔しい！

とはいえ、もちろん顔は洗いたい。すっかり取り紛《まぎ》れて昨日は忘れていたけど、重要なことを確認していなかったのを思い出す。用意といったって、立ち上がってパンパンとローブについた土や草を払うだけで終わる。昨日は藪《やぶ》を払うのに大変活躍してくれた杖を右手に持って、準備完了だ。

昨日と同じルートを辿《たど》り、ほどなく、あの小川のあたりに着く。

危険な反応がないのはサーチで確認済みだから、早速、水の流れに手を入れて顔を洗って、うがいをする。そして、今度こそ忘れずに小さな鏡に自分の顔を映してみる。これは魔倉の中から発掘《はっくつ》したもので、昨日もチャンスがあったというのに、きれいに忘れてしまっていた。

「——なにこれ！　これが私？　すごい美人じゃない！」

「なにを今さら……」

呆《あき》れたようにロウが言うが、そんなことには構ってはいられなかった（でも、ロウも美人だと思ってた、っていうのは頭の隅でしっかりチェックさせていただきました）。

まっすぐな黒髪に縁《ふち》どられた小さな顔。きれいなアーチを描く細い眉。目はぱっちりとした二重で、瞳はやや青みがかった深い色だった。鼻はすらりとして高く、唇はちょっと小さ目。肌は手触り通りにきめ細かく、吹き出物とかも一切ない。全体的に彫りが深く、のっぺりとした典型的日本人顔だった前の私とは全然違うエキゾチックな美女……というより美少女？　年齢は二十歳前後だろうか。

これって、なんのご褒美ですか、神様っ！

鏡に映る自分を、食い入るように見つめる。大きく口を開けたり、おちょぼ口にしてみたり、笑ったり、しかめっ面《つら》や、いーってしてみても、なにをやっても、鏡に映る『私』も同じ顔をする。

「ほんとに私……なんだね、これ」

「頭がおかしくなったのかと思ったぞ、俺は」

一部始終を見ていたロウがぼやくが、仕方ないと思ってください。お昼のテレビでよくある企画でさ、すっぴんぼさぼさ頭で普段着の人に、カリスマ美容師や凄腕《すごうで》エステティシャン、一流ファッションコーディネーターなんていう人たちが、よってたかって変身させるのがあるでしょ？

あれもたいがいすごいと思うんだけど、私の身に起きたのはそれ以上だ。なんてったって、土台から変わってるんだもの。

ロウに呆れられてるのはわかってたけど、なおも鏡を近づけたり遠ざけたりして、何度も何度も確認する――『こちらの私』を。そして思う。

本当に『あっちの私』はいなくなっちゃったんだ、って。

頭では理解してたつもりだったけど、実際に目で見て確認して、やっと実感が追いついてきた感じだ。いけない、涙が出そうだ。てか、もう出てるし。

「ロウ……私、死んじゃったんだね」

「は？」

「もうお母さんに会えないんだ。徹や加奈子にも、お父さんにも、依《より》ちゃんにもリッコにもエイちゃんにも、山《やま》さんや時雨《しぐれ》さん、石井《いしい》さん、戸田《とだ》のおっちゃん、佐藤《さとう》のおばちゃん……」

家族や友達、職場のみんなに、最後のあいさつもできなかった。あの日が最後だってわかってたら、せめて一言、ありがとう、って言いたかったのに。

わぁーっと私は泣いた。エキゾチック美女にふさわしい泣き方じゃないだろうけど、中身は私なんだから仕方がない。泣いて泣いて、しゃくりあげて、泣き疲れて休んで、それでもまだ泣いた。

頭でっかちな理解が、感情に——心にちゃんとしみこむまで。

かなり長い時間、泣き続けて、疲れ切って、最後にふぅ……と大きくため息をつく。

「……気が済んだか？」

そのタイミングを見計らって、ロウが声をかけてくる。

「うん、済んだよ——ごめんね」

変なことを言った後でいきなり泣きだして、さぞや驚いたことだろうにロウはそれを態度には出さない。ただ、確認してくるだけだ。口調や態度だけを見るとすごくぶっきらぼうで俺様なのに、こういう繊細《せんさい》な心配りをしてくれる。その優しさが嬉しい。

ごめんね、ちゃんと全部、話すから聞いてください。

泣いて腫《は》れぼったくなった目を小川の水で冷やしつつ、もう一回顔を洗うと、かなりすっきりしたし、精神的にも落ち着けたと思う。

私は大きな深呼吸を一回すると、自分のことを話し始めた。

「信じてもらえるかわからないんだけど――あのね、私、ここことは違う世界から来たんだ」

必要と思われることを、とりあえず全部、話してみる。別の世界で生きていたことや、そっちで死んで、なんでだかあの木の中で目が覚めたこと、偶然ロウを見つけて助けることができたこと――ロウにしてみれば突拍子もない話だろうが、それでも黙って聞いていてくれた。

「……てことなんだけど、わかってくれた？」

「いや、まったくわからん」

簡潔なお答え、ありがとうございます。まぁ、私がロウでもそう答えるだろう。

自分でもわからないことが多すぎるのに、他人様《ひとさま》に理解しろというのがそもそも無理な話だ。死んですぐ別の世界で生き返ったなんて言って、頭がおかしいと認定されなかっただけでも御《おん》の字《じ》だ。

そうは思っていてもがっくりと肩を落とす私に、ロウがやや困ったような調子で告げてくる。

「……あんたの話は全くわからんが、それで腑《ふ》に落ちたところもある」

「え？　な、なに？」

「フリかとも思ったが、どうやら本気で、あんたは無知なようだ。この魔倉のことにしても――」

そう言いながら、腰のポーチを指し示す。

「俺に使った療術にしても、だ。それに、あれほどの魔力の持ち主であれば、とっくの昔に誰かに囲い込まれているはずなのに、あんたはたった一人でここにいる」

……とおっしゃられましても、こっちに来て最初にあったのがロウなんだし？

それに、その魔力ってのが具体的にどんなもんなのかがよくわかりません。確かに昨日はヒールが使えたんだけど、あのときは必死すぎて、なにをどうしていたのかあんまり詳しくは思い出せないんだよね。

そのことも併せて正直に申告すると、深いため息をつかれてしまう。

「魔倉を知らないどころか、魔力の使い方すらわからないで、大神官並みの療術を使うなどありえん。が、そのありえない相手が目の前にいる——なにをどうしたらこんな奇天烈《きてれつ》なことになるのか俺にはわからん」

えらい言われようだ。けど、本当のことだから反論できない。

密かにへこんでいると、さらにロウは言う。

「しかし、あんたをこのまま他の連中の中に連れて行けば、えらいことになるのはわかる。だから、まずはあんたに常識と知識を叩き込む」

そして、その言葉通り、それから三日三晩にわたり、私はロウにこの世界の基礎知識をみっちりと教えていただくことになりました。

「この大地——あんたふうに言うなら『世界』か。それを、俺たちは『七宝《しっぽう》の大地』と呼んでいる。

七大神《ななたいしん》がこの世を作ったとき、同時に七つの宝玉を生み出した。創世の御業《みわざ》を終えた後、神々は眠りにつかれたが、代わりにその宝玉がその後も世界を育て、安定させていると言われている」

講義は、この世界の紹介みたいな話から始まる。

魔法があることからも、うすうす思ってはいたけれど、神話と現実がリンクして、まさにファンタジーの世界だ。その七大神というのは、主神《しゅしん》である闇の大神とその妻の光の女神、それから二《ふた》柱《はしら》の子供である土、風、水、火、そして雷の神々のことを指すという。

簡単な成り立ちの話の後、日常生活に必要なことを教えてくれた。こちらでも一日はほぼ二十四時間くらいらしい。正確な時計はないものの、大まかに十二刻に分けられていて、午前六刻、午後六刻となっている。つまり一刻は約二時間だ。

一年は十二カ月。一月は三十日で、朔日《ついたち》は必ず新月、十六日は必ず満月。曜日の概念はないらしい。一番日が短く夜の長い一月一日から始まり、最も夜が短く日が長いのが七月一日で、十二月三十日で終わる。四つの季節があり、寒季、暖季、熱季、冷季と呼ばれている。

お金は紙幣は存在せず、すべて硬貨で取引される。単位はゴル。銅貨一枚が一ゴルで、銅貨百枚で銀貨一枚、銀貨百枚で金貨一枚。都会で一回食事をするには、五ゴルから十ゴルかかるというから、だいたい一ゴルで百円くらいだろう。

地理については、正確な地図なんてものはないそうなので、ざっと口で説明してくれた。

ここは西の大国ガリスハールの東に当たる地域で、迷いの森と呼ばれる辺境だそうだ。森から西に向かって徒歩換算で二カ月ほど進むと、王都ガリスに辿《たど》り着く。ここの地域に住んでいる人を戎族《じゅうぞく》といい、この世界で一番文化が進んでいると思えばいいと言われた。平地が多く、気候は温暖で農作物もよく取れるから国力も非常に強い。

ロウの狄族《てきぞく》は、もっと北の地域にいるそうだ。広い草原と、険《けわ》しい山脈、川は少ない。国家と名のつくものはなくて、血縁関係を基《もと》にした氏族が、各々のテリトリーで半遊牧的な生活をしている。各族長は半年に一回集まって、全体の意思決定をし、氏族間のトラブル等もここで裁《さば》かれる。それから、ここで生まれた男の子は、一人前になると生まれた氏族を一度離れる習慣があるらしい。どこに行くのも、元の場所に戻るのも戻らないのも本人の自由だというから、交流の少ない環境で、血が濃くなりすぎるのを防ぐ措置だろう。

ロウは人づてに聞いた話だと断ったうえで東の説明をしてくれた。東は夷族《いぞく》の住む地域で、国家はあるけれど、ガリスハールのような大きな一つのそれではなく、もっと小さい国がいくつも存在している。国同士の戦いなんてのもあるみたい。

南は未開の地というほかないらしい。というのも、ガリスハールの王都の図書館にすら地図はおろか、記録らしい記録もないという。湿度が高く、雨も多くて、沼地や密林があちこちにあり、毒を持った生物多数。人が好んで赴《おもむ》くところではないんだそうだ。

そして、大陸の中央にあるのが大森林と呼ばれる広大な地域だ。今いるところも、厳密に言うとここに含まれるみたい。ある特徴——方角がわかりにくい、魔物がたくさん出る、なぜかたまに安全地帯がある等——を持っている。あまりにも広すぎて、全体がどれくらいの大きさなのかすらわかっていない。

ただ、ガリスハールから北側をぐるっと回って東の国に辿《たど》り着くには、てくてく歩いて半年近くかかると言われている。そして、この大森林には霊族と獣族と呼ばれる人たちが住んでいるらしいが、集落の存在を確認できたことはない。

しかし、たまに人間の住む地域に彼らが出てくることもあり、その話によればちゃんと街や村があるんだそうだ。彼らは気位が高く、戦闘力も高いので、出会ったらくれぐれも丁重にふるまわないといけない。

最後に、この世界にある魔法について。

魔法を使うための力――魔力は、多い少ないの差はあっても、こちらではみんな持っている。闇・光・土・風・水・火・雷の七つの属性があり、それを用いていろいろな現象を起こすことができ、それを魔法あるいは魔術と呼ぶ。

そして、魔法には、決まった形は存在しないらしい。代々伝わる術式もあるけれど、それは長い年月をかけて洗練された、効率良く発動させるための方法であり、それ以外はダメってことじゃないそうだ。得手不得手も当然あり、魔力が強くて操るのが得意な子は、魔術師や療術師《りょうじゅつし》といった方面に進んで、そうじゃないなら別の道を探す。

ロウの魔力は下の上か中の下、といったところなんだけど、体から離して使う放出系の魔法が致命的に下手なため、腕力で勝負の職に就いたらしい。得意武器は短めの剣を二本使う双剣だ。

それでも使える魔法はいくつもあり、特に身体強化系が得意だそうだ。聴力・視力の強化、筋力をアップして移動速度を上げる、攻撃力の増強、体の表面に魔力を巡らせることで防御力も上げられる。自分限定でヒールもできるが効果は低くて、小さな切り傷とかは治せても、もっと大きな傷や骨折なんかは無理なため、あそこで死にかけてたらしい。

「いろいろできるんだ。ロウってすごいんだね」

「なにをのん気なことを言っている。あんたも覚えるんだ」

「マジで？」

マジでした。そしてスパルタでした。

大きく張り出した神樹の枝が作り出す木陰に向かい合って座り込んだ。まずは使えるのがわかってたサーチから試したけど、なにせ無自覚でやってたもんだから、意識してとなると意外に難しい。

その次にやったのは、ロウの得意な身体強化系だ。実際に、目や耳に魔力を集中して、通常の数倍の知覚を得られたことに驚く。

「み、見えすぎて眩暈《めまい》がする。音も、ものすごくうるさい……」

「慣れていくしかないな」

弱音を吐いたら、ものすごくあっさりと流された。筋力を上げて攻撃力を増やしたりするのについては、基礎ができてないと体への負担が大きすぎるから、今後の宿題になる。その代わり、盾《シールド》――体の表面に魔力を張って防御する――に重点を置いて練習する。他の強化系の魔法もそうだが、このシールドは慣れてくれば自分だけじゃなくて他の人にも付与することができるらしい。私が無傷でも、ロウが怪我してちゃ意味がないから、気合を入れて習得に励ませていただきました。

そうそう、旅をする人には必須の魔法も教えてもらった。これって、無茶苦茶ありがたいものだった！　清浄魔法《リフレッシュ》って呼ばれてて、体や衣類についた汚れをきれいにできるんだ。これで近くに川や泉がなくても、清潔さを保てるって寸法です。ちなみに、最初出会ったときにロウがこれを使わなかったのは、魔力が枯渇《こかつ》していたせいらしい。

……で、このあたりまでレクチャーが済んだ頃になると、私は少々、忸怩《じくじ》たるものを感じていた。いくつかラノベの異世界トリップものを読んだことがあるんだけど、その主人公たちって、転生チートのおかげか、最初からバンバンすごい魔法を撃ちまくってた。けど、私はサーチ一つをとっても、きちんと使えるようになるまでに、えらい苦労をしている。この差は一体なんだろう？

ちょいとネガティブになりかけるが――でも、落ち込んでばかりじゃダメだよね。どんな理由でかはわからないけど、せっかく授《さず》かった二回目の人生だ。

人は人、私は私。努力すればできるようになる、ならその努力を続けるしかない。

「ロウ！　私、頑張るからね！」

「だったら、まず加減することを覚えろ。無駄に魔力を使うな。小さな傷を治せばいいだけだ。今のでは、死にかけた年寄りも飛び起きて外を走り回り始めるぞ」

ヒールの練習中だったんだけど……わざわざ、ロウが自分の腕をちょっと切ってくれた。でも、出てきた血にびっくりして力が入りすぎたんだよ。

そして、いよいよお待ちかねの攻撃魔法だ。

さっきも話したけどロウは、放出系の魔法が苦手だから、口で説明してくれる。要は魔力を火や水、雷などに変換して相手にぶつけるだけでいい。ファイアーボールを実際に撃てる日が来るとは……感無量だ。風で障壁を作って敵の攻撃を防いだり、土を動かして足止めをするというような、補助的な使い方もできる。

「ただし、ここでは使うな。外に出るまで、あんたは今まで教えたのを練習しておけ。特に、サーチと知覚上昇、それにシールドは意識せずに使えるところまでだ」

「え……そうなの？」

「がっかりした声を出すな。外に出れば魔物がいくらでもいる。そいつらに好きなだけ使え」

そうだった、魔物。ここは魔物がいる世界なんだ。

魔物と普通の生物との違いを簡単に言えば、敵意を持って襲ってくるかどうかと、体の中に魔石を持ってるかどうかだ。魔石は魔晶石《ましょうせき》とも呼ばれるらしい。例外はあるけど、大体、大勢の人が住んでいる近くの魔物は小さくて弱いのが多く、魔石も小さい。反対に人里離れた場所の魔物は強いし、魔石も大きい。また、通常の魔物の他に、レア種と呼ばれるものもいて、基本的には同じ種類ではあるけれど体が大きかったり、力が強かったり、通常ではありえない魔法を使ってきたりする。ロウがあそこに倒れていたのも、運悪くそのレア種に遭遇してしまったからだと今、教えてくれる。

退治した後、小さい魔物なら放っておけば魔石ごと消えてなくなるが、大きいのだと死体を放置するとそこからまた魔物が生まれる可能性があるから、できるだけ解体して魔石を回収したほうがいい。しかも魔石は人が魔法を使うときの触媒《しょくばい》になったり、魔法その物を封じ込めることもできて高く売れるそうだ。皮や肉、骨、その他も装備や薬の材料になるから、そっちもできるだけ回収する。

「解体はまずは俺がやるが、あんたも見て覚えるんだぞ」

「……努力します」

魚は捌《さば》けるんだけど、そんなレベルじゃないんだろうな。でも、こっちで生きていくために必要なんだから、グロいとか思わず、やれるようにならなきゃね。

そして、放浪者と呼ばれる人たちについても教えてもらった。

放浪者って名前だけど、実際にはゲームや小説でよくある『冒険者』のことだと思えばいい。この世界でも、本人たち以外は『冒険者』と呼ぶこともあるそうだ。その人たちのための組織──『ギルド』も当然あって、本部はガリスハールの王都ガリスに置かれている。ちょっと大きめの村や街なら出張所もあり、ロウもそのギルドに登録してる放浪者だった。

「こんなところだが、わかったか？」

「た、たぶん……」

知識を詰め込み、ビシバシと教育的指導を受け、へとへとになって寝て、また起きて……を三日間繰り返し、こっちにきて五日目の朝を迎える。

「出るぞ。用意はいいか？」

「うん！」

装備も整え、体調は万全、気合十分の私はロウと二人で、まずはこの魔物だらけの森を抜けてガリスハール東部のハイディンの街へ向けて第一歩を踏み出した。

「右に中くらいの反応が二つ。二十メートルくらいかな、こっちに向かってる」

「シールドを張り直せ。敵が見えたら氷を当てろ。残ったのは俺がやる——くれぐれも火は使うなよ」

「了解——あ、もうすぐ見えるよ」

「来た、左をまかせるぞ」

ロウの言葉で、そちらに向けて杖を構える。魔法を使うのに杖は必ずしも必要というわけではないのだが、使ったほうが精度や威力が上がるから、戦闘時には必須のアイテムなんだそうだ。

木陰から大型犬ほどの大きさの茶色いカマキリ二匹が姿を現したのを確認し、まずは左の奴に向かって杖を振ると、その先端から鋭くとがった氷の塊が現れて、魔物に向かって飛んでいく。

魔法初心者の私だが、杖の補正のおかげか狙い通りに氷塊はカマキリの胴体を大きくえぐり、ついでに全体を白く凍りつかせる。

ロウがもう一匹に素早く駆け寄り、振りかぶってきた鎌を左手に持った剣で受け止め、右の剣で腕ごと切り落とす。カマキリは残った片方でさらに攻撃を仕掛けてくるが、それをバックステップで避《よ》け、再度右手を一閃《いっせん》させて同じように斬り飛ばした。それでもなお突進して攻撃して来ようとするので、軽い足捌《さば》きでひょいと躱《かわ》して、頭を切り落とすことでとどめを刺す。

「ここを出たらいくらでも魔物はいる」って、ロウが言ってたのは本当だった。彼を見つけたあの小川を越えた途端、空気が変わる。不穏《ふおん》というか、不気味《ぶきみ》というか、説明しにくいが、とにかく『危険』な場所というのが肌で感じられた。

実は最初に遭遇した魔物は、さっきと同じカマキリだった。サーチでいるのはわかってても、実際に出てくるとそのあまりの大きさに私は悲鳴を上げてしまった。幸いにもそのときは一匹だけで、ロウがすぐに片づけてくれたんだけど、この先こんなのがうじゃうじゃいるって言われて、私は泣きたくなった。

冒険の最初はスライムでしょ!?　こういう凶暴なのはもっと後!

と、愚痴《ぐち》っている暇もなく現れたのが先程の二匹だ。そしてまた五分もしないうちに魔物の反応を発見する。スイカくらいの大きさのダンゴムシだ。

ダンゴムシなら安心、なんて思ったら大間違い。こちらを発見した途端、くるっと丸まると、すごい勢いで回転し始める。びっくりして固まっていたら、ロウに強く腕を引かれた。すると、今まさに私がいた空間にダンゴムシが飛んできて、後ろにあった木にぶつかり、へし折れてしまう。

幹の太さが二十センチ以上はあったんじゃないか、今の木って……

「ぼんやりするな、死にたいのか！」

厳しいロウの声に、全力で首を横に振る。前世ではトラックにぶつかって死にました、現世ではダンゴムシにぶつかって死にました、なんてのは絶対に嫌だ。

「また来るぞ、動きを止められるか?」

木にぶつかってボトンと落ちたダンゴムシは、そこでまたぐるぐると回転を始める。あれでパワーをためてから飛びかかるのがこいつの戦法らしい。慌ててそっちに向き直った私は、右手に持った杖に魔力を集中する。

「足止め!」

と叫んだ後で、そこはせめてバインドと言おうよ、自分、とこっそり反省したんだけど、魔法はちゃんと発動した。ずもももも……と周囲の土が盛り上がり、ダンゴムシを包み込む。おかげで回転する速度が遅くなり、思うようにパワーが得られないのか、ダンゴムシが焦《あせ》り始めた――ように見えた。

「いいぞ。動きを封じている間にとどめを刺せ」

「わかった! ファイアーボール!」

もう一度杖に魔力を込めて、気合一発、炎の呪文を唱える。すると、ごうっ、というものすごい音とともに、特大サイズの火の玉が杖の先から飛び出して、ダンゴムシに襲いかかった。

「うわっちっちちち……やった? わわっ、か、火事ぃ!」

出した私も熱く、ダンゴムシは一瞬で黒焦《くろこ》げになったが周りの木もメラメラと燃え出す。

ええぇ、なにこれ!? ゲームなら周りに被害なんて出ないでしょ、っていうか、自分も熱いってことは、もし魔法の射線上に仲間がいたら一緒に巻き添えになるわけ?

「……火は使うな、と言ったはずだが?」

ありがたいことに、火はさほど燃え広がらずに収まったが、ロウの視線が痛い。

「ごめんなさい。うっかりしてました」

「考えなしに力を使えば、後々危険になるのはあんただぞ」

叱《しか》られてしゅんとなる。ロウの言うことはもっともだし、下手をしたら自分はおろか彼まで巻き添えにする結果になっていたのかもしれないのだから、いくら反省しても足りないくらいだ。今さらながら、魔法を使う難しさを実感――してたら、またなにかがサーチに引っかかる。

「また来るよ！　……右に二匹、左に三匹」

「今ので周りの注意を引いたな。もう一度、シールドを頼む。俺が仕掛けるから、漏れたのは任せるぞ」

「わ、わかった。シールド！」

ごくりと固唾《かたず》を呑んで待ち構える――しかし、本当にここは魔物が多い。倒しても倒しても、どこからともなく次々に現れるから、ゆっくり休めもしない。

何匹も魔法で倒したけど、ロウはもっとたくさんの魔物を仕留めてる。

流れるような動きで、次々に魔物を倒していく様子は、剣舞を見ているようだ。こんな状況でなければ、うっとりと見惚《みと》れていただろう。最初の頃は、お金になりそうな部位を切り取って魔倉に放り込んでいたんだけど、あんまりにも数が多いんで、途中でやめてしまった。

ロウが言うには、ここではこれが当たり前で、あの広場が安全だったことのほうがおかしいとのことだ。安地《あんち》ってやつで、それを見つけられたのはものすごい幸運だったんだと言われ、自分の運の良さを改めて認識する。

それにしても、いくら魔物を倒してもキリがないうえ、一直線に西に向かってるはずなのに、一向に森が途切れる気配がない。木の枝が邪魔をして、太陽の位置がよくわからないんだけど、少なくともお昼はとっくに過ぎてるだろう。最悪、森の中で日が暮れるかも、と少々焦《あせ》り始めていたときだった。

「光が見えた、もうすぐ抜けるぞ」

「ホント？　や、やったぁぁ」

慣れない戦闘と緊張の連続で、肉体はともかく精神的にへとへとになっていた私は、嬉しさのあまり歓声をあげてしまう。疲れのせいで、その声もへろっていたのはご愛嬌《あいきょう》だ。

ロウが光を見つけた方向へ、最後の数十メートルを一気に駆け抜けていく。

「うわぁ……」

抜けた先は、広大な平原になっていた。真正面に傾《かたむ》いた太陽があり、眩《まぶ》しさに目を細める。目が慣れてくると、ここは小高い丘になっていて、かなり遠くまで見渡せるのがわかった。

はるか北の方角には長く連なる山脈があり、南は少し先からまた森になっていて、西は平野と、ところどころに小さな森が見える。遠くにきらきら光る白い筋は川だろうか。

森を出たことにより、再び周囲の空気も変わっていた。穏やかな風が頬を撫《な》でて通り過ぎる。サーチで確認しても反応があるのは背後の森の中だけで、ほっとして座り込みたくなるが、まだここは森に近いから少し離れたところで休憩をとることになった。

「ここがどこかわかる？」

「ああ。俺が森に入った場所に近い」

朝食をとって以来、やっとまともな休憩と食事をすることができた。私もロウもかなりの量をお腹に収めながら、これからのことを話し合う。

「今日はこの辺で野宿にするの？」

「それも考えたが……少し無理をすれば、街まで戻れそうだ」

「街？」

「ああ。あの方向だ——見えるか？」

ロウが指さすほうを眺めるが、私の視力ではどうにも——あ、強化すればいいのか。

「すごく遠いけど、壁みたいなのが見えるよ。それに、道みたいなのも……」

「それがハイディンの街だ。ガリスハールの東部で最大の都市だな」

やっと人里に出られるのか。別にロウと二人が嫌なわけじゃないけど、こっちに来てから初めての街だ。どうしても気になるよね。

「今から歩けば、日が暮れる頃には辿《たど》り着けるだろう」

……え？　視力を強化していてさえ、あんな豆粒《まめつぶ》くらいにしか見えないのに？　一体、何キロあるのよ、あそこまで？　だけど、泣き言は言いません、言えません。頑張って歩きましたよ。

頑張ったかいがあり、西の地平に日が沈む前に、私たちは大きな城壁の前に辿り着くことができた。

「フードを下ろして、顔を見せないように気をつけろ」

草原を突っ切って街道に合流したあたりでそう言われたので、私は深くフードをかぶってロウの後ろをついていく。危険物扱いされてる気もするけど、思いきり目立つ容姿になったうえに、付け焼刃の知識しかない私だから、なるべく他人様《ひとさま》との接触を避けるためにも仕方がない。

「くれぐれも俺から離れるな。できる限り黙っていることだ。だが、なにかあったらすぐに声を上げろ」

城壁には大きな門があって、警備のためか、武器を持った人が立っている。おそらく門番だろう。そこへと近づく間にも、ロウが小さい声で囁《ささや》いてくる。その声にしっかりと頷《うなず》いて門番の前に進み出た。

「止まれ。名を告げて身分を明かせ」

「ロウアルト。ギルド所属の放浪者だ。こっちはレイガ。俺の連れで、事情があって身分証を持っていない。ここでギルド登録する予定だ。身柄は俺が保証する」

素性《すじょう》を問われたのでロウが代表して名乗り、魔倉から小さなプレートのようなものを出して見せた。

「クラスCの放浪者だな。いいだろう、通れ。もう一人も、なるべく早く身分証をもらうように。ああ、念のために顔を見せてもらおうか」

「わかった――レイ」

ロウに声をかけられたので、フードを上げる。

そしたら、思いっきりガン見された。初対面の人にじろじろと見られるのは不快だから、睨《にら》んでやろうかと思ったけど、門番の心証を悪くしても困る。なので、代わりに小さく笑って会釈《えしゃく》してみたら——

うわ、この顔の威力ってすごい。驚愕《きょうがく》の表情を浮かべてこっちを見つめていた門番さんが、いきなりでれっとした顔つきになったよ。

「……通っていいか？」

「あ、ああ……いいぞ、行け」

ロウに催促されて、門番は我に返ったような顔になると、慌てて私たちを通過させてくれた。門を通り過ぎてしばらくしてから、ロウに小声で「むやみに愛想を振りまくな」って叱《しか》られたが、なぜ怒られるのかがわからない。

門をくぐった先は、すぐにハイディンの市街地になっていた。

街の外からの石畳の道路が続き、左右にいくつも枝道が伸びている。東西の交易の要《かなめ》で商業が盛んな街とのことで、商店らしき建物が多く並び、その前にも天幕で露店が出ている。行き交う人の服装もさまざまで、普通の農民みたいな人から、ちょっとハイソな若奥様風、お供連れの金ぴか服のおっさん、鎧《よろい》を着た兵士に、ロウみたいな放浪者。それぞれがてんでに店をのぞいたり、立ち話をしたり、あるいは急ぎ足ですり抜けて行ったりと、賑《にぎ》やかなことこのうえない。

年末のアメ横みたいなムードだなぁ、なんて思っているうちにも、ロウはどんどん先を進んで行くので、置いて行かれないように早足でその後をついていく。

ロウは最近はここを拠点にして動いていたのだと、歩く途中で話してくれていた。だから、その足取りは迷いがない。ほどなく私たちは一軒の大きな建物の前に辿《たど》り着いた。

建物の中央に大きな両開きの扉があり、その横に建物の立派さにはそぐわないミニサイズの看板が掲げられていて、『ギルド』と書いてある。

てか、私、この字読めてるよ？

見るのは初めてのはずなのに、ちゃんと読めるし意味もわかる。これは最初にロウと会話したときと同じ感覚だ。転生補正、とでもいうのだろうか。なにはともあれ、やっぱり良かったと思う。この年齢で、一から文字を覚えるのはきついから大感謝だ。

そして、ここの放浪者ギルドでロウが請け負った依頼の報告をし、あれこれ拾った魔物素材を売るのだろう。ついでに門番に言ったように私の放浪者としての登録も兼ねている。

なにしろ、いきなり見知らぬ世界に放り出された私には、身分を証明するものがない。だけどそれじゃいろいろ不便だし、面倒なことも多い。なので、一番手っ取り早い手段として、ここで放浪者としての身分証を手に入れるのがいいって話になったわけだ。ここでの登録は前歴は一切不問で――犯罪歴はさすがにダメだが――、過去を詮索《せんさく》するのも暗黙の了解でタブーとなっているって言うのだから、私には打ってつけだ。

玄関を入ってすぐ吹き抜けの大きなホールになっていて、ごつい外見の人たちがあちこちに立っていた。ホールの中央には、数枚の大きなパネルが設置されていて、たくさん紙が張ってある。正面の壁際には長いカウンターがあり、その向こうにここの従業員らしき人たちがずらりと並んでいた。ＩＴ化が進む前のハローワークを思わせる光景なんだけど、それにしてはカウンターのあっちとこっち、両方にいる人がなんとも厳《いか》つい……ヤのつく職業専門のハローワークと言われたら信じてしまいそうだ。そんな中に混じると、細身でイケメンなロウはかなり目立つ。もちろん、女である私もだけど、あらかじめフードを深くかぶっていたので、周囲の視線はロウに集中することになった。

しかし、慣れているのかそれを気にした様子もなく、ロウはまっすぐにカウンターの一角に近づくと、そこにいた強面《こわもて》の人に声をかける。

「依頼の品を持ってきた。査定を頼む」

「おう――なんだ、『銀狼《ぎんろう》』じゃねぇか。しばらく見なかったんでくたばったかと思ったぞ」

どうやら顔見知りらしいが、『銀狼』ってなんだろう。ロウのことみたいだけど――と思っていたら、小声で「俺の二つ名だ」と教えてくれた。

うわ、二つ名！　厨二《ちゅうに》設定キター、とは、心の中で思っても口に出しては言いません。

「無駄口はいい。他にも買い取ってもらいたい物があるのと、新規の登録も希望だ。まとめて頼む」

「ふむ。獲物は結構な量か？」

「ああ」

「ならあっちへ行け。ここじゃ邪魔だ。担当を向かわせる」

そんな会話を交わすと、ロウは今度はさらに奥にある扉へと歩き出す。私も促《うなが》されてついていくと、扉の向こうは小さな部屋になっていて、テーブルとイスが数脚置いてあった。

「レイ、魔倉の中に入れた物を出してくれ」

言われるままに、あの森の中で手に入れた魔物のパーツを取り出して、テーブルの上に並べていく。ロウも、自分の魔倉から薬草や、光る石、その他、私が見たこともない素材を取り出した。

二人分の品物は結構な量で、テーブルに乗り切らないほどある。落っこちないように注意しながら積み上げていると、ノックの音とともに扉が開けられ、中年のおじさんが一人、入ってきた。

「失礼しますよ……おお、これはまた、ご活躍でしたね」

さっきのカウンターの人とは違い、こちらのおじさんはお役所の職員さんって感じの風貌《ふうぼう》だった。

山盛りにされた素材に一瞬、目を見張ったものの、すぐにロウから渡された紙を片手にチェックに入る。あれが、依頼書なのだろう。

「赤ツメ草三十に、森猪《フォレストボア》の牙二十、魔石は大が十五と中が二十……ふむ、こちらは大茶蟷螂《グレートマンティス》の頭に、沼鼠《スワンプラット》のしっぽと……少々お待ちを」

一瞥《いちべつ》しただけでそれがなにかをすぐに判定して、数を数え、手にした紙に書き込んでいく。さほど待つこともなく、チェックが終わり、合計金額が提示された。

「依頼の報酬が八千ゴル。その他の買い取りが金貨二枚と銀貨四十五枚、銅貨八十枚。依頼分は手数料として一割をギルドで徴収しますから、合計金貨三枚、銀貨十七枚、銅貨八十枚となります」

「ああ。それで構わない。それと、先程も言ったが、こいつの登録も頼む」

「うかがっています。では、そちらの……女性の方。タグに血を一滴たらしてください」

そう言って、おじさんは、テーブルの上の荷物を一瞬で自分の魔倉に収めると、代わりに先程門でロウが見せたのと同じような金属プレートのタグと、ハンドボールくらいの透明な球を取り出した。

血を——と言われて、一瞬ぎょっとなってしまったが、ロウが無言で小刀を渡してきたから、仕方なく受け取る。それで、左手の人差し指の先をちょこんと突いた。よほど切れ味がいいのだろう、大した痛みもなく、ぷっくりと血の玉が浮かんだのでそれをタグにたらす。

「はい、結構です。では、左手でタグを、右手をこちらの水晶に翳《かざ》して——そうです。そのまま名前と職、ランクを申告してください。ああ、ランクはFでお願いします」

どんな職で登録するかについては、事前にロウと話し合っていた。魔術師でも良かったんだけど、見るからに経験の少なそうな娘が攻撃職というのはナメられやすいそうだ。その点、ヒーラーであれば若かろうが、低レベルであろうがそれなりに尊重されるらしいので、そっちを選ぶことにした。ヒールもちゃんと使えるんだから、詐称にはならない。

「レイガ、療術師《りょうじゅつし》、ランクF」

職員さんに言われたとおりのことを繰り返す。すると右手の水晶から私の中を魔力が通り抜け、左手のタグがわずかに光ったかと思うと、その表面になにやら文字が浮かび上がった。

氏名：レイガ
職種：療術師

年齢：17
登録地：ハイディン
ランク：F

おおおお、なんだこれ？　年齢なんて言ってないよ、私。しかも十七？　マジか……前の年齢のほぼ半分だよ。

「犯罪歴もないようですので、これで登録は完了しました。タグは失くされないようにしてください。再発行には銀貨十枚かかり、再登録ですとランクFからになります。その他、ギルドについての説明は必要ですかな？」

「いや、そちらについては俺から説明する」

「了解しました。では、これにて私は失礼します。報酬については出納口《すいとう》で受け取ってください」

私の内心の驚きをよそに、ロウと短く会話した後、職員さんはさっさと部屋を出て行ってしまう。ロウも動き出したので、私も急いでその後に続いた。

小部屋を出ると、すぐ左にらせん階段があって、それを上ったところに出納口があるらしい。階段を上ってそこへ向かおうとしたとき、背後から声をかけられた。

「ロウ！　お前、ロウじゃねぇか――なんだ生きてやがったのか！」

振り向いた先には、銀色のプレートメイルを着た金髪筋肉ダルマがいた。彼は、にこにこ笑顔で私たちに近づいてくる。

身長はロウよりやや高いくらいなんだけど、体の幅と厚みは段違いだ。短く切った金髪は強いくせ毛なのか、くるくる渦を巻きながら、顔の周りを縁《ふち》どっている。やや広めの額《ひたい》の下には太い眉毛と、驚くほどに青い瞳。彫りの深い顔立ちで、ロウとはまた趣《おもむき》の違う、そこそこのイケメンだ。

よく見ると銀色のプレートメイルには、たくさんの傷やへこみがある。全体的なイメージとしては歴戦の勇士って風体《ふうてい》なんだけど、『脳筋』って単語のほうが先に浮かぶのは、その表情が底抜けに明るいせいってことにしておこう。

「てっきり死んだと思ってたんだが、やっぱり生きてたか。いや、俺は信じてたぜ」

どっちやねん！　と突っ込みたくなるセリフとともに、親しげに隣に立つ。その大きな手でバチンっと思いきり背中を叩かれたロウが、眉間にしわを寄せ、不機嫌になるのがはっきりとわかった。

「やかましい。とりあえず黙れ」

「おいおい。つれねぇこと言うなよ。俺は心配してたんだぞ？」

「頼んだ覚えはない。やかましい、と言っただろう――黙るのが無理なら、せめてもっと小声でしゃべることを覚えろと、俺は何回言った？」

「お前は相変わらずだなぁ！」

わっはっは、とほんとに笑う人、いるんだね。しかし、未だにこの人、正体不明なんだけど、一体誰？

どうしたもんか……とロウの後ろで悩んでいると、笑いを収めた筋肉ダルマがいきなりこっちを向いた。

「で、こっちは誰だ？　ヤケに可愛らしいのを連れてるじゃねぇか」

上半身を折り曲げるようにして、ずいっと私のほうに顔を近づけてくる。

うわ……ど、どうしよう。フードは下ろしてるんだけど、それでものぞき込んでこられちゃう。

「おい」

ロウが止めようとしてくれるんだけど、筋肉ダルマの動きは意外に素早くて間に合わない。

マズい、ばっちり目が合っちゃった。

「……おい、手前ぇ、ロウっ！　どこでこんな上玉見つけてきやがった？」

「なれなれしい。離れろ！」

私と筋肉ダルマの間にロウが割り込んできてくれたので、ロウの背中に隠れるようにして距離をとる。悪い人じゃないんだろうけど、ぶしつけな感じだ。警戒心バリバリでロウの陰からそっとうかがうと、筋肉ダルマがにまーっと人の悪そうな笑みを浮かべるのが見える。

「お前も隅におけねぇなぁ。こりゃ一つ、じっくりと話を聞かせてもらわねぇと」

「お前に話すことはなにもない。さっさとそこをどけ。でかい図体が邪魔だ――行くぞ、こいつに構う必要はない」

そう言ってロウがさっさと歩きだすので、私もそれにくっついてらせん階段を上がっていく。筋肉ダルマは追いかけてくるつもりはないようで、一階にとどまったままだったのだけれど、私がチラリと後ろを振り向くと、それを待っていたように私たちに向かっていっそう大声を張り上げた。

「おーい、ネェちゃ……いや、お嬢ちゃん！　俺はそこのロウアルトのダチでガルドゥークってんだ。よろしくなぁ」

「……お前はただの知り合いだ」

「ロウ！　俺はいつもの宿にいるからな！　来るなら酒を頼むぜ」

「……」

もー、筋肉ダルマ改めガルドゥークさんったらどうしてくれるの？　ロウの機嫌がむちゃくちゃ悪くなってしまったじゃない。むっつりと口を引き結んで――まぁ、これはいつものことなんだけど――

二階のカウンターで報酬を受け取ったが、もうその頃には建物の中の人たちの視線を集めていた。話しかけてくる人こそいなかったけど、あっちこっちで、こちらをチラ見しながらのひそひそ話が発生している。私たちは逃げるようにしてギルドの建物を後にしたのだった。


「……ねぇ、ロウ？」

「あれは気にする必要がない。それよりも、今夜のねぐらだ」

ギルドを出てしばらく歩いた頃に、躊躇《ためら》いがちに話しかけたところ、そんな返事が戻ってきた。

その後、ため息をつくと、小さな子供にするように私の頭をポンポンと軽く叩いてきたのは、ロウなりの謝罪なんだろう。さり気ない仕草なんだけど、妙に嬉しくてホッした気持ちになれた。

「宿は俺が決めるが――なにか注文はあるか？」

「んと……できればゆっくりお風呂に入りたいかな」

「風呂、か……」

私の答えにしばし考え込んだ後、ロウは無言で歩き始めた。私もその後をついていく。

私のリクエストを受けて、ロウが選んだのは『暁《あかつき》の女神亭』という看板の出ている宿だった。近くにもいくつか宿屋があったけど、その中でもひときわ立派な門構えだ。

「二人だ。風呂のある部屋を頼む」

「かしこまりました。朝と夜の食事付きでお一人一晩百五十ゴルになります。ご滞在はいつまででしょう？」

「とりあえず五日分、前払いしておく」

「ありがとうございます。すぐにご案内いたします」

ホテルみたいなクロークはなくて、私たちが入っていくと、奥から女の人が出てきて対応してくれた。一泊百五十ゴルだから、日本円に換算すると一万五千円くらいだろう。それで二食付きなら日本のシティホテルなら妥当な値段だけど、普段ロウが使う宿は一泊五十ゴルくらいだってあとで教えてもらった。

ちょっと申し訳なかったかな。それでもお風呂の誘惑には勝てませんでした。ごめんね、ロウ。

夕食をどうするかも聞かれたので、先に済ませることにした。一階には食堂もあって朝と夜はここで食べるらしい。昼は休みで、夜は酒場としての営業もしていると教えてもらう。

食堂には既に何人かの先客がいて、私たちも空いている席に座った。ウェイトレスさんがメニューを持ってきてくれたけど、私は料理の名前がわからないからロウに全部お任せする。すぐに野菜を盛り合わせたサラダっぽいものと焼いた肉、シチューと丸いパンがテーブルに並んだ。

「ロウはお酒は飲まないの？」

周りに座ってる人たちは、皆、お酒を片手においしそうに食事している。私はそれほどお酒が好きではないんだけど、ロウは飲みたいかもしれないと思ってそう言ってみた。

「いや、いい」

「ホントに？」

「ああ」

うーむ、単語のやり取りだけで会話にならん。なんかピリピリしてる？　ギルドで会ったガルドゥークさんが関係してるのかも。でも、言葉をかければちゃんと返事が戻って来るんだし、無理に長く話をしろって言うのも変だよね。

料理はおいしかったものの、会話が全く弾まないまま食事が終わり、部屋へと移動する。私たちが泊まるのは三階だ。メインストリートに面していて、窓を開けると行き交う人たちを見下ろす位置にある。

部屋を分けるか？　とは、宿の人は聞かなかったし、ロウもなにも言わなかった。私も別に異論はない。何日も寄り添うようにして野宿した後で、今さら、ロウと同じ部屋が嫌なはずがない。それに一人きりで寝るのは、ちょっと心細い気持ちもあった。

部屋にはベッドが二つと、テーブルにイス、作りつけの戸棚。入って右手にドアがあり、そっちが浴室になっている。浴室にも小さな窓があり、バスタブには既にお湯が張られていた。

「先に使え」

「いいの？」

「あんたは俺の主《あるじ》だ。その主より先に使えるわけがないだろう」

「……だから、その『主』っていうのは止めて、って何度も言ってるのに……」

ため息をつくが、なにしろ今日の私は疲れていた。夜明けと同時にあの『広場』を出てからというもの、若干の休憩時間はあったが、ほぼ歩き通しなのだ。そのうえ、ただ歩いていただけじゃなくて、魔物と戦っている。さらに初めてのこっちの街に興奮したり、ギルドで緊張したりと、盛りだくさんだった。はっきり言って、くたびれ果てて今にも寝そうな状態。さっきの食事のときも、気を抜けばシチューのお皿に顔を突っ込みそうだったので、ロウの言動についてあれこれとやり合う気力は残っていない。

こんなことじゃダメだ、とは思いながらも、累積された疲労を癒《いや》してくれるであろうお風呂の魅力には勝てない。後でちゃんと話し合うことを心に誓って、ありがたくお先に頂くことにする。

猫足のバスタブにはなみなみとお湯が張られ、底には赤い石が沈められていた。魔物からとれる魔石を加工したもので、これがお湯を適温に保ってくれているらしい。魔法があるってつくづく便利だ。それにしても何日ぶりの風呂だろうか。リフレッシュがあって本当に良かったと思う。さもないと不潔さに耐え切れず暴れていたかもしれない。

念願のお風呂にまずは肩までつかって、お湯の温かさを堪能する。冷める心配もないから、ゆっくりと久々の入浴を楽しみたいところだが、今の私のコンディションだと寝てしまいかねない。ロウを待たせているのも思い出して、ほどほどで切り上げることにした。

ありがたい魔倉には、通常着るような服の他に、ゆったりとした衣類も入っていたので、そっちを身に着けて浴室から出る。

「お先に頂きました。ロウもどうぞ。私、疲れてるから先に寝ちゃうと思うけど、構わない？」

「俺に気を使う必要はない。主はあんただ。好きなようにしてくれ」

……ああ、もう、ほんとにちゃんと話をしないといけないわ、これは。

再度、心の中で思うが、本気で体力の限界だ。久しぶりに屋根と壁のある環境で気が緩《ゆる》んだのもあるんだけど、それ以上に私を安心させたのはロウが『一緒の宿』を取ってくれたっていう事実だ。

無事に森を抜けて街に辿《たど》り着いて、ギルドで身分証も作ってもらったし、もしかしたら『それじゃ、ここでお別れだ』なんてことになるかもしれないって、心の片隅で不安に感じてたんだよね。依存しちゃってるって自覚はあるんだけど、実際問題として、この状態で一人で放り出されたらやってく自信なんか皆無だ。けど、それも解消されたとなれば、気が抜けまくって睡魔に負けたって仕方がないよね。

「それじゃ、おやすみなさい」

「ああ、ゆっくり寝てくれ」

倒れるようにしてベッドに横たわり、毛布を顎《あご》まで引き上げたのまでは覚えてるが——後はもう夢も見ずに寝たらしく、気がついたら翌朝になっていた。

さて、明けて今日はこっちの暦《こよみ》で四月二十二日だと判明する。あの森の中で遭難しかけていたロウは日付が曖昧《あいまい》になっていたので、宿の人に確認した。そこから逆算すると私がこちらに来た日は四月十六日ってことになる。あの夜、見上げた空には大きな丸い月がかかっていた。こっちだと一日が必ず新月で十六日は満月だから、まず間違いはないだろう。偶然にも、それは前の私の誕生日でもあったので、こっちでもそうさせてもらおうと思う。

少々寝坊をした（させてもらった）後で、朝食をとってから、ロウと二人でギルドに出向く。

再度ギルドを訪れたのは、ロウと私のパーティ登録をするためだ。

パーティっていうのは、これもやはりゲームでよくあるシステムで、要するに一緒に冒険をする仲間の証明みたいなものだ。これをやっておかないと、依頼を受けても報告した当人にしか報酬やギルドのポイントがもらえない。ロウは私のランクを上げるため、依頼達成の協力はするが、しばらくはその報告をするのは私一人でやったほうが効率がいいと言ったんだけど、それは却下させてもらった。

だって、それじゃロウの上前を撥《は》ねるようなものじゃない。これからしばらく私たちはこの街に滞在する予定だし、こつこつやっていけばランクだってそのうち上がるはず。まぁ、実際のところ報酬を半分こにするとして、私がそこまで役に立てるかどうか、ってのは疑問なんだけどね……

「パーティの登録を頼む。構成は二名だ」

「おう、『銀狼』に昨日の嬢ちゃんか。それじゃ、二人ともタグを出してくんな」

ギルドにつくとカウンターに直行する。ロウが用件を言うと、不愛想で強面《こわもて》のおじさまがすぐに対応してくれた。あ、昨日の人だ、と思ったけど、相変わらずロウには『しゃべるな、顔を見せるな』と言われてるので、黙ってうつむき加減でタグを差し出す。私のは昨日と同じ内容だが、ロウのは——

氏名：ロウアルト
職種：弓士・剣士
年齢：22
登録地：タラ
ランク：C

職種が二つあるのは、最初に弓士として登録した後に、剣士を追加したからだそうだ。登録地のタラは、ここよりももっと北にある、狄族《てきぞく》の領土に近い街の名前だという。

おじさまは、慣れた様子で私とロウのタグを受け取ると、二枚重ねてカウンターの脇に置いてあった水晶球に近づけた。

「で、パーティの名はなににするんだ？」

「『銀月《ぎんげつ》』で頼む。ああ、筆頭はこいつだ。間違えるなよ」

「……なに？」

淡々と作業をしていたおじさまが、ロウの言葉を聞いた途端、目をむく。

「本気か？　『銀狼』のロウアルトがランクFのお嬢ちゃんの下につくだとぉ？」

「……やかましいな。さっさと言われた通りに登録しろ」

「い、いや、ちょっと待て！　お前、自分の言ってることがわかってんだろうな？」

「わかって言ってる。あんたで登録できないなら、他の奴に代わってくれ」

……あちゃー、また注目集めちゃってるよ。私も言ったんだけどね、どう考えてもロウが筆頭でしょって。

パーティの登録名にしても、言い出したのはロウだ。──『銀』は、ロウの髪と二つ名からわかるけど、なんで『月』？　って聞いたら、あんたのことだと言われた。

訳がわからずさらに尋ねたら、どうもロウの故郷には『月の女神』と呼ばれた伝説の美女がいたらしい。伝説の美女が私ってありえないでしょう、と反論はしたんだけど──これに関してはロウはどうしても譲《ゆず》らない。恥ずかしかったけれど、強硬にロウが主張するうえに、特につけたい名前があったわけじゃないから、なし崩し的にそれに決まってしまった。

そして納得のいかない様子のおじさまをロウがひと睨《にら》みで黙らせて、なんとかパーティの登録を終える。

私の放浪者の訓練の手始めとして、なにか簡単な依頼を受けてみよう、ということになった。パネルに貼られた依頼書を物色していたら、あの大声が降ってくる。

「おおい、ロウ！　やっぱりいたなぁ！」

「……またお前か……」

「あの後でお嬢ちゃんを登録させたんだって聞いてな。となりゃぁ、絶対すぐにまた来ると思ってたが、大当たりだったな」

ロウの仏頂面《ぶっちょうづら》を気にした様子もなく、ガルドゥークさんはこの前と同じようににこにこしながら私たちに近寄ってくる。私としては、特になにかされたというわけでもないんだけど（フードの中をのぞき込まれたのは別として）、なんとなくロウの態度から、かかわり合いにならないほうがいいのかなと思って、ついロウの陰に隠れてしまう。

「しつこいな。話すことはなにもないと言ったはずだが？」

「まぁ、そう言うなって。そっちにはなくてもこっちにはあるんだよ」

「依頼なら断る」

「仕事の話じゃねぇよ。一匹狼の『銀狼』が、いきなりすげぇ美人を連れてきて新規登録させた、って昨日からギルドは大騒《さわ》ぎだぜ。これで興味を持つなってほうが無理な話だろ」

「お前には関係のない話で、興味を持つだけ無駄だ。忘れろ」

うわ、ロウったら、取りつく島もない。

しかし、ガルドゥークさんも負けてはいなかった。

「無理無理、忘れようにも、その顔を一回見ちまったら忘れられねぇよ。マジで、俺が今まで見てきた中で一番の別嬪《べっぴん》だ。なぁ、ちびっとでいいから教えろよ——どこで引っかけてきたんだ？　そのなりからすっと魔術師、いや療術師《りょうじゅつし》か？」

「うるさい、お前には関係ない——レイ、行くぞ。こんな奴に構う必要はない」

「おお、レイちゃんっつーのか。可愛らしい名前じゃねぇか――レイちゃん、昨日も言ったが俺はガルドゥークってんだよ。『轟雷《ごうらい》』のガルドゥーク、な。レイちゃんなら、ガルドって呼んでくれていいぜ」

いや、いきなり「ちゃん」づけされても引くし、ロウの態度を見ている限りでは、こっちが相手の名前を呼ぶ機会はありそうにない。

それにしても、この人は体も声もバカでかい。まだここに来るのは二度目なんだけど、そのたびに注目を集めてしまうのは、半分以上はこの人のせいだと思う。

「なにをしている、さっさと行くぞ」

困っていると、ロウがまたも私たちの間に割り込んでくれた。その手に紙が握られているので、ガルドゥークさんの扱いに私が困惑している間に、受ける依頼を決めたらしい。

依頼用紙を手に持ち、私をガルドゥークさんから隔離するようにしながら、カウンターに移動する。さっきのおじさまは既に衝撃からは立ち直っていたようで、面白そうにこっちを見ている。その顔の前に、ロウが用紙を突きつけた。

「おっと――食肉の調達に、薬草採取――以上二件、か。まちがいねぇか？」

「ああ」

「よし、それじゃパーティ『銀月』の引き受け案件として確認した。期日は明日までだが、そっちもいいんだな？」

「了解している」

確認事項に頷《うなず》いているロウの横で手持ち無沙汰だった私は、ちょっとだけフードを上げて、おじさまに軽く会釈《えしゃく》してみた。すると、びっくりした後、その顔がわずかに緩《ゆる》んで――

「あー、なんだ。そっちの嬢ちゃん。『銀狼』の野郎がついてるから、大丈夫だとは思うが、気をつけんだぜ」

「あ、はい。ありがとうございます」

うっかり返事してしまったけど、見ず知らずの私にそんな言葉をかけてくれて、無視なんてできないよ。このおじさま、意外といい人じゃない。不愛想とか強面《こわもて》とか思って悪かったかな。

あれ……おじさまの態度が軟化したのとは反対に、ロウの機嫌がさらに悪くなったような？

――後からまた『むやみに愛想を振りまくんじゃない』と、叱《しか》られた。

無事に依頼も受け、ガルドゥークさんを振り切った後、私たちが向かったのは街の東の門から出たあたりの平原だった。ここでまず、依頼その一の『食肉の調達』をやる。目標は野生の動物――ではなく、このあたりに出る魔物だ。

驚くなかれ、魔物の肉って食べられるらしい。装備や薬の材料にはなると聞いたけど、今、初めて知った事実だ。

魔物なんて食べたらお腹を壊しそうなイメージがあるんだけど、種類によっては牛（こちらにもいるみたい）よりもずっとおいしいのもいると教えられる。だが、こっちだと牛は食用というよりも、農作業の手助けとしての役割が大きいそうで、食べるのは年を取って作業に使えなくなったものが多い。だから、お肉は筋張っているし、脂《あぶら》ものっていないしで、あまりおいしいって感じではないらしい。まあ、だから牛よりおいしいって言っても、微妙かもしれないけどね。もちろん、魔物の中にはものすごくまずかったり、毒があって食べられないのもいるが、その判断には放浪者としての知識と経験がものを言う。

「見つけたよ。北に反応が三つ」

「一番近いのを頼む。残りは俺が片づける」

私のサーチの魔法が大活躍している。昨日さんざん使ったせいか、今日はなんだか楽に使えるような気がする。こういうのって、熟練度みたいなのがあるのかもしれない。

ここで多かったのは狸《たぬき》に似た魔物だ。ただし日本の狸の五倍はありそうなサイズで、毛皮は赤、目も真っ赤。しかも……背中に甲羅《こうら》みたいなのがある。真っ赤なぶんぶく茶釜《ちゃがま》のようで、味は、中の上くらいだそうだ。私の火魔法でやるとオーバーキルになっちゃうのと、そもそも焦がしたらお肉としての価値が下がるし、毛皮も有益なのに使えなくなる。そのため、やっぱり氷で凍らせるのがメインになった。こっちも昨日の経験が生きているのと、杖の補正のおかげでスムーズに氷弾が飛んでいく感じがする。

ロウは今日は弓を使うようだ。あの森の中ではずっと双剣を使っていたけど、元々は弓のほうが得意らしい。そういえば、タグにも最初に『弓士』ってあったのを思い出す。

獲物を探しがてら、依頼その二の薬草採取もやっていく。私は見分けがつかないんで、まずロウに探してもらって、似たのを片っ端から魔倉に入れた。

私の放浪者としてのレベルアップと、魔法の訓練を兼ねているんで、ロウにしてみれば簡単すぎる内容だろう。けど、私にとっては初めての依頼だ。獲物を探すのも、雑草をかき分けて目指すものを見つけるのも楽しくて仕方がない。

そういえば、こんなふうに誰かとずっと一緒にいて、夢中でなにかをしたことなんて、あんまりなかった気がする。仲のいい友達といたときもどこか一線を引いて接していた。『玲子はクールだよねぇ』なんてよく言われていたけど、そうじゃない。頭のどこかに常に、あんまり親しくなりすぎて、また『見えたら』……との考えがあって、どうしても一歩引いてしまってたんだ。なぜかはわからないがロウが相手だと、そういうことをあまり考えずにすんでいる。

「お疲れさまでした——お肉も薬草も、いっぱいとれたね！」

「ああ。初日にしては充分だ」

夕方、引き上げる頃には、依頼の条件をクリアーしてあまるほどの収穫があった。ロウも満足そうで、満面の笑みで話しかけた私に、表情を緩《ゆる》めて応じてくれる。

東門からハイディンの市内に戻り、宿に直帰した。ギルドには明日の朝にまた行く予定なので、今日はもう寄る必要がないのがありがたい。

そして、昨日ほどじゃないけど、今日も私はくたくただった。平気そうな顔をしてるロウがうらやましい。体力つけなきゃなー、と思いながら、晩御飯を食べてお風呂に入って——今夜もロウがお風呂から出てくる前に轟沈《ごうちん》してしまった。

その後の数日間は、大体似たようなことをして過ごしていた。

朝は夜明けと同時にロウに叩き起こされ、眠い目をこすりながら朝食を済ませてギルドへ行く。前日に受けた依頼の報告をして、報酬を受け取ったら、また新しい依頼を受ける。

受ける依頼は少しずつ中身が変わって来ていて、本日のターゲットは双頭魔犬《ツインヘッドドッグ》という、名前通りの頭が二つある犬の魔物討伐だ。

集団で、人や動物のみならず同じ魔物まで襲う習性があるらしい。一匹ずつならそれほど強くはないんだけど、必ず複数で行動しているから襲われたほうは難儀する。群れにはリーダーがいて、まずはそいつを倒して混乱したところでの各個撃破が理想の戦法だ。

「見つけたよ。少し先に反応多数――えーと十二か、十三」

街道沿いに東へ半刻、だいたい一時間ほど歩いたあたりで、目標の反応を発見する。サーチの範囲は、今のところ半径二百メートルくらい先までならわかった。そのギリギリの距離に、赤い反応がいくつも固まって現れる。

「しっかり確認しろ。それと、頭《かしら》が判別できたらそれの足止めも頼む」

「数は十三で……一番強い反応は、右奥から二匹目かな。シールドも張り直したよ」

「上出来だ。もう少し近づいたら、仕掛けるぞ」

最近、ロウが私に要求することが増えてきた。依頼を受け始めた当初は、あれこれと細かく指示をしていたのが、今ではある程度の自由裁量で動くのも許可してくれてる。ちょっとずつだけど、ロウに認めてもらえてるんだという実感があって、すごく嬉しい。

街道を外れ、背の高い草の中をゆっくり近づく。幸いこちらが風下なので、相手に気づかれることなく、射程距離まで辿《たど》り着けた。それを確認し、弓を構えたロウが、私に合図を送る。

「いいぞ、やってくれ」

「了解——バインド！」

魔法は、無詠唱だとうまくいかないこともあるので、確実性を増すためにも技の名前だけは言うことにしている。なにを使ったか教える意味もあるから、ロウもそれを推奨してくれた。

リーダーの足元の土が隆起して、四本の足をがっちりと固定する。そこへロウが立て続けに矢を放ち、一本目がリーダーの胴体に突き刺さった。次いで二本目が二つの頭の付け根の部分にクリーンヒット。そこが弱点なのだそうで、どさり、と倒れるリーダーを確認するより早く、三本目、四本目と、次々に矢が周りの雑魚《ざこ》たちに襲いかかる。

「三匹は倒したが、この距離ではもう弓は使えん。残りは十だが——俺の後ろにいるんだぞ」

「うん。もうちょっと近づいたら火を使うね」

「俺まで燃やすなよ？」

「ま、前みたいなことはもうないよっ！　ファイアーアロー！」

杖の先から炎が細い矢のような形になって飛び出すと、魔物の一匹に襲いかかる。炎が体に触れると、見る見るうちに火ダルマになり、絶叫を上げて燃え尽きた。残酷かもしれないが、放っておけば他の人が襲われる。そう自分自身に言い聞かせて、確実に一匹ずつ倒していく。

リーダーがいればまた違ったんだろうけど、指揮をする存在がいなくなった魔物たちは、バラバ

ラに攻撃を仕掛けてくるだけなので、危険度はぐっと下がっていた。闇雲に襲いかかってくるのはロウが対処し、怯《ひる》んでしまって少し遠い距離にいるのは、私が次々に炎の矢を放って片づける。

おかげで、それほど長い時間をかけることなく、十三匹の魔物たちを全滅させることができた。

「ふう……お疲れ様でした、ロウ」

「あんたもな。よくやった、上出来だ」

珍しく手放しで褒められて、顔が緩《ゆる》んでしまう。でも、私は四匹しか倒していない。残りは全部ロウが片づけてくれていた。

「だが、依頼は二十四匹だ。まだ気を抜くには早いぞ」

「うん、今、探してる……けど、近くにはいないみたい」

「そうか――なら、もう少し先に行くか」

かなり探した末に遭遇した群れは、先程のより小さくてギリギリの七匹だった。同じように、まずはリーダーを片づけてから残りを倒す――討伐系の依頼は、倒した数がタグに自動的に記録されるんで、これでクリアーだ。あとは、ギルドに報告に行けば任務完了となる。いつもは、報告は翌日に回すんだけど、今日はちょっと思うことがあり、帰りにも寄ることになっていた。

「おう、『銀狼』か。それに嬢ちゃんも」

ギルドに到着して、カウンターのいつものおじさまのところで報告する。ロウがこの人のところに行ってくれるとホッとする。私は黙ってロウの後ろにいるだけなんだけど、それでも他の人はなんかこわい。こっちを睨《にら》みつけてる気がするんだ。その点、この人はそんなことはなく、厳《いか》つい顔ながらもいつも笑顔で対応してくれる。そんな私の心情が伝わったのか、ロウもこの人とだけは会話するのを許してくれていた。名前はアルザークさんと言って、私は『アルおじさま』と呼ぶ許可ももらった。

「一日に二度ってなぁ、珍しいな。おい、『銀狼』。嬢ちゃんに無理させてねぇだろうな？」

「させていない。それより、余計な口をきかずにさっさとやれ」

ロウは相変わらず愛想もなにもあったもんじゃないが、アルおじさまは慣れているのか気にした様子もなく、確認作業にいそしんでいる。

「双頭魔犬《ツインヘッドドッグ》討伐二十と……よし、間違いなく達成してるな」

いつものように報酬を受け取り、タグにポイントを付与してもらう。

すると――まぁ、なんということでしょう！

いつもとは違い、最初に登録したときみたいに、私のタグがわずかな光を放つ。

「お？　嬢ちゃん、もしかして昇級したか？」

返事をするのもそこそこに、表面を確認すると――

氏名：レイガ
職種：療術師《りょうじゅつし》
年齢：17
登録地：ハイディン

ランク：E
所属：『銀月』筆頭　構成員：ロウアルト

「はいっ。ランクEに上がりましたっ」

「おお、やったな。おめでとうな、嬢ちゃん」

「ありがとうございますっ」

超嬉しい。もちろん、Eなんてまだまだ駆け出しなのはわかってる。Fがお尻に卵の殻をつけたひよこなら、Eはその殻がやっと取れた程度だってのも、ロウから聞いていた。

だけど、それとこれとは話が別だ。何日も頑張って昇級できたんだから、喜んでなにが悪い。

「よく頑張ったな、レイ」

「ロウのおかげだよ、ありがとう！」

「お、なんだなんだ、昇級か？」

満面の笑みでロウにもお礼を言っていたら、いきなり背後から別の声がかけられる。びっくりして振り返ると、そこには例の筋肉ダルマが立っていた。

「うわっ！　こ、こんにちは、ガルドゥークさん」

何度か顔を合わせているうち、口調は荒っぽくてかなり強引――だけど、不思議と最後の一線というかな、こちらの意思を無視して強引にそれを踏み越えてきたりはしないことがわかってきた。

最初のときだって、フードの中をのぞき込まれはしたが、体に触られたりはしなかった。

常に人懐っこい笑みを浮かべているせいか、なぜだか他の人とは違って無視や、撃退という手段が取れないでいる。

……まぁ、そんなことはさておいて、どっから湧いた？　今の今まで、気配なんかなかったのに。

「なんだ、『轟雷』か。どっから湧いて出やがった」

アルおじさまも同じように思ったようだ。後ろを向いていた私はともかく、正面にいたアルおじさまにも気配を悟《さと》らせずに近寄って来るなんて、どういう身のこなしをしてるのか。

「めでたそうな話が聞こえてきたんでな。俺も一言、レイちゃんにお祝いをってな」

「あ、すみません、うるさくしちゃって」

「なんだよ、水くせぇ。俺とレイちゃんの仲じゃねぇか」

どういう仲ですか、ここで顔を合わせる以外に接点はないでしょう？　とは口には出さないが、顔には出ていたようだ。けど、それで怯《ひる》むようなガルドゥークさんではない。

「昇級したんだってな。おめでとう、レイちゃん」

「ありがとうございます」

お祝いを言ってくれたのだから、お礼を言うのは当たり前だよね。だから、ロウ、そんな顔してこっちを睨《にら》まないでください。

「登録から半月も経たずに昇級たぁ、すげえな。やっぱ、俺が見込んだだけのことはあるぜ」

いやいや、いつ、貴方《あなた》に見込まれたんですか、と再度突っ込みたくなるが、それもぐっと我慢だ。褒められたからじゃないよ、うん。

「けど、あんま無理はするんじゃねぇぜ？　怪我をしちゃ、元も子もねぇからな」

「あ、はい……気をつけます、ありがとうございます」

怪我をしても自分で治せるんだけど、ガルドゥークさんが言ってるのはそういうことじゃないくらいは、私にもわかる。こちらを気遣ってくれる言葉に、もう一度、今度はさっきよりも心を込めてお礼を言うと、ニカッと白い歯を見せて笑ってくれた。

「そうかそうか、んじゃ安心だ。それじゃ、またな」

……あれ？　今日はそれだけ？

いつもみたいにロウに絡《から》むこともなく、あっさりと踵《きびす》を返して去っていく。

もしかして、本当に私にお祝いを言うためだけに声をかけてくれたの？

そのことにさらにびっくりして、茫然《ぼうぜん》とガルドゥークさんの後ろ姿を見送ってから振り返ると……仏頂面《ぶっちょうづら》をしたロウがいた。

「あ、あのね。今のは、その……」

「……いい。それよりも、今日はお前の祝いだ。晩は少し豪勢に行くぞ」

てっきり叱《しか》られるんだとばかり思っていたら、こちらもまた意外な反応だ。本当に、私の昇級を喜んでくれているんだってわかって、そのことが余計に嬉しかった。

宿に戻ると、ロウの言葉通りに夕食は盛りだくさんで、珍しく、お酒も頼んでくれている。甘めの果実酒は、私に合わせて選んでくれたんだろう。そういえばこちらの世界でお酒を飲むのは初めてな気がする。用心しつつ少しだけ飲んで、残りはロウが片づけてくれた。

甘いお酒にちょっぴり顔をしかめているロウがおかしくて――私は少し酔っ払っていたのかもしれない――すごく楽しい時間だった。

加えて私の昇級祝いに、ロウは翌日は依頼を受けない休日ってことにしてくれてたから、安心して夜更かしを堪能した。ほろ酔い気分の、ふわふわとしたいい気持ちで部屋に戻る。いつものように先に風呂を使わせてもらって、その後はベッドへ直行。お酒の酔いもあって、またまたすぐに寝入ってしまい――だけど、その夜中、私とロウの関係を一変させる事態が起こった。


「ん……」

珍しく、まだ朝でもないのに目が覚めた。元々、睡眠は深いほうだし、こっちに来てからはなんだかんだで運動量がものすごくて、疲れ切った状態で寝るから朝までぐっすりが定番になっている。けど、今夜はそうじゃなくて――お酒を飲んだせいもあるんだろう。えらくのどが渇いてて、それで目が覚めたみたい。この世界の宿には、備えつけのアメニティなんて上等なものはないけど、水差しとコップ程度は置いてある。とにかく水が飲みたくて仕方がなくて、ゆっくりと体を起こすと、そこで声がかけられた。

「どうした？」

「……ロウ？」

しまった！　音を立てないようにしてたつもりだったのに、ロウを起こしちゃったみたいだ。そのことを謝ろうとして、違和感を覚える。

この部屋にはベッドが、ドアとは反対側にある窓のほうに頭を向けて二つ並んで置いてある。私は右手にある浴室に近いほうを使わせてもらって、残る片方にロウが寝ることになっていた。だから、本来ならばロウの声は横から聞こえてくるはずなんだけど、声がかけられたのは私の足元の方向からだった。

あれ？　と思って、寝ぼけ眼《まなこ》をごしごしこすりながら隣を見ると、ベッドの上はもぬけの殻だ。

そして、ドアのほうに目をやれば――そこにロウがいる。床に直に座り込んで、こっちを見ていた。

「……そんなところでなにしてるの？」

「見てわからんのか？」

「いや、なんとなくはわかるけど……」

ロウの傍《かたわ》らにある、くしゃくしゃになった毛布を見て、冷たい汗が背中を流れるのを自覚する。

マジですか？　もしかして、ここに泊まってからずっと？

そういえば、私はロウが寝ている姿を見たことがない。いつも私が先に寝てしまうし、起きるのもロウのほうが先だ。ちゃんと寝てるの？　って聞いたことはあるが、そのときも『どこで』寝てるかなんて尋ねなかった。

だって、普通そうでしょ？　まさか、こんなことしてるなんて、考えたりしないよ。

寝ぼけていたのなんて、一瞬で吹っ飛んだ。気持ちを落ち着かせるのと、いよいよのどの渇きが耐えがたくなってきたのとで、とりあえずベッドから起き上がり、テーブルの上に置いてあったコップに水を満たして、一気に呷《あお》る。

「ああ、のどが渇いていたのか。少し飲みすぎたか？」

当たり前のように気遣われて、自己嫌悪が深くなった。

ああ、もう……いろんなことを『後で』と先送りにしていたことを、心の底から反省する。

ロウは、私がそのまま、またベッドに戻って寝ると思っていたようだが、とんでもない話だ。水を飲んでのどの渇きも治まったことだし、今は真夜中みたいだけどそんなことには構っていられない。

ここできっちり話をつけようじゃありませんか。

「……おい？」

私がベッドに戻らず、暗くしていた灯りを強めたことで、ロウは戸惑《とまど》った声を上げた。ちなみにここは高級旅館なだけあって、魔石を使った照明が備えつけられている。もっと安いところは蝋燭《ろうそく》だったり、油を使った灯火《ともしび》だったりするらしい――

「こんな時間で申し訳ないけど、私たち、話し合う必要があると思う」

「いきなりなにを言い出すかと思えば……明日の朝ではダメなのか？」

それだと、また朝までロウはそこに座り込む気でしょうが！

横になるくらいはすると思うけど、知らないままならまだしも、知っちゃった後でのうのうと自分だけベッドで寝られるような図太い神経はしていない。

「ぜひ！　今！　話したいの！」

強い口調で言うと、ロウはやれやれといったふうに小さく頭を振る。

やめてよね、なんか私がすごい我儘《わがまま》言ってるみたいじゃない。

「とにかくこっちに来て」

イスを引き、テーブルを挟んで向かい合わせに座ってもらう。

「……なにを考えているのか知らんが、こんな夜中に始めなくてもいいだろうに」

そうぼやくロウに申し訳なくも思うけど、ここで引くわけにはいかない。寝不足になった分は、明日昼寝でもして補ってもらえばいいと、強気に出る。

「それで――いつからなの？」

「なにがだ？」

「こうやって、床で寝てるコトよ！」

わかっているだろうに、とぼける様子に腹が立つ。

「いつから、と聞くなら、ここに来た日からだな」

「やっぱり……それで、その前は？　森の中でもこうしてたの？」

「あそこでは、あんたも地面に寝ていただろうに」

「そういう意味じゃなくて！　私より遅く寝て、早く起きて、ゆっくり休みもしないで――まるで私の護衛みたいなことをしてたのかって聞いてるの」

そう問い詰めると、ロウは、なにを今さら、みたいな顔をした。

「あんたは俺の主《あるじ》だ。主を守るのは当たり前のことだろう」

主――そう、これがすべての元凶《げんきょう》に違いない。最初のときに、きちんと話し合わずに、なぁなぁで流してしまったのをつくづく後悔する。

言い訳なのはわかってるけど、後でちゃんと話し合えばいいくらいに思ってた。けど、その『後で』がどんどんずるずると先延ばしになっていて、その結果が今夜のこれだ。

「その主《あるじ》っていうのは止めてほしいって、私、何度も言ったよね？　確かに私はロウを助けたのかもしれないけど、だからといってそれを恩に着せる気なんて全然ないのに」

「俺があんたに命を救われたのは事実だろ。恩に着せる、着せない以前の話になる。そして俺は、それが俺の誓いに値すると思ったからそうしただけだ」

そう、強制されたのではなく、ロウ自身が望んだからと言われたら、反論できなくて黙ってしまっていた。けど、今夜ばかりはそうもいかない。

「だから、その誓いっていうの、おかしくない？　ロウのことを悪く言うつもりはないんだけど、助けられたから家来になるって、勝手に決めたのはロウなわけでしょう？　それって相手の――つまり、私の意思を無視してるよ。私は、家来がほしくてロウを助けたわけじゃないんだよ」

「――狄族《てきぞく》の誓いを侮辱するのか？」

「そうじゃないって……大体、私にはその『狄族の誓い』そのものが理解できないんだよ」

確かに、一通りの説明はしてもらった。けど、それは本当に『一通り』だ。

「助けてもらったら――怪我してるの治してもらったら、狄族の人はみんな、その人に誓いを捧げるの？　その人に、一生仕えるの？」

「そんなわけがあるか」

「じゃあ、なんでロウはそうしたの？」

そんなこともわからないのか、みたいな顔をするけど、わからないから聞いてるんだよ。

梃子《てこ》でも動かない決意をみなぎらせて、ロウを見つめる。そんな私に、ロウも仕方ないと言った様子で改めて説明してくれた。

「『恩』の大きさは与えた相手ではなく、受けた者がそれを測る、というのは前にも言ったな？　俺はあのとき、確実にあそこで死ぬはずだったが、あんたにその先を生きるための命を与えられた。その恩に報《むく》いるにはこれから先の俺のすべてを差し出さなければ釣り合わない。だから、俺はあんたを主として仕えることを誓った」

「それって、ないはずだった命を救われたから、その命を全部使って恩を返すってこと？」

それじゃ助けた意味がない気がするんだけど、ロウ自身はそれに疑問を抱いてはいないようだ。

「その通りだ――加えて言うなら、受けた恩を返さない者は狄族ではない。俺の誓いを拒むのは、俺の狄族としての誇りを奪うのと同じことだ」

そんな大げさな――とはロウの表情を見たら言えなかった。

これまでの話の内容に加え、その頑《かたく》なともいえる様子からして、確かにこれは『気にしなくていいんだよ』で済む話じゃない。私がどう思っていようと、ロウが『それだけの恩を受けた』と感じている限り、『誓い』をなしにはできないし、『恩を感じるな』っていうのも無理なようだ。恩知らずになれってことになって、彼の誇りを傷つけることになる。

でも、私は、家来がほしいわけじゃない。最初に出会ったのは偶然の産物だけど、今ではもう、ロウは私にとって大事な人になっている。子供の頃は、臣下に傅《かしず》かれる姫君なんてものにあこがれたこともあるが、いい関係を築くにはお互いが対等な立場でいるのが一番だってことは、大人になれば誰だってわかる。

「じゃあ、さ――ロウが、私を主人だっていうのなら、私がどんな命令をしても従うの？」

「ああ」

ならば、この状況の解決策を探す。絶対に見つけてやる、って固く決心して、せめてその糸口が見つからないかと、話を続ける。

「それが、どんな無茶なものでも？」

「そうだ。もし、あんたが俺に『死ね』と命じるなら、今、ここで死んでみせる」

「そんな命令するわけないでしょ！」

一言命令されたら、死ぬことすら躊躇《ためら》わないなんて、今どきのヤのつく自由業の人だって、そんなことは言わないだろう。しかし、ロウはそれを当然と受け止めていて、つまりはそれだけ狄族《てきぞく》の誓いというのは重いのだと、ようやく身にしみてわかった。

……え？　ちょっと待って？

そして、そこまでの決意表明をされた私は、ある事実に思い至る。ロウが私と一緒にいてくれる理由――それは、私が考えていたようなことではないのだ、と。

「……おい？」

自分でも、顔から血の気が引くのがわかる。急に様子の変わった私に、ロウが不審の目を向けるが、それに構っている余裕なんてなかった。熱くなっていた頭の中が、冷水をぶっかけられたみたいに冷静になっていく。

「おい、あんた……レイ、どうした？　顔色が悪いぞ。やはり飲みすぎたんじゃないのか？　気分が悪いなら、横になったほうがいい」

ロウが気遣う言葉をかけてくれる。だけど、せっかくのそれを、私は途中で遮《さえぎ》った。

「ロウ……ロウは、私が『主《あるじ》』だから、一緒にいてくれてるんだ……ね？」

語尾が微《かす》かに震える。気がついてしまったのに、それでも未練たらしく、最後を疑問形にしてしまったのは、私の弱さだ。そして、その弱さの代償は、すぐに自分に返ってくる。

「なにを今さら……？　主につき従うのは当然のことだ」

「あ、うん……だよね、うん」

無性に笑いたくなった。自分がバカすぎて、笑うしかないってこういうときなんだろうって思う。

ロウは、こっちに来てから私が初めて出会った人で、大怪我をしてるところを助けた。とても感謝してくれたり、私にいろいろなことを教えてくれたりして、足手まといになるのがわかっていながら、魔物だらけの森を抜けて街まで連れてきてくれた。一緒にギルドに行ったうえ、パーティまで組んでくれて——その他にも、たくさん助けてもらったし、ここまで導いてくれた。

だけど、そんなロウの態度を、私は『おかしい』って思わなきゃならなかったんだ。いくら命の恩人だからって、あまりにも至れり尽くせりすぎる。恩返しに、森を抜けて街まで連れて行ってくれることはあるかもしれない。物知らずなうえに、身分を証明するものもない私だから、ついでにと、ギルドへの登録の段取りもしてくれることもあるだろう。けど、そこまでだ、普通なら。

その先をなんでやってくれていたのか――ロウはきっとすごく責任感の強い人で、なにも知らない私を一人で放り出すわけにもいかず、こうして付き合ってくれているんだろうと、能天気にも思っていた。ただ同時にロウの負担が大きすぎることについて申し訳なく思う気持ちも……

確かに、ここに泊まった初日にそれっぽいことを思ったけど、突き詰めて考えずに済ませている。

今までの会話だって、私をどう思っているかってことだけにこだわって、もっと根本的なこと――『どうして一緒にいてくれるのか』については、触れてもいない。触れようとも思わなかった。

あほうだ……あほうがここにいる。他人事《ひとごと》であれば『頭、大丈夫？』とか聞くところだが、自分のこととなるとこれは――もう、笑うしかないわ。

「おい……どうした？　急に黙り込んだかと思えば、なにを――泣いている？」

「え？　あ、れ……？」

あれ？　私、泣いてる？　おかしいな、笑ってるんだと思ったのに。

ああ、でも、確かに頬が濡れてる感じがする。ポツリと、顎《あご》から膝に滴《したた》るものがある。

ほんとだ、泣いちゃってる。自分のバカさ加減が原因だってのに、泣いてどうすんのよ。

「……あ、ごめん。ちょっと、なんか……感情の制御が、できないというか……」

「あんたはもう酒は飲《や》らないほうがいい。よほど、体に合わんようだ――水は？　もう少し飲んだほうがいいんじゃないか？」

お酒のせいにしてくれるロウに、また甘えたくなる。けど、ここでそうしてしまったら、私は私を軽蔑《けいべつ》することになるだろう。

それに——ついでに、気がついちゃったんだよ。

鈍いうえに、タイミングが悪いにもほどがあるが、どうやら私は——ロウのことが好きみたいだ。

恋、してるんだと思う。よりによってなんで今っ、と自分自身に突っ込みを入れたい心境だけど、自覚したことを今さらなかったことにもできない。

それに、頭のどこかで『ああ、なるほど、だからか……』と納得している自分がいる。

今までの——『加納玲子』なら、もしこんな状況になっても、ここまで食い下がりはしないだろうし、こんなにショックを受けたりもしなかっただろう。誰かと親しくなりすぎることを怖がって——親しくなった挙句に失うことを恐れていた『玲子』なら、相手がこうやって自分から一線を引いてくれたのなら、これ幸いとそのままにしていたはずだ。さすがに、床に寝るのは止めてほしいとは思うだろうけど、その内面まで踏み込むようなことは絶対にしない。

けど、こっちの私は、ロウに対して距離を置こうとか思いもしなかった。そういうことを考えなかったのは、無意識ながらもずっと前から——もしかしたら、出会ったその日から——ロウに対して恋心を抱いていたからなんだろう。だからこそ、こんなにも苛立ち、腹を立てたんだ。

ああ、なんだ。そういうことだったのか。

ずっと感じていた自分の行動への違和感が、これでやっとすっきりした。でも、それは私の内面だけの話で、現実の問題としては解決どころか、最悪の状況になっている。

「大丈夫。もうすっかり抜けてるし、お酒のせいじゃないよ」

流れる涙を手の甲で拭《ぬぐ》ってから、深呼吸をした。ちょっと鼻声だけど、ちゃんと声は出る。短い時間だけど、決心もついた。

「もう一回だけ、確認させて――私がどう思っていようと、ロウは、私を『主人』って思ってるし、その前提で動くんだよね？」

「なんだ？　なにか含みのある言い方だな」

「いいから、答えて」

「思っている、ではないな。あんたは俺の『主《あるじ》』だ。だから――ああ、そういうことになる」

「だったら、その『主』として命令するね。まず、床で寝るの止めて。普通にベッドで寝て」

「だが、それは……」

「主の言うことはなんでも聞くんでしょ？」

「……了解した」

渋々ながらもロウが頷《うなず》く。ホントに、なんでも言うことを聞いてくれるみたいだ。だったら、きっと次のもイケるだろう。明日の朝にしちゃってもいいんだろうけど、一晩寝て――眠れるとも思えないけど――決心が鈍るといけない。こういうことは、勢いが大事だと思う。絶対に後悔する自信はあるけど、言わないでいた場合のそれよりは、ずっと小さいはず。だから、半分自棄《やけ》になってる今の勢いを利用して、もう一つの『命令』を口にする。

「それと、明日の朝になったら、ギルドに行くよ。そこで『銀月』は解散する。私はハイディンを出て行くけど、ロウはここに残ってね」

「おいっ？」

「宿賃とかの精算は、明日、ギルドに行く前にやることにして——今はこれだけかな。夜中に叩き起こして、長話してごめん。あまり朝まで時間がないかもだけど、少しでも寝ておいてね」

一気にそれだけ告げて、イスから立ち上がる。そしたら、その腕をロウにつかまれた。

「あんた！　自分がなにを言っているのかわかっているのかっ？」

わかってるよ！　十分すぎるくらいわかってる。

強い力で捕らえられた腕を見下ろしながら思う。そういえば、こんなふうにロウから触れられるのは——最初の夜、混乱しまくってぐるぐる考え込んでいた私を抱き寄せてくれたとき以来だ。

あれからそろそろ半月が経つけど、それ以外には私が転びそうになったり、足場が悪い場所を通るときとかに支えてくれる以外は、全く接触はなかった。

シャイな人なのかなー、なんて思ってたのが恥ずかしいわ。

「ちゃんとわかってるよ。大丈夫」

やんわりとその手に自分の手を重ね、ゆっくりと引き離しながら言う。

ロウの気持ちは理解したうえで、お互いの気持ちに違いがあるってわかった末の決断だ。

だから……うん、きっと大丈夫。最初と最後、たった一回だけど、この温もりも感触も忘れないよ。

「なにをどう考えたらそんな結論になるっ？　俺の誓いを——俺を拒むのかっ？」

「……ロウのことは大好きだよ。拒むなんてとんでもない」

吊り橋効果ってやつなのかもしれないけど、それでも私がロウのことを好きな事実は変わらない。けど、今はその感情に蓋《ふた》をして言葉を続ける。

「できれば、ずっと一緒にいたいと思ってた」

過去形で話をしないとならないことに、蓋の下にしまい込んだ心がチクリと痛む。

「今までしてくれたこと、すごく感謝してる。本当にありがとう。だけど、もういいんだ。ロウを自由にしてあげる。誓いは――そうだね、気持ちだけありがたくもらっとく。そうしたら、ロウの面子《メンツ》も立つでしょ」

「あんた……待て、レイ。それはつまり、俺の態度が気に食わんということか？　床に寝ていたことがそれほど気に触ったのなら、謝罪する――」

「違うって。そういうことじゃないの」

根本的なところですれ違っちゃってるんだから、一つ一つの行動がどうこうっていう問題じゃない。私のことを主《あるじ》としてしか見ていないロウと、そのロウに恋してしまった私とでは、気持ちに隔《へだ》たりがありすぎる。私の気持ちは、永遠に片思いの一方通行もいいところだ。

そういうことに目をつぶって、今のロウを丸ごと受け入れる、って選択肢もあったのかもしれない。でも、そうすると、これから先、私がロウになにか言うたびに――例えば頼みごとをして受け入れてくれたとき、『これは厚意でしてくれたのか、それとも命令だからやってくれたのか』って悩むと思うんだ。

そんな関係が長続きするはずないよね。絶対に耐えられなくなる。私が。

だったら――そんな未来しか想像できないなら、今ここで、すっぱりと切ってしまったほうがまだマシだ。あっちでだって、一人だったんだもの。こっちでも、きっと大丈夫。

心の中で、大丈夫を呪文のように繰り返していたら、ロウが食い下がって来る。

「ならば、なぜだっ？」

これが最後だと思い、もう一回だけ言うことにした。

「私はロウの『主人』でいたくないんだよ」

「……それが、あんたの本心なのか？　本心から、狄族《てきぞく》の誓いは不要だ、と？」

「それがロウにとってとても大事なことだってのは理解したし、それを貶《おとし》めるつもりで言ってることじゃないのはわかってね」

ロウの誇りを傷つけたいわけじゃないから、しっかりと念を押す。

「私はロウに自由でいてほしい。誰かに――なにかに強制されるんじゃなく、自由にものを考えて、行動してほしい。私のことも『誓いを捧げた主』じゃなくて、私自身として見て接してもらいたいの。だけど、ロウは誓いにこだわるし、そのうえで私を主としか見られないって言うし――だったら、離れるしかないでしょ？」

「……あんた自身……？」

私の言葉に、ロウはまるで初めて見るような目でこっちを見てる。

また泣き出しそうなのを必死でこらえてるんだから、あんまりまじまじと見ないでほしい。無言のまま凝視されて、居心地が悪くなった私は、言いたいことは全部言ったこともあって、とっとと退散することにした。

「だから、もう話はこれで終わりね――ああ、『主人』だから命令しないといけないのかな。だったら、これが最後の命令ね――もう寝なさい。そして、明日から、また自由に生きなさい」

そう言って、触れ合っていたロウの手をぎゅっと握り、笑って告げた。うまく笑えてるといいな、って頭のどこかで考えながら、名残惜《なごり》しかったけど手を放してベッドへと向かう。

「それじゃ、おやすみ」

眠れるとは思わないけど、横になってロウに背中を向けて、毛布を頭まで引き被る。恋心を自覚した途端に失恋なんて、どこのメロドラマだ。こらえきれずに嗚咽《おえつ》が漏れそうになるが、ここが一番の根性の見せ場だと思って、全力で抑えつける。泣くのは、本当に一人になってからだ。それくらいの意地は私にだってある。

ああ、でも、できるだけ早く朝になってほしい。なんなら、今すぐでも構わない。

ひたすら息を殺し、体を固くして横になっていると、ふとロウが動く気配がした。

イスの足が床をこする音がして、微《かす》かな足音――そして、ぎしりと、体重を受けてベッドが軋《きし》む。

え？　あれ？　……なんで、隣じゃなくて、私が寝てるベッドからそれが聞こえるの？

「人の返事も聞かずに寝るのか？　俺の主《あるじ》は、あまり行儀が良くないらしい」

背中の向こうから、そんな声が降って来るけど、この状態で普段通りの礼儀を要求されても困る。

それに、『命令』したら従うって言ったのはロウなんだし、あれでいいはず――だよね？

それにしても、声が近い。毛布に頭まで包《くる》まってるから状況が把握しにくいけど、すごい至近距離から話しかけられてる気がする。

そしてもう一度、ベッドが揺れ――頭の正面側が、微かにへこんだ。手をついて、体を支えているみたいだ、と思っていたら、今度は真上から声が降って来る。

「自由に生きろ、と言ったな。どこへ行こうが、なにをしようが自由にしろ、と」

そこまで言った覚えはないけど、確かにそんな意味も含めてだったと思う。

「あんた――お前は俺に、そう『命じた』な？」

命令したくはなかったけど、そう言わないとロウが聞いてくれないと思ったから――しかし、とにかく声が近い。屈《かが》み込んで、耳元で囁《ささや》かれでもしない限り、ありえない距離感だ。

「狄族《てきぞく》は、一度たてた誓いは決して破らない。命と誇りにかけて約定《やくじょう》を果たす。だから、主従の誓いを立てられた相手は、それを喜びこそすれ、拒んだなんて話は聞いたこともない……お前が、おそらくその初めての相手だ」

そ、そうなんだ。もったいないことをしたのかもしれないけど、私は後悔してないよ。

でも、なにがどうなってこの状況になっているのか、確かめたくても毛布が邪魔をする。脱げばいいことなんだろうが、そうするのがなんか怖くて、意気地のない私にはとりあえず現状を維持することしかできない。

そして、そんな私の心中にはお構いなしに、ロウが囁き続ける。毛布越しで若干聞こえにくいとはいえ、その声は反則だ。ただでさえ私好みの美声なのに加えて、この距離で、この口調……そういえば、さっきから私の呼び方が『あんた』から『お前』に変わってる。そのせいもあって、口説《くど》かれてる気分だ。そんなことが、あるわけないけど――

「お前があまりにあほうなんで、さすがの俺も呆《あき》れ果てた。世間を甘く見るな。お前のような娘は目を離して一人にした途端、どこでどうなるか……考えるのも恐ろしい。俺の心労を増やすな」

……それって、どういうこと？　それだと、この先も一緒にいてくれるって言ってるみたいに受け取れちゃう。でも、『明日、私と決別しろ』って命令したし……やめてよ、この期《ご》に及んで、変な期待なんかさせるのは残酷すぎるよ、ロウ。

「お前の話はわかりにくいが、顔はわかりやすい。少しは隠すことを覚えろ」

今現在、隠してます――そういう意味じゃないですね、わかってます。

「……顔を見せろ」

一呼吸おいて発せられた声に、びくっと体が震える。さっきまでとは、声の質も、言葉遣いも全然違う。私が一度も聞いたことのない種類の声だ。命令されてるみたいな――『指示』されることはあっても、こんなふうな口調でロウがしゃべったことは一度もない。そもそも、命令するのは『主人』である私のはずだ。

「聞こえなかったのか？　お前の顔を見せろ――レイ」

「……ロウ？」

おずおずと、その言葉に従って毛布から顔をのぞかせる。するとやっぱり、予想した通りの近さにロウの顔があった。

「主《あるじ》の命、だからな。俺は俺の好きにさせてもらう――お前について行って、お前の世話を焼くのは俺の勝手だ。それで苦労しても、俺が好きでやることだ――お前をこうして、俺の好きにするのも。今さら、文句は言わせせんぞ」

えええええええっ！

いや、確かに一緒にいてほしかったですけど！　好きになったのを自覚したから、そのうちそうなれたらいいな、ってちらっと考えたりもしましたけど、いきなりこの展開は予想外すぎる……

「なんだ？　言いたいことがあるなら、今のうちに言っておけ」

ロウの言葉は、最後通告みたいに聞こえる。

ある意味そうなんだろうけど、ごめん、まだ状況についていけていません。

「えっと、その……それって、どういう意味……なの？」

息がかかるほど近くで見つめられて、心臓が、ものすごい勢いで脈打ってる。それでもなんとか声を絞り出すと、ロウは呆《あき》れたみたいな顔をした。

「今から、お前を抱く。そういう意味だ」

ど直球な答えが返って来て、混乱に拍車がかかる。

「は？　だ、抱くって……あれ、でも……ええ？　えええっ？」

この体勢を考えれば、当たり前の答えかもしれないけど、できればそこに行きついた過程を教えてください。切実にお願いします。

金縛りにあったみたいに固まってたけど、やっとのことで手足を動かすことを思い出す。毛布から抜け出して、起き上がろうとじたばたとしていると、ロウもそれに気がついて上からどいてくれた。でも、まだ距離が近い。すぐにも再度、押し倒されそうな感じだ。

それでも、上半身だけでも起こすと、ちょっと気持ちが落ち着いた。さっきの涙の気配は、とっくの昔に逃げ出してる。大きく深呼吸して――それから、やっとロウの顔を正面から見る。

イケメンっぷりは、こんな状態でも健在で――この男性《ひと》に『お前を抱きたい』的なことを言われたのかと思うと、恥ずかしさでそのあたりを転げ回りたくなるが、まずは話をしないと。

「あ、あの……ロウ？　なんでそういう結論になったわけ？」

「嫌、なのか？」

「そういうわけじゃないけど、いくらなんでも唐突すぎでしょ。さっきまで、到底そんなムードじゃなかったし……」

そう言ったら、ロウがなぜかため息をついた。

「面倒な女だな、お前は」

面倒くさくて済みません。だけど、なにも言わずに、そっちだけその気になられても困るんです。

そう思っていたら、ロウは、またもや仕方がないって感じで話し始める。

「急に夜中に起きたかと思えば、妙な話を始めたのはお前のほうだ――それは理解しているな？」

妙な、と言われるとちょっとアレだけど、確かにその通りなので素直に頷《うなず》く。

「どんな内容かと思えば、俺が戸口で寝ていたことに文句をつけて、今さら、俺の誓いがどうこうと言い出した」

文句じゃないけど、大筋では間違ってないので、もう一度頷いた。

「そこまでは、百歩譲《ゆず》っていいとして、そこから、どうして俺と離れるという話になる？」

「え、だって、それは……」

さんざん繰り返したことだけど、私はロウの主《あるじ》でいたくない。ロウは、私の大事な人だ。だけど、ロウにとって私はそういう存在じゃないって気がついた。そのことが私は嫌だから――

「まぁ、それについてはお前の話でおおよそは理解したが……極論に飛びつく前に、どうして俺になにも言わん」

いや、なにも言わなかったわけじゃないし、ロウの気持ちはわかったと思ったんだよ。だから、ああやって話を締めくくったんだけど、なんか間違ってた？

「お前はさっき、俺のことを好いていると言ったな？　男と女が同じ宿に泊まったうえで、そんなことを言う意味がわかっているのか？　いや、いい――そうじゃないから言ったんだろうが、言われたほうはたまったものではないぞ」

「え、と……それって……」

なんだか、ロウも私のことをそういうふうに見ていた、的に聞こえます。聞き間違いじゃないなら、だけど。

「こっちはお前が『主』だからと、必死でこらえていたってのに――しかも、その『誓い』をあっさりと投げ捨てられるとは予想外もいいところだ」

「ちょっと、待って！　あっさりとか、そういうことじゃなくて――気持ちは嬉しいし、ほんとだよ。でも、私には身に余るっていうか、そういう関係は望んでなかったというか……」

「それもわかっている——いいから黙れ。俺の話を聞くんだろうが」

私とロウを主従とするなら、今は完全にその関係が逆転してる。私にとっては喜ばしい状況ではあるが、この話、どこに行きつくんだろうか。

「そのうえ、明日になったら赤の他人だ。自分はどこかへ行くから、俺はここに残れ？　今までのように自由に生きろ？　バカも休み休み言え——お前と出会ってしまった後で、そんなことが俺にできるとでも思ったのか？」

「だ、だって……ロウは、誓いを破れないんでしょう？　だったら、そうするしか……」

黙っていろって言われたけど、これだけは言っておかないといけない。そう思って口にしたんだけど、ロウはそんな私の主張を鼻で笑った。

「そんなものは、状況によりけりだ。誓いを守って、お前を主《あるじ》として扱うなら、確かに命令には従わねばならん。だが、それでお前と離れる羽目になるのなら、本末転倒もいいところだ——そんなことを受け入れるくらいなら、誓いなぞこちらから捨ててやる」

「……は？」

それでいいの？　狄族《てきぞく》の誇りがどうとか、言ってなかった？

「どのみち俺は、あそこを出た身だ。今さら、そんなことにこだわっているのは、ただの意地にすぎん。なにより、意地を張るべきときとそうでないときの判断くらいはつく」

もっとも、と、獰猛《どうもう》な顔つきで笑う。

「お前は逃げ道も用意してくれていたな。計算してやったとも思えんが、俺にとってはありがたいことだ」

逃げ道ってのは、私がロウの誓いを受け入れた形にして、そのうえで『自由に生きろ』って言ったことかな。うん、確かにそういう受け取り方ができるなんて考えてなかったわ。

一生を左右するほど重要な『誓い』に、そういう拡大解釈を適用することの是非については、ここでは目をつぶろう。

そして、やや表情を和らげて、ロウはその先を続けた。

「――あの森で、俺はお前に助けられた。だが、その恩を差し引いても、あのときの俺は、お前を離したくないと思った」

「え？　それって……？」

「いいから聞け――その後で、お前と話をして、あまりの無知と警戒心のなさに呆《あき》れた。俺みたいな見ず知らずの相手の前で、さっさと寝てしまうとは何事だ。呆れるのと同時に、こんなものを一人で世間に放り出すことを思って、背筋が冷えた」

寝ろって言ったのは、確かロウだったはずだが……そこは突っ込んじゃいけないんだろうな。そして、私のことを思いっきり貶《けな》しながらも、ロウの声はすごく優しいよ？　こんな声を聞くのは初めてだよね。

「それって……最初に見つけた責任感とか、義務感じゃないの？」

「あいにくだが、そんな高尚なものは持ち合わせていない」

そうかな？　ほんとはとっても優しくて責任感の強い人だと私は思うんだけど。

「あのとき、咄嗟《とっさ》に『誓い』を捧げていたことを天に感謝した。これで、お前につきまとう大義名分ができた、とな。そのおかげで、いらぬ我慢もしたわけだが……お前もお前だ。考えることが顔に出まくるくせに、肝心なことは明後日《あさって》の方向に解釈するし、人に相談もなく妙なことを決めやがって。いきなり、明日からは他人に戻れと言われたときの、俺の気持ちがわかっているのか？」

「……ごめんなさい。てっきり、その……」

他の人に相談するって習慣がなくて、自分一人の考えで突っ走ってしまうのは、私の悪い癖《くせ》だ。しかし、ここに来てもそれでやらかしてしまうとは思わなかった。

「……確かに俺も、頑《かたく》なすぎたところはある。しかし、そうでもしていなければ、お前の了解も得ずに手を出していただろうな。俺が寝台で寝ないのをお前は怒っていたが、隣にお前の寝息を聞きながら、寝られるわけがないだろうが」

え……そういう意味もあってのことだったの？

「床に寝ることで、お前は俺の『主《あるじ》』だと自分に言い聞かせていた」

「……お互い、なんかいろいろと会話不足だった、ってことだよね」

実際には、私がロウへの想いをはっきり自覚したのはついさっきのことだったんだけど、そんな事情があると知っていれば、もっと早くなっていたかもしれない。私のロウへの気持ちは、確かに心の中で育っていたんだから。

「言えるか、こんなみっともないこと」

ぼそりと呟《つぶや》かれて、笑いがこみ上げてくる。

「お前は確かに俺の『主』だが、それがなくても俺はお前を離す気は毛頭ない。当のお前がなにをどう言おうとだ」

好きだとも、愛してるとも、言われたわけじゃないけど、この宣言にはそれ以上の価値がある。嬉しくて、泣き笑いになって――さっきも泣いちゃったけど、種類が全く違う涙だ。

「さて、もう一度聞く――嫌か？　無理強《むりじ》いして抱く気はないが、嘘をついてもすぐわかるぞ？」

ここまでロウに言ってもらって、今さら、拒否なんてするわけがない。ロウもそれはわかっているだろうに、どうしても私の口からはっきりと言わせたいらしい。

「レイ？」

「……嫌じゃ、ない……です」

ダメ押しに名前を呼ばれて、真っ赤になりながら、その言葉を口に乗せる。

ロウにはきっと、私の顔がしっかり見えてるんだろうなぁ……

私にはロウの顔が、逆光で見えないのに不公平だ。それでも、ロウが低く笑った声は聞こえた。私の意思を言葉で確かめたからなんだろうけど、一瞬で、体を覆《おお》っていた毛布をはぎ取られる。

ベッドの上に押し倒され、遠慮なく全身で覆いかぶさってきた。

「まったく……人の気も知らずに、よくも煽《あお》るだけ煽ってくれたな。肉の塊を前に、腹を空かしたままおあずけを食らった気分だ」

……怖いことを言わないでほしい。口調は軽いんだけど、台詞《せりふ》の中身と全身から漂《ただよ》う気配が、大型の肉食獣だよぅ。マジで食われちゃうんじゃないか、私？

「あ、あの……できれば、お手柔らかにお願いします……」

あっちの私はバージンじゃなかったけど、だからといって経験豊富だったとは口が裂けても言えない。特にロウみたいにイケメンで押しの強いタイプなんて、お近づきになったことすらないのだ。その私に、この状態で他になにを言えというのか。

「聞くだけは聞いておく」

ロウは笑いながらそう言って、口づけてきた。

啄《ついば》むような口づけを何度もされつつ、私はロウの背中に腕を回して、彼の体を抱きしめる。見た目よりもっとしっかりした広い背中だった。細身に見えるのに、私の腕じゃ届かない。両手をいっぱいに伸ばして、ぎゅうっと抱きつくと、布越しにロウの心臓の鼓動を感じる。

「好き……私、ロウのことが好きだよ」

「煽《あお》るな、と言っただろうが……知らんぞ、俺は」

私の言葉に、唸《うな》るようにロウが呟《つぶや》くと、軽い口づけだったのが変化する。

薄く開いた唇の間から、ロウの舌が忍び込んできた。舌先で歯列をなぞり、もっと開くようにと促《うなが》され、それに従うと、奥にあった私のソレへと絡《から》みつく。

くちゅくちゅと、舌が絡み合い、唾液がかきまわされる音がする。

キスがこんなに気持ちがいいものだなんて、今の今まで知らなかった。経験がないわけじゃないけど、ロウとしてるのは全然違う。

自分のとは味の違うロウの唾液を感じると、後頭部あたりがチリチリするような感じを覚える。

「んっ……ふ、っ……」

いつの間にか自分からもロウを求めてしまっていて、鼻にかかった声が漏れ、そこでようやく我に返った。自分史上初なほど積極的になっていたことに気がついて、恥ずかしさのあまりに体を引こうとしたが、ロウの手がそうはさせじと私を抱きしめる。そして、それをきっかけにしたように、その腕が私の体のあちこちをさまよい始めた。

「ん、は……ん、ぅ……」

私が逃げようとしたせいなのか、口づけがさらに濃厚なモノへと変わる。呼吸すら危ういほどに深く重ねられ、息苦しさと同時に、口中で蠢《うごめ》く舌の動きや、優しく髪を梳《す》く指、柔らかく肩を撫《な》でさする手のひらの感覚にぼーっとなる。ロウの与えてくれる感覚に夢中になっていたら、知らぬ間に、私の体からきれいに衣服がはぎとられていた。

「え？　……あ、いつ……？」

直接、胸の先端に触れられて、思わずそこに目をやれば——見なければ良かったと後悔する。

手のひら全体で、私の胸の膨らみが包み込まれている。たっぷりした質量のそれを、ゆっくりと揉《も》むようにしながら、薬指と中指の間に先端を挟み込む。コリコリとこすり合わせたり、軽く引っ張られたりして——ロウの手が動くたびに、自在に形を変える胸が嫌らしい。気持ちが良すぎて、自然に体が反《そ》り返り、ロウに自分から胸を差し出しているみたいな体勢になってしまう。

「お前を、こう……することを、俺がどれだけ願っていたか、わかるか？　お前が、風呂に入っているときや、寝ているとき、俺がどれほど……」

「あっ――んんっ」

熱く囁《ささや》かれた直後、突然、そこを軽く噛まれた。いきなりの強い刺激に、声が出そうになって、咄嗟《とっさ》に噛み殺す。ところが、それがロウには気に食わなかったらしい。

「……声を抑えるな」

動きが止まり、不機嫌そうな声が聞こえてきた。

「え？　で、でも……」

しかし、そんなことを言われても、感じている声なんて、聞かれたら恥ずかしいに決まっている。そう言おうとしたのに、それよりも早くロウが行為を再開してしまう。

私の体のラインをなぞるように、わき腹から腰、さらにその下へとロウの手が下りていく。その手が這《は》った後を追うみたいに、ぞわぞわとした感覚が湧き上がる。片手はまだ胸を弄《いじ》っていて、空いてるほうの胸は舌でなめられたり、先端を唇で挟まれたりしている。指とは違う柔らかでじれったい刺激に思わず体をくねらせた。甘い声が漏れそうで、恥ずかしくて、また唇を噛んでこらえようとしたら、お仕置きだと言わんばかりに、もう一度、歯をたてられる。

「あんっ」

「そうだ――その声だ。もっと聞かせろ」

胸に吸いついたまましゃべるから、不規則に舌や歯が当たって、びくびくと震えてしまう。噛まれた後のジンジンと痺《しび》れるような甘い感覚が全身に広がっていく。

「あっ……あ、や、やだっ……そ、こっ」

その間にも、お尻を通りすぎて、太ももまで下がっていた手が、私の足の間に移動していた。

こっちの世界には下着用のゴムなんてないから、三角形を二つ組み合わせた感じの布を腰の左右で結ぶ形のものしかない。布にも伸縮性がなくて単に覆《おお》ってるだけ、なので侵入したい放題だ。

あっさりと布をどけて、一番恥ずかしい部分にロウの指が触れる。

くちゅん、と湿った水音がして、どれだけそこが濡れていたのか、ロウにバレてしまう。

「すごいな――たった、あれだけでこうなったのか？」

たった――って、あれだけやられて感じるなっていうほうが無理な話だ。

恥ずかしくて咄嗟《とっさ》に足を閉じようにも、ロウの体が間に入り込んでいて果たせない。

「あれしきの刺激でこうなるとは――お前は淫乱だったんだな」

「い、いんらん……って」

前世では彼氏いない歴＝年齢を、成人式が済む年まで更新してきた私ですよ。その私が、淫乱？

ちょっと待って、そんな誤解はさすがに看過できない――

そう言いたかったんだけど、そんな隙《すき》を与えてくれるロウではなかった。

「ちょ、待っ……あ、ああんっ」

抗議しようと口を開いたはずが、何度もそこを往復する指の感触が気持ち良すぎて、出てきたのは甘い喘《あえ》ぎのみ。それがあふれた液体をかき回すぐちゅぐちゅという音に重なり、恥ずかしさと気持ち良さで抗議しようという気力が根こそぎ奪われてしまう。

そして、最初はただそこをなぞるだけだったロウの指も、私が感じてしまっているのに気がついたのか、その動きが大胆なものになっていく。

重なり合った襞《ひだ》に沿ってゆるゆると上下させ、あふれ出した恥ずかしい液体を指の腹で掬《すく》い、上にある小さな突起へとこすりつける。胸の先端と同様に、そこもすっかり充血して固くなっているから、指が触れるたびに甘い声が漏れてしまう。さらに指の腹で軽く押し潰《つぶ》すようにし、その状態でこすりたてられる。

「やっ！　……あっ、ああっ」

強い刺激に、無意識に体をよじる。抵抗しているわけではないのだけれど、私が動くたびにロウが巧みにそれを阻《はば》み、いつの間にか身動きできない程にしっかりと搦《から》めとられてしまっていた。敏感な突起は、濡らされたせいで滑りが良くなっていて、少々の力を込められても痛みは感じない。痛みどころか、強い快感が湧き上がり、甘い声が止められないのだ。知らず知らずのうちに腰が揺れ、自分からロウの指にソコをすりつけるような形になってしまう。

一番感じる部分をさんざん弄《もてあそ》ばれ、その下の部分からも熱い液体がひっきりなしに滴《したた》るのが自分でもわかった。先程、少しだけ触れられただけで放置されたソコが、せつなく収縮する。ロウも私の反応からそれを悟《さと》ったらしく、指が一本、入り口から私の内部へと入り込む。

「んんっ！」

くちゅん、と音を立てて、私のソコがロウの指を受け入れた。

ぬめる液体の助けを借りて、侵入自体はスムーズだったけど、指一本のはずなのに、すごい圧迫感だ。思わず、それをきつく締めつけてしまう。

「……えらく狭いな、くそっ」

ロウも乱暴に動かすようなことはせず、緩《ゆる》やかな挿入を繰り返しながら、その存在を私になじませてくれている。

ロウの指が動くのに合わせて、粘《ねば》ついた液体をかき回すぐちゅぐちゅという湿った音が部屋の中に響く。音と一緒に、お尻のほうにまで濡れた感覚が伝わってきて、どれだけソコが濡れているのかなんて、もう考えたくもない。

「あ、ああっ……ん、んっ」

「力を抜け——余計につらいぞ」

そんなことを言いながら、ロウが一本だった指を二本、三本と増やしていく。そのたびに圧迫感が強くなるが、突起を弄《いじ》る指と、胸に吸いついた唇に気を逸《そ》らされる。中に埋め込まれた指が狭い内部をほぐすように動いているせいもあって、次第に痺《しび》れるような感覚がそこからも湧き上がってきた。そして、その指のうちの一本が、内部のお腹側のある一点をかすめたとき——

「ああっ！」

ひときわ強い快感が、私の体を走り抜ける。

「……ここ、か？」

「やっ、だ、めっ——あんっ！」

探り当てたその部分で、ロウが指を蠢《うごめ》かせた。指の腹で押され、爪でなぞるようにされると、面白いほどに体が跳《は》ねる。執拗《しつよう》にねらわれて、そのたびに嬌声《きょうせい》を上げさせられた。私は、もうすっかり息が上がってしまっていた。

「そろそろ――大丈夫のようだな」

ロウの声が聞こえたかと思うと、一瞬、離れる気配がする。驚いてそちらを見れば、流れるような動きで上着を脱ぎ捨てている場面に出くわす。

先程、服の上からは触ったが、改めて間近で見るその体は、思わず見惚《みと》れてしまうほどにきれいだった。男性の体に対してそういう単語を使うのが相応《ふさわ》しいかどうかはさておき、どこもかしこも筋肉がしっかりついていて、それでいてボディビルダーみたいな『作られた』筋肉じゃないのがわかる。実用的で、無駄がない。

上着に続いて、下も脱ぎ――私と同じく生まれたままの姿になったロウが、改めて私の上に覆《おお》いかぶさって来る。

直接、肌が触れ合い、その温もりと感触に、心臓が破裂しそうだ。

「ロウ……」

「レイ――レイガ」

私の呼びかけに応えてくれたのか、かすれた声で名前を呼ばれ、ゾクリと甘く肌が粟立《あわだ》つ。ロウが伸びあがるようにして、もう一度口づけしてきた。固い胸板で頂《いただき》ごと胸の膨らみが押しつぶされ、甘い感覚がそこから広がっていく。引き締まった下腹が腰に当たり、その中央にあるロウの逞《たくま》しさまでが感じられて、不安と期待に鼓動が高まるのが止められない。

唇も、胸も、腰も――全身でロウを強く意識させられて、経験不足の私は、重ねられた唇の合間から、ひたすら甘く喘《あえ》ぐことしかできない。

「んっ……ふ……ぁっ」

濃厚な口づけの間も、己《おのれ》を誇示するように体をこすりつけられたり、両手で全身くまなく触れられたりする、そのすべてが気持ちがいい。

頭が朦朧《もうろう》としてきた頃に、ひざ裏に手が差し入れられた。そこをぐいと大きく開かされ、さすがに驚きの声を上げる。

「……え。あっ、きゃ……っ？」

ついさっきまで指を受け入れていた部分に、固く滑《なめ》らかなモノが触れてきた。

「怖がるな——まだ挿《い》れはしない」

私の足を両脇に抱えるようにして、その間に陣取ったロウが軽く腰を揺する。ぬるん、とした固い感触が襞《ひだ》の間を滑り、上にある突起をかすめた途端——

「あっ！」

たったそれだけで、強い快感が全身を走り抜けた。それなのに、ロウはその行為を何度も繰り返す。滴《したた》るほどにあふれた恥ずかしい液体を、自身にまとわせるようにしながら、ゆっくりとソコを往復する。

ぬちゃぬちゃ、ぐちゅぐちゅと粘《ねば》っこい水音が上がり、そのたびに私の体はびくびくと震えてしまう。すがるようにロウを求めて強くしがみつけばしがみつくほど、そこからの感覚が鋭さを増す。

敏感な襞や突起をいきり立ったモノでこすりたてられて、イけそうで微妙にイけないもどかしい感覚に涙がこぼれそうになった。

「やっ、も……っ」

「一度、イくまで待て」

だったらはやくイかせてほしい。その私の心の声が聞こえたわけでもないのだろうけど、のしかかる体重が増えた気がした。そうするとソコにかかる圧力も増え——ぐっと強く突起を押しつぶされる。同時にしばらく放っておかれた胸の先端を、伸ばした手できつく捏《こ》ね上げられた。

「ひっ、ああっ——んぅっ」

与えられた強い刺激に、大きく体が跳《は》ね、きつく閉じた瞼《まぶた》の裏で白い閃光《せんこう》が炸裂する。

「んぁ……んんっ！」

私のナカがきつく収縮するのがわかった。熱い液体をあふれさせながら、ピンと伸びた足のつま先を丸めて、そのままイってしまう。

背中を反《そ》らして、全身を硬直させた——数瞬の後、脱力してシーツの上に沈み込んだ。

「あ……は、ぁ……ぁ……」

全力疾走した後みたいに、心臓が激しく脈打っている。手足からは力が抜けてしまい、はぁはぁと荒く喘《あえ》ぐだけ——

今まで、こんなふうになったことはなかった。しかも、まだ入り口付近を弄《いじ》られただけで、ロウは私のナカに入ってすらいない。

これで、本当にロウを受け入れたら、私の体は一体どうなってしまうのだろう？

初めて経験した『イく』感覚の強烈さに茫然《ぼうぜん》としているうちに、そこにもう一度、ロウの先端がぴたりと押し当てられたのに気がついた。

「挿《い》れるぞ」

「あ……」

そういえば、すっかり忘れていたんだけど、私の新しい体って経験ないよね?

そんな今さらな疑問が頭をよぎったが、そのことを言う前にロウが腰を進めてくる。

「……う……」

すっかり蕩《とろ》けていてもなお狭いその場所を、ロウの張り出した先端が押し広げながら入ってきた。

その途中で、ぴりっとなにかが裂けるような感触があったのは、おそらくきっと、この私にとってロウが初めての人になったってことなんだろう。

「っ!」

その感覚に私は小さく息をつめ、ロウは驚愕《きょうがく》の表情になる。

「まさか……初めて、だったのか?」

「あ、は……どうも、そうみたいデス」

照れくさくて、冗談めかして答えたんだけど、残念ながらロウは乗ってきてくれなかった。

「このバカがっ。そうならそうと、なぜ、言わんっ?」

真顔で叱《しか》られてしまったんだけど、私にも確証があったわけじゃない——というか、その可能性に気がついたのはほんのちょっと前なんだから、仕方がない。それに、もし、前もってそう言ってたらやめちゃったんだろうか？　だったら、言わなくて正解だ。

「大丈夫、ちょっと痛かっただけだし」

耐えられないほどの痛みじゃないし、本当にロウと一つになれたことが、今の私にとっては重要だったから。

「お前はそうでも——こちらにも都合があるんだ」

しかし、そう言ったのに、ロウの眉間のしわが取れない。

「乱暴にする気は、端《はな》からなかったから良かったが……まったく、このあほうが」

ため息をついて、知らぬ間に汗で私の額《ひたい》に張りついていた髪を、優しくかきあげてくれる。言葉遣いは乱暴であっても、口調はすごく優しい。

「……このまま続けて大丈夫か？」

「うん」

破瓜《はか》の痛みは一瞬で大したことはなかったし、じっとしていてもナカにいるロウの質量が大きすぎて、ビンビンとその感覚が伝わってきている。ここでやめられちゃったら、生殺しもいいところだ。それはロウだって同じだろう。

「本当に大丈夫だから——ロウが好きなようにしていいよ？」

「……お前……どれだけ、俺を試す気だ」

ぼやくように呟《つぶや》くと——私の様子を気にしつつも、ゆっくりと動き始める。

私の腰に手をあてがって軽く浮かせるような体勢を取らせて、緩《ゆる》やかに動いているのだけれど、私がつらそうな顔になると動きを止め、上半身を倒してキスしたり、髪を撫《な》でたりしてくれた。

それらの行為によって、最初は受け入れるだけで精いっぱいだったソコが、少しずつロウに馴染《なじ》んでくる。出入りを繰り返すごとに深さが増して、やがて根元まですべてが収まり、ぴったりと二人の体が密着する。

ほぅ、と小さくため息をつくと、また優しくキスしてくれた。

「……平気か？」

この質問は、もっと激しく動いてもいいか、って意味なんだろう。

だから、小さく頷《うなず》くと、ロウがほっとしたような表情になった。

「つらければ言え。やめてやるとは約束できんが……」

「いい、よ。ちゃんと受け止める」

「……だから、どうしてお前は、そう、俺の努力を……」

そうこぼすロウが、なんだかすごく可愛く見えて小さく笑ったら、むっとした様子になって——その報《むく》いを受けることになってしまった。

抱き合った形のまま、再度、ロウの腰が動き始める。確かに最初はちょっときつかったけど、指で暴かれてしまったお腹の裏側にある私の悦《よ》いところをねらってロウのモノで突かれると、次第に他の感覚がそれにとって代わり始めていた。

「あ……あっ……ロ、ロウ……っ」

太く固いモノが狭い内部を押し広げて進んでくるたびに、私のナカがそれをきゅうっと締めつけるのがわかる。抜かれるときは、大きく張り出した先端で、絡《から》みついた粘膜をこそぎ取られるような気がしてしまう。

ロウの形や太さ、熱さえもが、目の前に突きつけられているように、はっきりと私のナカでその存在を主張する。

「あ、あっ……す、ご……っ」

「それ、は、お前のほう、だ……くそっ！　なんだ、この狭さ、はっ」

男性の感覚は私にはわからないけど、ロウも感じてくれているなら嬉しい。

最初のほうは、まだ私を気遣って緩《ゆる》やかだった動きが、だんだんと遠慮のないものへと変わっていくのも、それだけロウにも余裕がなくなっている証拠だろう。

激しく抜き差しをされるたびに、ぬちゃぬちゃという粘着質の水音がひっきりなしに聞こえ、ロウのモノが私の恥ずかしい液体をかきだしていく。それが二人の体を濡らして、シーツへと浸《し》みこんで大きなシミになっていた。こんなに濡れて、感じてしまっていることに驚く。

「あっ、待っ……それ、ダメぇっ」

ナカをこすられるだけでも気持ち良すぎるのに、密着しているせいでロウが動くたびに敏感な突起も固い腹筋でこすられて、強すぎる快感に悲鳴を上げる。このままでは、またすぐにイってしまいそうで、懸命に刺激を感じまいと逃《のが》れようとするのだけど、ロウの楔《くさび》に深く縫い止められて動けない。

「やっ！　ま、また……っちゃう、からっ」

「構わん――好きに、イけ」

その台詞《せりふ》と同時に、ぐりぐりと突起を押しつぶすように腰を使われて、またしてもあの白い閃光《せんこう》が瞼《まぶた》の裏にちらつき始める。

ただきつく締めつけるばかりだったナカの動きも、うねるようなものへと変化するのがわかった。それに呼応するように、ロウの動きが次第に速く激しいものになっていく。

「あ、あっ……ほん、とに……ダ、メっ、も……っ」

ぐりぐりと最奥を突かれるたびに、白い光がその数と量を増す。

強引に快感の絶頂に押し上げられる感覚に、恐怖すら覚える。不安の余り、汗ばんだ逞《たくま》しい体に必死になって抱きつくのだけど、そのことによってさらに深くつながり合うことになってしまう。

「あ、あああっ……あ、あっ、あっ……っ」

意味のある言葉を発することさえできない。ひたすら喘《あえ》ぐ私の声が高まるのにつれて、淫猥《いんわい》極まりないじゅぷじゅぷという水音がひっきりなしにつながり合ったところから聞こえてくるだけだ。

的確に内部の悦《よ》いところ――さっきバレてしまったお腹の側にあるソコをこすり、奥を突き上げる強さは一向に衰《おとろ》えを見せず、連れていかれる高みの頂点が見えてきて――

「んぁっ！　……あ……あ、あっ」

深くつながり合い、固い下腹に膨らみきった突起を押しつぶされて――これまでで最大級の快感が襲い、全力でロウにしがみつくと、もう一度絶頂へと駆け上ってしまった。

「ひぁっ……あ、あっ……ぁあああ……っ！」

「……くっ……レ、イっ」

耳元でロウが低くうめく声が聞こえた――気もしたけど、それももう定かではなく、私の意識は、そのまま真っ白い光の中に堕ちていく。

とはいえ――意識を失っていたのは、ほんのわずかな間だったようだ。

「――気がついたか？」

「ひゃっ？」

意識が浮上するのと同時に、頭の上から腰にクる声が降って来て、思わず変な声が出る。

慌てて重たい瞼を引きあげると、ロウの顔がすぐ目の前にある。

「ロ、ロウ？」

ぼんやりした頭で、どうしてこんな状態になってるんだと、急いで記憶をサルベージしたら――羞恥《しゅうち》で軽く死ねそうになりました。だって、あんな――ＡＶでしかお目にかかれないような声を出して、思いっきり感じて、乱れちゃったんですよ。他の誰でもない、この私がっ。

それなのにロウは、真っ赤になってうろたえている私の様子がツボに入ったのか、くっくっと低い声で笑い始める始末だ。一体誰のせいだと思ってるのよと、文句の一つも言いたい気分だが、ふと、そこで、笑い声以外の振動があることに気がつく。

「……え？　……ま……さか？」

改めて状況を確認すれば、ベッドの上にあおむけになった私の上に、ぴったりとロウが重なっている。体重をかけないように気をつけてくれているようだが、笑い声だけじゃなくて、ロウの体温や心臓の鼓動までが、ダイレクトに感じられる。それはいい。そっちは別に構わないんだけど、問題はその他の部分だ。

ロウの足と私の足もしっかりと絡《から》み合っていて、もちろん、アソコも密着してて、振動が、その……ナカからも？

「ロ、ロウっ！　な、んで……そ、の……」

この状態なんですか、と上目遣いに聞いてみる。

「お前が気を飛ばしてしまうからだろうが。おかげで、俺は欲求不満もいいところだ」

「はい？」

「気がつくまで待ったのを褒めてもらいたいところだ」

いや、そこ、褒めるとこと違う！　私が意識を失っていたのがどれくらいの間かは知らないけど、その間ずっとこの状態って、どっちかといえば呆《あき》れるところでしょ。どれだけ持続力があるんですかっ？

そう突っ込みたかったが、それより早く、完全に目覚めたことを確認したロウの手が、私の体をまさぐり始める。

「ちょ、ま……あんっ！」

思いきりイった後だからか、私の体は小さな刺激にもすぐに反応してしまう。

「ロ――ん、んぅっ」

自分の体の変化に戸惑《とまど》い、とにかく少し待ってほしいと言いたくて口を開くのだけど、そこへまたしても濃厚に口づけられる。

「んっ、ん……ふ……」

侵入してきた器用に動く舌に翻弄《ほんろう》され、あっという間に、抗議する気力を根こそぎ持っていかれてしまった。

「レイガ……レイ」

口づけの合間に甘く名前を呼ばれ、下半身がまたも熱くなってくる。じわり、となにかがにじむ感触があり、それを合図にしたようにまだ埋め込まれていたままのロウが、ゆっくりと動き出す。

「ああんっ」

またしても濡れた嬌声《きょうせい》が口を突いて出て、改めて聞く自分の声に顔が赤くなる。

「やっ、こんな、声……っ」

さっきもさんざん上げさせられていたはずなんだけど、ちょっと寝たせいで羞恥心《しゅうちしん》にリセットがかかったみたいだ。

「今さらだな。気にするな」

「ああっ！　ダ、メっ……やだぁっ」

「いい声だ――もっと、聞かせろ」

しかしロウのほうは全く気にしていない様子で――それどころか、さらに声を上げさせようと、強く奥を突いてくる。

「あっ――っっ」

ずくん、と最奥を突かれる衝撃に、またも声が漏れそうになり、咄嗟《とっさ》に手で口を覆《おお》った。ロウにも待ってくれるように、片手で背中をタップする。

「……ちっ」

今、舌打ちしたっ？

それでも、私が頑《かたく》なに抵抗することに業《ごう》を煮やしたようだ。いったん体を引いて――ずるり、と固いモノが抜き去られる感覚に、ほっとしたような、それでいて寂しいような、複雑な感覚を覚える。でも、それは一瞬のことで、ロウの手が私の腰に添えられ、それに力が入ったかと思うと、くるりと体の向きを変えられた。

「……え？」

うつ伏せにされて、さらに腰を高く掲げさせられる。

この体勢って……まさか、アレですか？

「気が済むまで声を殺していろ」

目の前には枕がある。つまりはこれを使えってことなんだろう。お心遣いに感謝して――いや、元凶《げんきょう》はロウなんだからそれも変な気がするんだけど――そこに顔を埋《うず》めた途端、後ろからロウが入ってきた。

「っ！」

さっきが初めてだったはずなのに、私のソコは既にロウの形を覚え込まされたのか、さしたる抵抗もなく熱くて太い楔《くさび》を受け入れていく。受け入れる角度が違うからか、さっきとはまた別の粘膜がこすられる感触に、ぞわりと肌が粟立《あわだ》った。

「くっ……」

挿《い》れられた途端にきつく締めあげてしまったせいで、ロウの口からも小さなうめき声が漏れる。

腰にあてがわれたままの指に力が入り、きつく固定された状態で数回、抜き差しをして根元まで呑み込まされた。

みっちりと満たされる感覚は、さっきと同じだ。ロウのソレが脈打つのさえわかる気がする。

お互い、そこで一息入れて——その後、ロウの腰がゆっくりと動き始めた。

「ん、ぅっ……んぅっ」

後ろから、動物みたいに貫《つらぬ》かれ、揺さぶられる。

腰を高く掲げた姿勢だから、ロウにつながっている部分が丸見えになっているのに気がついたのはそのときだ。もしかしたら、声を聞かれるよりもこっちのほうが恥ずかしいんじゃないだろうか。

「これはこれで——いい、眺めだな」

ああ、やっぱりぃっ！

「っ！　こらっ、締め……る、なっ」

気づいたことで、またしてもロウを締めつけてしまったようだ。抜き差しに合わせて零《こぼ》れ落ちる液体も、その量を増した気がする。太ももの内側を伝って流れ落ちるその感触に、一瞬、気を取られた隙《すき》に、ずんっと強く最奥を穿《うが》たれた。

「！　……ぅ、あっ」

咄嗟《とっさ》に枕にしがみつくが、それでもくぐもった声がわずかに漏れてしまう。しかも、自ら望んだこととはいえ、視覚を完全に遮断してしまったことで、その他の感覚がかえって鋭敏になってしまっている。

腰をつかむロウの指の強さや、荒い息遣い。抜き差しされるたびにこすられる粘膜の感触やぐちょぐちょというういやらしい水音。それらが、さっきよりも鮮明に感じられて――

あれ？　これ、墓穴を掘ったとかそういうこと？

「んっ、う……んんっ……んぅっ」

最初はそれでもゆっくりだった動きが、次第に遠慮のないものに変わっていく。

ギリギリまで引き抜かれ、そこから一気に最奥を突かれた。奥まで到達した後は、ぐりぐりと捏《こ》ね回すように腰を使われ、そこからまた抜いて突き入れられる。ロウの力が強いこともあるんだけど、体がずり上がりそうになるほどの勢いだ。

二人分の体重に加え、激しい動きにベッドがぎしぎしと軋《きし》む。おそらくは、床にも振動が伝わってるだろう。ロウのことばかりに気を取られていたが、他の部屋にも人がいるはずだ。そっちにこんな音が伝わっていたら――と、今さらながらに思い至るが、どうすることもできない。

「つ……っ、ぅ……ん、ぅっ」

快感の嵐に翻弄《ほんろう》され、命綱みたいに枕にしがみつく。この状態で声だけ殺していても意味がないのかもしれない。だけど、こんな太くてすごいモノを挿《い》れられて、思いっきり抜き差しされて、気持ちがいいところを突かれまくっていては、ちゃんと考えることなんか無理だ。

「っ……悦《よ》すぎ、だ……っ」

切れ切れのかすれたロウの声が色っぽい。それに反応して、また内部がぎゅうっと収縮して、ロウを締めつけてしまう。

「くっ、こ……らっ」

余裕のない声だ——私も気持ちいいが、ロウもきっとそうなんだろう。

奥の奥まで入り込まれ、突き上げられるたびに、息が詰まるようだ。枕を抱きしめている腕から力が抜けそうになる。足は足で、今すぐにでもへたってしまいそうなのに、突かれる場所が気持ち良すぎるから、それを逃したくなくて、結果的にそのままの体勢を維持してしまっていた。私の腰を支える必要のなくなったロウの手が、後ろから胸の膨らみを捕らえ、好き勝手に弄《もてあそ》んでいる。

「んんっ、ん、ぅ……ぅ、んっ……」

形が変わるほど強く揉《も》まれ、先端を指の股に挟んで捏ね回す。痛みに変わる一歩手前の感覚は、背後から犯されているという状況だからか、ものすごく気持ちがいいと感じてしまう。

快感で、頭がバカになってしまいそうだ。こんな状態なのに、自分でも信じられないほど感じてるなんて、もしかして私にはMっ気があるのだろうか。そんな思いが頭の片隅に浮かぶが、それすらもすぐに快感に押し流されてしまう。

「く、そ……っ」

そして、どうやらロウのほうも限界が近いらしい。今までも十分に激しかったのだが、それを上回る勢いで突き上げ始めてきた。がっちりと私の腰を両手でつかみ、叩きつける勢いで最奥を穿《うが》つ。

奥の壁がへこむほどに突き入れて、グリッと腰をよじられると、閉じた瞼《まぶた》の裏にまたしても白い閃《せん》光《こう》がはじけた。

「んぅ、ぅっ！」

ぎゅっと全身に力が入り、ナカも一層、ロウを締めつける。するとロウがナカの粘膜を引きはがす勢いで腰を引き、また思い切り突き入れてきた。閃光がさらに大きく、絶え間ないものへと変化する。

もうロウもなにも言わず、ひたすらものすごい速さで抜き差しをしていた。荒い息遣いと、ぐちゃぐちゃという濡れた粘膜同士がこすれる音だけが耳に届く。

「っ――レ、イっ」

ポタリ、と背中に落ちたのはロウの体から滴《したた》った汗だろう。妙に鮮明な感覚のそれに気を取られた一瞬、腰を持っていたロウの片手が下がり、茂みをかき分けて小さな突起を捕らえた。

充血して膨らんだそれを指で挟まれ、痛いくらいにつまみあげられる。アソコとそのそばの突起と感じるところばかり二カ所を一気に刺激されてしまう。息を呑んだ瞬間、一番奥の壁をロウの先端がこれでもかというほどに突き上げて、反射的に背筋が反《そ》り返った。

「いっ……ひ……ぃ……っ」

かすれきった声は思ったほど大きくなかった。あまりにも気持ちが良すぎると、声すら出ないと初めて知る。

思いっきり背中を反らして、腰をロウにすりつけるようにして、しばらく小刻みに震えていた。

まもなく全身から力という力が抜けてしまい、ぐったりとシーツの上に突っ伏してしまう。

「う……くっ……レイっ」

その耳に、くぐもったようなロウの声が届く。

「レイ……レイガ……愛している……」

私のナカに熱いものを放ったのと同時に、最後の最後に、そう言ってくれた気がする。

強烈すぎる快感の余韻《よいん》に加え、息をすることさえも億劫《おっくう》なほど疲れ切っていた私は、それを確かめる前に意識が闇に包まれてしまった。


「……初めてだったのに……あんなにするなんて、酷《ひど》いっ」

「さんざん俺を煽《あお》ったお前が悪い」

翌日になって目を覚ましたら、体だけは清められていたものの、その他の——枕やシーツなんかはそのままで、私とロウのあれやこれやの液体によってすごい状態になっていた。

まだ服も着てなくて——わざとですか？　そうですか、わざとなんですね。

全裸のままなんだけど、なんかもう、隠す気力もない。そういえば、昨夜は結局、最初から最後まで明かりが点《つ》いたままだった気もするし……

世間様では朝というか、既にお昼に近い時間のようだが、窓は鎧戸《よろいど》が下りているため、室内が薄暗いのがわずかな救いだ。

昨夜のように、備え付けの水を——と思ったがテーブルまで辿《たど》り着けなかったので、ロウに取ってもらう。歩くのはもちろん、上半身を起こすのすらつらい。足の間には、まだなんか挟まってるような気もするし……手が震えてうまくコップがつかめなかったので、ロウに支えてもらい、口元まで運んでもらって、のどの渇きを癒《いや》す。水は生温《なまぬる》かったけど、渇ききっていた体に染みわたった。

私が飲み終えたコップで、ロウも水を飲んでいる。

あれだけ運動して汗をかけば、そりゃのども渇くよね。えらく機嫌もいいようだし……昨夜のことを思えば、それも当然か。

豪快に、お酒みたいに呷《あお》る様子に、あ、間接キスだ、とか妙に乙女な考えが頭に浮かんだ。

「……ねぇ？」

「なんだ？　まだほしいか？」

「あ、ううん。水はもう大丈夫。話がしたいんだけど……」

「……また妙なことを考えているなら、聞く耳持たんぞ」

あぅ……機嫌が悪くなった。信用されてないらしいが、それも仕方がないのかも。

とはいえ、どうしても確認しておきたいことがあるのだ。

「ロウは、その……これからも、私と一緒にいてくれるのよね？」

「当たり前だ――まだ足りんというのなら、いくらでも証明してやるが？」

「い、いや、今は結構ですっ！　じゃなくて、その……」

確か、最後に『愛してる』って言ってくれた気がするが、できればもう一度、しっかりと正気の状態で聞きたい。が、それをこっちから要求するのは図々しすぎると思われるかもしれない。私から話を振ったくせにうだうだと言い淀《よど》んでいたら、ロウのほうからあっさりと口に出してくれた。

「レイ――レイガ。俺はお前を愛してる」

「ロウっ？」

い、意外だ。ロウって、こういうことを真顔で言えるタイプだったんだ！　いや、驚いてる場合じゃない。あっちが言ってくれたんだから、こっちもちゃんと言わないと。

「わ、私もっ。ロウのことが好き――愛して、ます」

『好き』ならともかく『愛してる』はハードルが高かったけど、私の言葉を聞いたロウが、今までに見た中でも一番、晴れやかに笑ってくれたから、そのかいはあった。

「俺もお前も同じ気持ちならば、どうして離れる必要がある？」

「そっか。うん、そうだよね」

私は一人の男性としてロウが好きで、ロウもただのレイガを愛してくれてる。誤解やすれ違いがあったけど、最終的な結論がこれならば、もう不安に思う必要はない。

「――これからもよろしくお願いします、ロウ」

「ああ。こちらからも、よろしく頼む」

お互いに、ちょっと改まって、そう言い合う。すぐに噴き出しちゃったけど、幸せな気分はその日中続いたのだった。

第三章

『あの日』から数日経ったけど、私とロウの関係が劇的に変化した――ってことはなかったよ。

無口で不愛想が標準装備なロウだから、想いが通じ合ったからといっても、いきなりべたべたしてきたりはしない。もしそんなふうにされたら、元日本人な私としても、慣れてないからおそらく対応に困る。

まぁ、今のところ、そういうことをされてはいないから、困ったこともないんだけど……

ただ、全く変化がなかったかといえば、そうでもない。

その中でも大きなものを挙げるとすれば、前は他の人がいるところでは――宿での食事中でさえもだ――決してフードを取らせてくれなかったのだが、顔を出す許可が出たことだろう。

こっちでの私は超レア級の美人になっているから、やたらと視線を集めて変なトラブルに巻き込まれないため、そうやって隠すように言われたのはわかる。それに、いざトラブルとなったときにうまく切り抜けられる自信もなかった。けれど、季節はどんどん進んで気温も高くなってきているのに、いつでもどこでもフードをかぶったままじゃかえって目立つ気がするし、なにより暑くて鬱《うっ》陶《とう》しい。

それでも我慢していたのだけど――あの翌日ですよ。

「——取っていいぞ」

「へ？」

朝食を取るために、いつものようにローブのフードを下ろした状態で階下の食堂に向かおうとしていた私は、自分を呼び止めたロウの言葉の意味が一瞬わからなかった。私がきょとんとしていると、ロウがつかつかと近寄ってきて、目深《まぶか》にかぶっていたフードを取り去る。

「え？　い、いいの？」

そこでやっと、さっきのがフードを取っていいってことだと理解したが、どうして急に許可が下りたのか謎のままだ。

「暑い、と言っていただろう？」

「え、そりゃ、確かに……でも……？」

なぜ、というマークを顔に張りつけてロウを見つめていたら、ちょっと嫌そうな様子を見せながらも、その理由を教えてくれた。

「……お前をできるだけ人目にさらしたくなかったんだが——俺が守り傅《かしず》く主《あるじ》ではなく、ただのレイガとして扱うのなら、そうは言ってもいられないからな」

……はい？　主としてなら隠すけど、そうじゃないなら出す？　わかりません、先生。

「つまり、俺の相方として扱うのなら、お前にもその自覚と実力を持ってもらう、ということだ。その見かけだから人目を引くのは仕方がないが、寄って来る連中に絡《から》まれておろおろしているようでは困る。そのためにも、そろそろそういう連中への対処を覚えたほうがいいだろう」

えっと……それって要するに、主《あるじ》扱いを止めるだけじゃなくて、相棒――放浪者としても私を一人前に扱ってくれるって意味？　で、そのうえで、私はロウの恋人なんだから、他の男に言い寄られてもきっぱりと断れるようになれ、と？　うは、なんか……『愛してる』って言われたときより照れちゃうよ、これ。

そして、さらにもう一つ変わったことがある。

「おはようございます、アルおじさま」

「おお、嬢ちゃん。おはよう、今日も元気そうでなによりだ」

依頼の報告と受注のために、私たちは毎朝ギルドに行く。だから、今朝も私がにっこり笑って、いつものカウンターのおじさまに挨拶する。

以前はギルドへ行っても、やり取りはほとんど全部、ロウがやっていた。私はその横か後ろで、黙ってその様子を見てるだけだったのが、その対応を私にさせてくれるようになったのだ。

これは、私のことを『対等な仲間』からさらにもう一歩進んで、『銀月』の筆頭として扱うということなんだろうと思う。

とはいえ、今のところ、会話するのはこのアルおじさまと、あともう一人くらい。そっちについては今は省くけど、アルおじさまとはもうすっかり仲良くなっていて、お父さんとまでは言わないが、親戚の強面《こわもて》の小父《おじ》さんみたいな感じだ。

「それにしても相変わらずの別嬪《べっぴん》だな。近頃、妙に色っぽくなってきたし――目の保養になるぜ」

「またそんなことを――おだててもなにも出ませんよ」

こんなふうに言われるのだって、アルおじさまが相手だと気楽に聞き流せる。

「――そこの親父。無駄口はいいと何度言ったらわかる。さっさと査定を済ませて、次の依頼を受けつけろ」

「へいへい。ってことで、まずは今回の報酬だ。毎度、いい稼ぎでうらやましい限りだぜ」

もっとも、ロウはその限りじゃなくて、毎回律義に噛みついてる。おじさまもそれを見越して、私に構っているところも見受けられるので、コミュニケーションの一環だと思って放っておく。

「ありがとうございます」

首をすくめて、算定した金額を差し出すおじさまに、お礼を言いつつ周りを見回せば、ものすごい確率でこっちを見てる人の視線とかち合う。が、こういう状況の対応にも、だいぶ慣れてきたと思う。気がつかないふりをしてすっと視線を流して知らんぷり、だ。ギルド内ならアルおじさまが睨《にら》みをきかせてくれるし、外でも横にいるロウの存在もあって大抵はそれで諦めてくれる。

「よう、レイちゃん、ロウ！　相変わらず、頑張ってんなぁ！」

……前言撤回、いましたよ。ロウやおじさまの眼光にも怯《ひる》まない人が。ちなみに、さっき言った『もう一人』っていうのがこの人だ。省いたはずが、あっちから強引に登場してきちゃった。

「おはようございます、ガルドゥークさん」

「相変わらず呼び方が固ぇなぁ、ガルドでいいっつってんだろ。でもってそこの親父じゃねぇが、朝一にこんな美人が見れて、俺も嬉しいぜ！　ロウ、手前ぇ、こんな可愛い娘《こ》を独り占めしていいと思ってやがんのか？」

もはや、これも恒例行事みたいになっていた。結構な頻度でギルドで会うんだけど、そのたびに大声を張り上げながら寄って来ては、ロウや私に構いたがる。私も扱いに慣れてきて、二言三言しゃべった後は適当に切り上げていた。かなりそっけない態度を取ってると思うんだけど、ガルドゥークさんは、一向にへこむ様子もない。

「いいも悪いもない。レイは俺のパーティの筆頭だ。ついでに言えば、お前を喜ばせるためにここにいるわけでもない。用がないなら、さっさと消えろ。あっても消えろ」

ロウは、私に輪をかけて冷たい扱いなのだが、全く意に介していない様子で、にこにこと笑っている。ここまでくると、すごくメンタルの強い人なんだ、と感心してしまう。

ロウにしてもガルドゥークさんがそういう態度だからこそ、ここまで強く言えるのかもしれないと考えるのは穿《うが》ちすぎかな。でも、結構、ツンデレ要素あるしなぁ……

そんなことを思っていたら、アルおじさまの手元にある依頼の用紙を、私の頭越しにのぞき込んだガルドゥークさんが、驚きの声を上げる。

「まぁ、そう言うなって。えれぇ景気がいいみてぇだが、次はなにを受けんだ？　――おい、待て。森猪《フォレストボア》ってマジかよ」

森猪というのは、名前の通り猪に似ているが、体は子牛ほどもあり、牙もすごく長い。肉がおいしくて人気なのだが、そのサイズに見合った攻撃力と耐久力の持ち主なので、なかなか倒せない。通常ならば駆け出しの放浪者が相手にするには厄介《やっかい》な相手らしいが、もちろん、ロウもそれは心得てくれている。

そのうえで、私がこれを倒せると判断して受けた依頼なのだが……やはり、まだEランクの私には早い内容なのだろうか？

「なにか問題でもあるんですか？」

その様子が気になって問いかけたら、ぶんぶんと頭を振って否定された。

「いや、そういうわけじゃねぇ。ただ、もうそんなのを狩ってるのかって、ちいっと驚いただけだ」

それでもまだ不安で、アルおじさまへと視線を向けると、今の話を聞いていたのか、すぐに説明してくれる。

「――受注ランクを満たしてさえいりゃ、なにを受けるのかは本人の好きにすりゃいいし、それで失敗しても自分の責任だ。あんまり無茶だと思えば、忠告だけはするが――嬢ちゃんと『銀狼』なら、ランクも実力も足りてるな」

受注ランクというのは、依頼の難易度みたいなものだと思えばいい。今回の森猪はDランクで、まだEランクの私だけでは受けられないが『銀月』としてならロウがCランクだから、条件は満たしていることになる。

「その通りだ。すまねぇな、レイちゃん。妙なこと言って不安にさせちまった」

ガルドゥークさんが重ねて私に謝罪してくる。図々しさが鎧《よろい》を着て歩き回ってるような人なんだけど、時々、こうやって繊細《せんさい》な心配りを見せることもあった。そういえば、前に私が昇級したときに、わざわざお祝いを言うためだけに声をかけてくれたこともある。

つかみどころがない、というか、なんだかとっても不思議な人だ。

思わずまじまじとその顔を見つめていると――ガルドゥークさんの動きがちょっと挙動不審になる。ぼりぼりと頭を掻《か》いてみたり、その手が頬へと移動して、すぐ後で顔の下半分を隠すようにしてみたりと落ち着きがない。

……なんだ？　一体どうしたの？

「いや、その……最初に見たときはよ、レイちゃんはロウの後ろで、心細そうにしてたろ？　てっきりなにかを依頼するために来てたんだと思ってたが、後でギルドに登録したって聞いて驚いたぜ。ロウがそんなお荷物を背負《しょ》い込んだことにもだが――んで、正直、すぐに音《ね》を上げて逃げ出すだろうと高《たか》ぁくくってた。なのに、長続きしてるうえに、いつの間にか森猪なんぞまで狩るようになってるなんてよ……」

そこでいったん、言葉を切ってから、あちこちに彷徨《さまよ》わせていた腕を下ろし、私の目を真っ直ぐに見つめて先を続ける。

「見損なって、悪かった。レイちゃんは、歴《れっき》とした俺らギルドの一員だ」

その目と同じく、真っ直ぐに告げられた言葉に、ドキンと一つ、心臓が高く鼓動した。

「ガルドゥークさん……」

そんなこと、わざわざ言わずに、知らん顔していればいいだけの話だ。それに、お荷物だと思ってたのはガルドゥークさんだけじゃないはずだ。ギルドに来るたびに注目を集めていたのは、私の性別や顔形だけが理由じゃなくて、場違いな者が紛《まぎ》れ込んでるって思われていたのもあるんだろう。

アルおじさまやロウには、時間が経てばそんなこともなくなると言われていたし、私自身もあえて気にしないようにしていた。わかる人はわかってくれる。そう考えるようにしていたのだけど——だから余計に、不意打ちみたいなガルドゥークさんの言葉が心にしみた。

「私がロウの足手まといなのも、まだまだ駆け出しなのも事実です。でも、早くそうじゃなくなるように頑張るつもりでいます——だから、今の言葉、すごく嬉しい。ありがとうございます」

嬉しすぎて、ちょっと泣きそうになったけど、ぐっとこらえて笑顔でお礼を言う。

「お、おう。ならいいんだ。んじゃ、俺はちぃっと用事を思い出したんで、これで……」

いつもならば、話を切り上げて出て行くのは私たちのほうなのに、今回ばかりは先にガルドゥークさんが出て行っちゃった。それも、まるで逃げ出すみたいな早足で——しかも、去り際にちらっと見えたんだけど、耳が真っ赤になっていたような……？

「柄《がら》にもなく、照れて逃げ出しやがったな。ま、今のを食らっちゃ仕方がねぇが……嬢ちゃんもなかなか、隅におけねぇなぁ」

「……はい？」

なんのことでしょうか？　けど、聞いてもおじさまは笑うばかりで答えてくれないし、ロウはなぜだか機嫌が悪くなっている。一体なんなのよ、この状況は……？

ギルドでそんな一幕がありはしたが、森猪退治の首尾は上々だった。サクッと行って、危なげなく倒して、魔倉の中にはたっぷりと肉や毛皮、牙等が入っている。大きめのを何頭も発見できたおかげなんだけど、倒した私たちも驚くほどの成果だ。

いつも通り報告は明日の朝ってことにして、宿に戻り、夕食とお風呂を済ませる。

そこまでは、大体いつもと同じ——だが、その後が今日は少し違っていた。

部屋でくつろぎながら、ロウと他愛のない会話をしていて、その話題が今日の成果のことになった。本当になんの気なしに「ギルドでこれを見せたら、ビックリされるだろうね」と言った途端——

「……細かいことを言いたくはないが、あの連中をあまり構うな」

不機嫌そうにそう言われたので、私は思わず問い返す。

「連中、って、アルおじさまのこと？」

「お前が甘い顔をするから、最近、あいつらがどんどん調子に乗ってきている——見ていて、腹が立つ」

お互いの想いが通じ合った『あの日』から、こうやってロウが自分の気持ちを話してくれるようになったのも、変化したことの一つだ。すごく嬉しいことだけど、不穏《ふおん》なオーラがビシバシ飛んでくると、ちょっと困ってしまう。

「甘い顔って言われても……普通に話をしてるだけだよ？」

報告や受注のためなんだから仕方ないじゃない。まぁ、その合間に世間話をしたりはするが——それにしても、さっきからなんで複数形なんだろう？

「あの親父に関しては、ある程度は仕方がないとわかっている。気に入らんのは変わらんが——だが、今日はもう一匹いただろうが」

「もう一匹、って……もしかしてガルドゥークさんのこと？」

「他に誰がいる？」

この会話の流れからして、他に該当者がいませんわな。なるほど、だから『あいつら』だったのか。しかし、そう言われても……ガルドゥークさんについては、あっちから話しかけてくるから、相手してるだけだよ。そうしないと離れてくれないし、そのおかげかどうかはわからないけど、最近では、二つ三つ言葉を交わしたらその後は素直に引いてくれるようになってきたし。今日はちょっと長話になったけど、あのくらいは大目に見てほしいなぁ。

「やだな、ロウったら――妬《や》いてるの？」

それはほんの軽口のつもりだった。だけど、それを聞いた瞬間のロウの顔を見て、自分が特大の地雷を踏みつけたことを悟《さと》る。

「……なんだと？」

「い、いえ、今のなしっ！　口が滑りました！　そんなこと、全然、ほんとは思ってませんっ」

綸言《りんげん》汗の如《ごと》し、違う、覆水盆《ふくすいぼん》に返らず――いや、口は禍《わざわい》の門《かど》、これだ。

低い声で問い返され、だらだらと背中を冷や汗が流れる。即座に謝ったけど、それで済ませてもらえるわけがなかった。

「いい度胸だ」

「……ひぃ」

怒ってるのは明白なのに、なぜか笑顔なのが余計に怖い。そのまま、こっちに近づいてくるんで、思わず後じさった。けど、部屋の中のことだからすぐにひざ裏にベッドの角が当たってしまう。ほんのちょっとそっちに気を取られた隙《すき》に、グイッと押されて、視界が九十度回転する。一瞬でベッドの上に組み敷かれた。

「俺が、嫉妬している、だと？」

首筋に顔を埋《うず》めながら、一言ずつ囁《ささや》かないでいただけませんか？　肉食獣にロックオンされた気分になります。

「ごめんなさい、ホントにそう思ったわけじゃありませんっ」

首筋に顔を埋められたまま、両手をシーツの上に縫い止められて、万歳《ばんざい》してるみたいな体勢は、私の心境そのものだよ。まるっきり全面降伏で、ホールドアップです。プライド？　なにそれ、おいしいの？

涙目になって必死で謝ると――

「……お前の言う通りだ」

「え？」

聞き間違いかと思ったけど、そうじゃなかった。

「確かに嫉妬している。あの連中だけじゃない――お前が目を向け言葉を交わす相手、全部にだ」

「ロ、ロウ……？」

「本心を言えば、お前をどこにも出さず、誰の目にも触れさせず、ずっと俺だけのものにしてしまいたい」

　まさかの、監禁願望宣言っ？

「……無論、そんなことは無理だとわかっている。そんなことをしたらお前は萎《しお》れて、枯れてしまうだけだからな」

「ロウ……」

「だが、せめて――俺と二人のときは、他の男のことは考えるな」

　今までは無差別に嫉妬されたり、独占欲を丸出しにされたりすることで、きゅんとしてしまうなんて、どういう屈折《くっせつ》した心理だ、と思っていた。でも、実際にその立場になってみると、愛されてるって実感がものすごい。相手がロウだから、だろうけど。

「お前が挑発してきたんだ。覚悟はいいな？」

　押し倒された状態のままで、ねっとりと項《うなじ》に舌を這《は》わされた後、耳にキスされながら問われる。

「ひゃっ？　あ、あの……その……はい」

　挑発なんかした覚えはないが、そう告げられるムードではないので素直に返事をした。そのことに満足したのか、ほんの少し、ロウの機嫌が直ったようだ。けど、肉食獣の気配は、弱まるどころか一層強くなった気がする。

「あ？　えっ……ロウっ？」

　その印象は間違っていなかったみたいで、万歳の体勢になっていた手を、頭の上でひとまとめにされてしまう。それを片手で押さえ込み、耳を食《は》む唇はそのままで、空いた片手が私の胸へと伸ばされた。

「抵抗するな――いや、してもいい。できるものなら、な」

ロウは意味ありげに言葉を切り、手を服の合わせから内部へと忍び込ませてきた。手のひらで膨らみを包み込んで、指の間に先端を挟む。

「あ、あっ！」

全体を柔らかく揉《も》まれると、あっという間に重く張ってきてしまう。先端も指でこすられたり、軽く引っ張ったりされて、ツンと固くとがってくる。それがロウの手のひらにあたって、コリコリとした感触を与えてるだろうことが、死ぬほど恥ずかしい。恥ずかしいけど、気持ちがいい。胸でここまで感じるなんて、ロウに抱かれるまで考えもしなかった。

あの日以来、何度もロウに抱かれていた。何度も、なんてもんじゃない。ほぼ毎晩、翌日が休みだと朝方近くまで、みたいなことすらあった。そのたびに、ロウは私を死ぬほど気持ち良くしてくれる。相性がものすごくいいのか、それとも単にロウがうますぎるだけなのかは、未だにわからないけど。

今だって、そうだ。耳にキスされて、胸を揉まれてるだけなのに、体の奥、特に下腹のあたりからじわじわと熱がこみ上げてくる。両手を頭の上で、ひとまとめにして捕らえられてて、自由に動かせないのもかなり影響しているんだと思う。

それほど強い力で押さえつけられてるわけじゃないから、本気になれば抜け出せる。けど、なぜかそうする気になれなくて、素直に縛《いまし》められたまま、ロウの舌と手の動きに神経を集中させていた。

……やっぱりM属性があったんだな、私って。

「あ、やっ……くすぐった……あんっ」

項《うなじ》から耳へと舌を這《は》わされ、ゾクゾクとした感触が湧き上がり、つい首をすくめてしまう。すると、逃げたことが悪いとばかりにロウの唇が追いかけてきて、耳を挟み込まれた。小さく音を立てながらキスされる。けどあまりにも距離が近いから、音だけじゃなくて吐息までがそこに感じられて、思わず体が震えた。その後で、ぬめった舌が耳孔《じこう》に入り込んで、そこを嬲《なぶ》られると、ぬちゃぬちゃと湿った水音が鼓膜を揺らす。

片手はずっと胸の膨らみを弄《いじ》っている。けど、なぜか執拗《しつよう》に片方だけ——私の右の胸ばかりだから、放っておかれているもう片方が疼《うず》いて仕方がない。触れられていないのに、右と同じく重たく張って、先端も勃《た》ち上がってしまっている。上着の前を軽くはだけられているだけだから、それが布を押し上げて、自己主張していることにはロウも気がついているはずなのに、それでも一向に触れてくれる様子がない。焦《じ》れて身をよじると、布とすれて、それだけで再び疼いてしまう。

「やっ……や、だっ……」

恥ずかしさと焦れったさが心の中で格闘していたが、勝利したのは——

「どうした？」

わかっているくせに、わざわざ聞いてくる。

「そっち、ばっかじゃ……もう片方も……い、弄って？」

赤くなりつつねだる私の声に、耳を食《は》んでいたロウが小さく笑う。その声と吐息にすら、今の私は敏感に反応してしまう。

右手で私の両手をつかんでいるから、ロウが動かせるのは左手だけだ。その手が、ぷちぷちと上着のボタンを外して、下まで辿《たど》り着いたら大きく左右にくつろげる。上半身を露《あら》わにさせられ、ずっと放っておかれた左胸に、今まで耳を嬲《なぶ》っていた唇で吸いつかれた。

「きゃ……ああんっ！」

先端をきつく吸い、たっぷりと唾液を含ませた舌でなめられる。膨らみ全体にもくまなく舌を這《は》わされて、唾液でべとべとにされてしまう。右胸への手での刺激も続いていて、左右で強さの違う感覚に、気持ち良さともどかしさが入り混じる。自然に背筋が反《そ》り返り、ロウの顔に胸を押しつけるみたいになってしまっていた。その先端に、かりっと、軽く歯を立てられて、大きく体が跳《は》ねる。

「あ、あっ！　……ロ、ゥっ」

「……気持ちが、いいか？」

しゃべるために唇が離れると、噛まれた後のジンジンとした痺《しび》れと同時に、濡れた膨らみがひんやりする感覚に、小さく体が震えた。

「レイ？」

「きも、ち……いい、っ」

素直に白状する。胸への刺激で、足の間も疼《うず》き始めてしまっている――けど、まだそっちには触ってもらえない。おそらくこれは、胸のときみたいに、私からおねだりするのを待ってるんだろう。ロウの思い通りにされてるみたいで、ちょっと悔しい……けど、結局、私が負けてしまうのは明白だ。

「も、そこ……いい、からっ」

「どうした？」

もじもじと足をすり合わせながらの私の甘い声に、わかってるくせに素知らぬ顔で問い返してくる。

「ね……お願い……」

でも、胸はともかく、足の間にあるそのものずばりの名称を口にする度胸はない。手で示したくても、まだ頭の上に縫い止められているからそれもできない。仕方なく――もしかしたら、こっちのほうがよほど恥ずかしいのかもしれないけど、腰に力を入れて、上からのしかかってきているロウの体にソコをこすりつけた。

「……我慢しきれなくなったか？」

笑いながら言わないでほしい。しかもその笑顔がものすごく色っぽいから、余計に質《たち》が悪い。

「触ってほしいんだな？」

そして、再度、答えのわかりきっていることを、聞かないでくださいってば。

だが、恥ずかしさに耐えたかいはあって、それ以上焦《じ》らされる事態にはならなかった。私の返事を待たず、またも片手で、器用に下を脱がされ、望んでいた場所にロウの指が触れてくる。

「あん！」

濡れた襞《ひだ》に沿って、ロウの指が上下する。触れられた途端に、くちゅ……っと、濡れた音がして、そこがどれだけ潤《うる》んでしまっているかが丸わかりだ。

「相変わらず、すごい濡れようだな――洪水みたいになってるぞ」

そういう実況中継もいらんですっ。けど、私がM属性なのを自覚したのは、こういうロウの言動によるものが大きい。私がM属性なら、ロウはS属性だ。割れ鍋に綴《と》じ蓋《ぶた》で、ちょうどいいのかもしれんが。

普段は無口なのに、こういうシチュエーションのときだけ、妙に口数が多い。しかも、言葉責めのような、こっちが恥ずかしがるのを見越しての発言だったりする。

「ここも……こんなに固くして。よほど俺に、弄《いじ》ってほしかったと見える」

現に今だって、小さな突起を茂みの中から探し当てた後、薄皮をむかれてこすりたて、胸に吸いついたまま、卑猥《ひわい》な言葉を囁《ささや》いてきた。

「あっあっ、あんっ、ああっ」

言葉を発することで不規則に舌と歯が当たって、胸とアソコからの刺激に、はしたない声が止まらないというか、止められない。押して、つまんで、引っかいて――ロウの指が動くたびに、甘い痺《しび》れがそこから湧き上がり、全身へと広がっていく。襞《ひだ》の間から、粘《ねば》ついた熱い液体があふれてきているのが自分でもわかった。そのぬめりを指で掬《すく》いとり、突起に塗り込められ、さらに滑りが良くなって、気持ち良さも天井知らずに上がっていく。ヒクヒクと下腹を痙攣《けいれん》させる私を見て、ロウはそろそろ次へと進む気になったようだ。

「あ、ひゃ、あ、ああんっ」

ちゅぷっ、と、指が襞の間の狭い入り口に埋め込まれる。なんの抵抗もなくロウの指を受け入れたソコは、すっかり潤《うる》んでいて、ぐちょぐちょと湿った水音を立ててしまう。

「あんっ……あ、ひぁっ！」

いったん、根元まで埋め込んだ指先が、内部の粘膜をこすりながら抜き取られる。

「これが――感じるか？」

私は必死で頷《うなず》く。胸ばかりではなく、項《うなじ》やわき腹にも吸いついて赤い痕を残していたロウは、そんな私の反応にさらに気を良くした様子で、埋め込む指の本数を増やしていく。突き入れるときは揃えて、抜き出すときはバラバラに――

ぐちゅぐちゅと、ナカをかき回す音がして、あふれた液体がお尻のほうまで伝っているのがわかる。突起のほうにも親指が添えられて、出入りする手の動きに従って、何度も強くこすられた。

「あ、あっ、ロウっ……お願、いっ――手、はな……っ」

気持ち良すぎて、どうにかなってしまいそうだ。

「ロウ、に……あ、んっ……触り、た……っ」

だが、腕は拘束されていて、下肢もロウの体でがっちりと押さえつけられてしまっている。

「……お前――くそっ」

喘《あえ》がされながらも、切れ切れに訴える。それでもなんとか、私の言いたいことは伝わったようだ。躊躇《ためら》うようなそぶりを見せたものの、ゆっくりと右手を――私の手首を押さえつけていた手を離してくれた。

「ロウっ！」

両手が自由になった途端、私はそれをロウに向かって伸ばす。両腕を広げ、逞《たくま》しい背中に力いっぱいしがみついた。

「好きっ、ロウが、好き……っ」

独占欲をむき出しにして、ことさらに私の反応を引き出して、自分を求めさせるようにする酷《ひど》い男だろうと関係ない。こんなにも求められるのが幸せで、愛しさがこみ上げてくる。

「……レイ」

私の行動に、ロウは戸惑《とまど》ったような声を上げるが、それも一瞬のことだ。私の倍以上の強い力で、抱きしめ返される。背骨が軋《きし》む音が聞こえてきそうなほど強く、息が止まりそうなほどにきつく——でも、それすらも嬉しい。

「く、そっ——愛、してるっ、お前を……っ」

「あ、あ……ロウっ……わ、たし……もっっ」

全身をぴったりと重ね、隙間《すきま》なく抱きしめ合いながら、どちらともなく口づける。喘《あえ》ぐ声も、呼吸すら奪う勢いで求められ、くらくらする酩酊感《めいていかん》を味わっているうちに、私を抱きしめたまま、ロウがくるりと寝返りを打つ。

え？　と思う間もなく、足を割られ、私はロウにまたがるような形で彼を見下ろしていた。

「自分で挿《い》れろ——お前が、俺を、求めろ」

自分から挿れて腰を振れ、と言われているのだと理解して、かぁっと顔に血が上る。もちろん、やり方は知っているけど、経験は皆無に等しい。それでも、射貫《いぬ》くようなロウの視線に、おずおずと動き始める。

まだロウは服を着た状態だ。私も下は脱がされたが、上着の前は大きく開いていても、袖は通したままという中途半端な格好が、全裸よりも卑猥《ひわい》に感じる。そんな姿で腰を浮かせて、ロウの下肢へと手を伸ばす。羞恥《しゅうち》と緊張で指がうまく動かせないが、なんとか前で縛られてた紐――ベルト代わりのそれを解《ほど》く。ロウも軽く腰を浮かせてくれたので、震える指でそれを引き下げれば、勢いよくそこから飛び出してくるモノがある。

膝まで下衣を引き下げると、ロウは足の動きだけで器用にそれを脱ぎ捨てた。

こうしてソレを見ると――相変わらず、大きい。下腹にぴったりと張りつくほどに反《そ》り返り、時折ぴくぴくと動いているのを見るたびそう思う。太さもさることながら、先端の傘の部分の張り出し方が凶悪だ。

こんなモノが、本当に自分のナカに収まるんだろうか？　でも、今までちゃんと……自分の考えに赤面して、おそるおそるソレに手を伸ばす。

「っ」

私の指が触れた途端、ソレがびくりと大きく震え、ロウの口からも小さな呼吸音が漏れた。

ロウも緊張していることに少し勇気づけられた気がして、ゆっくりと指を絡《から》め、それをねらって腰を落とす。

「んっ」

先端からは先走りの液体がにじんでいる。それに加えて、私のソコは先程からのロウの行為によってびしょびしょに濡れているから、抵抗感などない。

「あ……んっ、んんっ……やっ、ん」

けれど、ぬるん、つるん……と、滑りが良すぎて、うまく入ってくれないのだ。ねらい定めたはずなのに、何度やってもぬめって前後にずれる。しかも前にずれたときは、張り出した部分が突起をかすめる快感で、絡《から》めた指から力が抜けてしまう。

「お、いっ――レイっ」

焦《あせ》っているようなロウの声が耳に届くが、私だって同じだ。いい加減、お互いギリギリなのはわかっている。仕方なく、ロウが痛いかもしれないと思いつつも、今までよりも握る指に力を入れた。やはりロウが息が詰まるような声を出すが、ごめん、と心の中で謝って、もう一度、ゆっくりとソコに向かって腰を落とす。

「あ……ん、んぅ」

今度こそ、うまく挿入《はい》った。ゆっくりとした速度で腰を下ろしているせいか、大きく張り出した先端が、私のナカを押し広げながら進んでいくのが、酷《ひど》く鮮明に感じられる。やがて、ロウのモノが奥まで届くと、一つ、大きく息をついた。

「は……挿入った……」

「お前は……俺を殺す気か」

ぼやく声が聞こえるが、今はそれどころではない。呼吸を整え、ロウの胸に手をついて体を安定させて——動き始める。

「ん、あっ……ん、ぅ……は、ぁ、ぅっ」

ぬちゃ、くちゃ……と、小さな音を立てて、ゆるゆると動く。焦《じ》らしているわけではなくて、そういう動きしかできないのだ。深いところまで入り込んだロウの楔《くさび》が、敏感な部分をかすめている。上下に体を動かしていることで、固い下腹で小さな突起がこすれて、そちらからも快感がこみ上げて、ろくに力が入らなかった。そのくせ、ロウを呑み込んだ部分だけは、きつくそれを締め上げ、絡みついて離そうとしない。

「ぐ……っ」

もっと動け、というように、ロウが腰を突き上げるが、それは逆効果にしかならない。

「あ、ダメ……っ！」

ズン、と強く穿《うが》たれて、せっかくかき集めていた動くための力が抜けてしまう。ロウの胸についた手がガクガクと震えて、上半身を起こしているのもやっとだ。今の衝撃をやり過ごそうと、動きを止めて、必死で呼吸を整える。

その様子に、ロウはいよいよ待ちきれなくなったらしい。

緩《ゆる》く腰にあてがわれていた手に力が入る。腰——いや、尻の肉に指を食い込ませるように、きつくつかんで左右に押し開きながら、ぐいぐいとそこにこすりつけられた。

「あっ、待っ……やっ、それ……だ……っ」

「くそ、限界……だっ」

「あっ——や、ぁあっっ！」

動けないでいる私に業《ごう》を煮やして、ロウが自分から腰を突き上げ始める。引き締まって、贅肉《ぜいにく》のかけらもない腹筋に力がこもり、私の体重などものともしない勢いで腰が動く。

ぐぶぐぶと淫猥《いんわい》な水音が、私が動いていたときとはくらべものにならない大きさで、室内に響き渡った。

体を立てているせいで内臓が下がり、ただでさえ奥に届きやすくなっているのに、ベッドが軋《きし》むほどに強く突かれて、脳裏にすっかりおなじみになった、あの白い閃光《せんこう》が散る。

「ひ、あっ、あああっ……や、あ、ああんっ」

ずんっ、と突き上げられる衝撃で体が浮き上がりそうになるが、それに勝る勢いで腰をつかんだ手で引き戻される。暴れ馬にまたがっている気分だ。姿勢を保つのさえ難しく、くらりと後ろに倒れ込みそうになるが、ロウの手がしっかりと腰を支えてくれている。

不安定に上半身を揺らしながら、がつがつと最奥を抉《えぐ》られていた。ロウの腰が動くたびに、大きく上下させられる衝撃とそれを上回る快感で、頭がくらくらする。その動きに合わせて、自分から腰を揺らしてしまっていることも、自分がどんな声を上げているのかもはっきりとわからない。揺さぶられて、抉られて、ひたすら喘《あえ》ぐ。

下腹に感じる熱が、背筋を伝わるうちに光になって、きつく閉じた瞼《まぶた》の裏でスパークする。白い閃光が、どんどん増えていく。あと少し——もう少しで、すべてが真っ白に変わる——だけど、腰をつかんだロウの手が汗で滑り、私が一番感じまくってしまうお腹の裏側に当たっていたのがわず

かにずれた。まもなくイけそうだった私は、泣き濡れた悲鳴を上げる。

「あ、やっ！　い、やぁ……っ」

「っ――こ、のっ……」

不意にロウが半身を起こし、私の体を抱きしめた。胸の膨らみがへしゃげるほどに強く抱き寄せられ、咄嗟《とっさ》に私も力いっぱいロウに抱きつく。腕だけでなく足も、ロウの腰へと回して、全身でしがみついた。

「あっ……あ、ひっ……ぃ、っ」

私のナカも、隙間《すきま》なくロウに絡《から》みつき、締め上げる。きゅぅっとお腹の奥が締まる感じがして、酷《ひど》く鮮明にロウの形が感じられて、溜まりに溜まっていた熱が爆発的な勢いで背中を駆け上った。

「ぃ……ひ、ぃ……ひ、ぁあああぁっっ！」

特大級の閃光が、意識を真っ白に染めていき――ガクガクと全身を震わせ、それでもなお、渾身《こんしん》の力でロウにしがみつく私のナカで、ロウもまた熱い飛沫《ひまつ》を迸《ほとばし》らせたのが感じられる。

お互いを抱きしめ合ったまま、私とロウは荒い息遣いが収まり、ようやく普通に呼吸ができるようになるのも待ちきれない感じで何度も唇を合わせた。軽く重ねるだけだったり、濃厚に舌を絡め合ったり、ちょっと離れて舌だけを触れさせたり――キスのバリエーションを披露しているみたいだ。

思い切りイってしまった後の深い余韻《よいん》で、私の頭はふわふわしている。ロウの腕が背中に回され、ゆっくりと優しくそこを撫《な》でてくれることが嬉しい。心地良くて、ずっとこのままでいたい、なんて思ってた。けど、そう思っていたのは、どうやら私だけだったようだ。

「……くそっ、悦《よ》すぎ、だろう、が……」

そんなつぶやきとともに、私のナカで、ロウのモノがムクリと頭をもたげたのが感じられる。

「嘘……？　待って、まだ――あ、だ、だめぇ！」

欲望を吐き出して、心持ち小さくなっていたのが、あっという間に先程と同じくらいの容積と硬度を取り戻す。

私にしても、多少は落ち着いたとはいえ、それはまだ表面上のことだ。少しの刺激にも反応してしまう。しかも、今の今まで背中で動いていたロウの腕が、私の両膝を掬《すく》い上げるような形になって――その腕に力を入れて持ち上げられると、私の体重が全部ソコに集中する。

「んあっ！」

だけど、さっきイッたばかりのソコはすっかり蕩《とろ》けていて、少々の乱暴な扱いをされても、その衝撃を柔らかく受け止めてしまう。

「やっ、ダメ――ま、またっ」

軽く突き上げられただけで、背筋を快感が駆け抜ける。

「っ……好きな、だけ――イけっ」

大洪水といっても過言ではないほどに、どろどろのぐちゃぐちゃになっていた私の内部は、ロウが放ったモノと混じり大変なことになっている。

そんな状態で再開された行為により、ナカがぎゅうっと狭《せば》まった。さらに復活したロウの大きさも加わって、まだかろうじて内部にとどまっていたその液体が、ぐぷりごぼり、と音を立ててあふれ出てきてしまう。それをさらにかきだすようにして、ロウが下から激しく突き上げる。

複数の液体が入り混じったものが、つながり合った部分を中心に、お互いの体を濡らしていく。

快感に翻弄《ほんろう》されていると、ベッドの上でロウと向かい合わせになっていた体が、後ろへ押し倒された。

「ひっ、い……っ」

倒れ込む衝撃で、奥を強く突かれ、悲鳴を上げる。抱きついていた腕から力が抜けるが、ロウが私の背中に回していた手を、後ろから肩を押さえつけるようにし、引き寄せてさらに強く穿《うが》つ。

「あっ、やっ！　ダメっ、今、イっ……あああっ」

しかし、私の制止を求める声などどこ吹く風で、ロウは押し込んだモノを引き抜いては、また埋め込むという動きを止めてくれはしない。

「やっ！　ダ、メっ——そ……なに、しちゃ」

「これほど、締めつけて、おいて……ダメ、とは、よく、言うっ」

短いセンテンスで区切られた言葉に合わせるようにして、先程と遜色《そんしょく》ない固さと太さを取り戻しているロウのソレが、縦横無尽に私のナカで暴れまわっていた。

「だ、だってっ……またっ……あああっ、き……ちゃうっ！」

奥を征服した楔《くさび》が、抜け出るギリギリまで引かれる。張り出した先端が狭い入り口を押し広げると、後頭部がチリチリするような感覚を味わわされた。内部の敏感な粘膜を、これでもかとこすられる刺激に、気持ちが良すぎてどうにかなってしまいそうだ。

「ダ、メっ……や、ま……ああんっ」

ぐりん、と捏《こ》ね回すように腰を使われ、衝撃と快感で息が詰まる。

「食い、ちぎられ、そうだ……くっ、お前は……本当、に……淫乱、だなっ」

「そ……なっ、だって……ロ……の、がっ」

私が淫乱だとしたら、そうさせているのはロウだ。ロウのが気持ち良すぎるのが、すべての原因だ。

限界だと思った次の瞬間、さらに強い快感が押し寄せてくる感覚に、恐怖すら覚える。

だから、最後の最後に残ったわずかな理性に、しがみつくようにして必死で踏みとどまっていたのに――その努力さえ、ロウの指が小さな突起をつまみあげたことで水泡に帰《き》してしまう。

「ひ、あ……あああ――っ！」

二本の指で挟み、こすり合わせるようにして刺激され――痛みに変わる寸前の快楽に、一際大きな快感の波にさらわれて、二度目の絶頂に押し上げられた。なのに――それでもまだ、先が見えない。イっている最中も、固くて太いロウのモノに、突かれたり、こすりたてられたりと、幾重にも新しい快感の波が押し寄せてくるからだ。

「ひ……あ、あ……ま、またっ……ク……るぅっ」

イきっぱなしの私の口は、だらしなく開かれ、うわ言のような喘《あえ》ぎと唾液がそこから零《こぼ》れ落ちていく。

「もっ、無理……あっ――ひぁ、ああっ」

「ぐっ……っ、あっ……レ……く、ぅっ」

全身から力が抜けているのに、ロウを受け入れているソコだけが、別の生き物みたいにきつくすぼまり、蠢《うごめ》いているのが、わずかに感じられる。咥《くわ》え込んだ剛直に、粘膜が絡《から》みついて締めつけ、搾《しぼ》り取るようなその動きに、さすがのロウも限界だったようだ。

「くっ……出、る……っ」

かすれた声がして、もう一度、熱いものが内部で弾ける気配を最後に、私は今度こそ夢も見ない眠りの中に落ちていったのだった。


翌朝のお互いの状態を確認した後の恥ずかしさといったら、想像を絶していた。最初の日以上にドロドロのぐちゃぐちゃで、部分的に乾いたところなんか、妙にカピカピしてて……ロウもよほど疲れたのか、私と同じく爆睡してしまい、後始末ができてなかったようだ。せめてもの慰めは、『結界《バリア》』っていう魔法を覚えていたことだろう。シールドの発展形みたいなもので、外部からの影響を遮断するのと同時に、その内部の様子を外に漏らさない機能がある。だから、初日以降は、私の声やベッドのギシギシ音は聞こえてないはずだけど……初日のことは私の精神衛生上、考えないことにした。

そして、音が漏れないという安心感もあるせいか、私も流されやすくなってて、昨夜みたいにロウに誘導されたとはいえ、思い出すだけで赤面するようなことを言ったり、したり……たまに、自発的にやってたかもしれない。

まさかこの私が、『もっと突いて』なんて台詞《せりふ》を口にすることがあるなんて思わなかったよ。しかも、そういうことを言うとロウがすごく嬉しそうなんで、つい……って、あああ、どさくさ紛《まぎ》れになにを回想してるんだっ。それ以上思い出すな、私！　穴があったら入りたい、いや掘ってでも入る！


——それから、数日後。いつものようにギルドへ顔を出したときだった。

「おう、ロウ！　それにレイちゃん。すまねぇが、ちと顔を貸してもらえるか？」

出合い頭《がしら》にそんな言葉を聞かされて、面食らう。

「おはようございます、ガルドゥークさん。いきなりどうしたんですか？」

そういえば、ガルドゥークさんと会うのは久しぶりになる。

別に、会える日を指折り数えて待ってたわけじゃないよ。最後に会った日の様子がちょっと変だったから、気になっていただけだ。ホントだって、他意はないから。

「ガルドでいいって言ってんだろ——いや、今はそんなこたぁ後だ。ちょいと頼みごとがあんだよ」

「断る」

私が答えるよりも早く、ロウが却下する。なんかもう、このやり取りも既にテンプレ化してきてる気がする。だからこの後も、いつもみたいな流れになるんだろうと思っていたんだけど、今日はどうも様子が違った。

「マジな話だ。聞くだけでもいいから聞いてくれ」

こんなに真剣な目をしたガルドゥークさん――ああ、めんどくさい。本人もそれでいいって何度も言ってるんだから、ガルドさんでいいや――を見るのは、もしかしたら初めてじゃないかな。

いつもは陽気に笑っている顔に、今はどこか焦《あせ》ったような、切羽詰《せっぱつ》まったような表情を浮かべている。

「……どういうことだ？」

そして、ロウも私と同じことを思ったのだろう。普段は、なにを言われても聞く耳持たずの態度なのに、今はちゃんとガルドさんのほうを向いて問い返している。

「聞いてくれるんだな、ありがたい！」

「どうせその様子では、こっちがそう言うまで諦める気はないんだろう？　……レイ、すまないが少し付き合ってくれ」

ぱぁっと明るい顔になったガルドさんに、ため息を一つつくと、私を振り返って言う。

うむ、ツンデレの本性見たり、って感じです。絶対に、口に出しては言わんけどね。

立ち話で済むって感じじゃないので、私たちはギルドの二階にあるカフェスペースに移動することにした。カフェといってもおとなしくお茶を飲んでいる人はほとんどいなくて、お酒を片手にワイワイ騒《さわ》いでるおっさんばかりなのは、これがギルドクオリティーってやつだろう。

隅っこにあるテーブルについて、ロウがウエイターさんを呼ぶ。私と自分の分の飲み物を注文すると、ガルドさんも同じものを頼んで、それが来たところで話が始まった。

「俺の話に付き合ってくれることに感謝する。正直な話、断られても仕方がないと思っていた」

あたりに響き渡るようないつもの大声じゃなく、ごく普通――いや、それよりも小さいくらいの声量だ。しかも、居住《いず》まいをただした後の、きっちりと頭を下げるおじぎつき。ガルドさんって、ちゃんと小さな声で話せたんだというのと、いつもとは全く違うその仕草と口調にちょっと……いや、かなりびっくりする。

「止めておけ。お前にそんな口をきかれると、背中が痒《かゆ》くなる。それよりも、さっさと話せ」

対してロウは、いつもの調子を崩さない。ツンデレなのはもうバレてるんだけど、あくまでもその姿勢を貫《つらぬ》くつもりのようだ。ガルドさんはガルドさんで、そんなロウの台詞《せりふ》にニヤリと笑い――その後は、いつも通りの口調に戻す。

「それもそうだな――ロウ、お前、『新月市《しんげついち》』ってのを聞いたことがあるか？」

「いや、初耳だ。で、それがどうした？」

「そうか。お前なら、もしかしたら知ってるかもしれねぇと思ったんだが……いや、俺も最近知ったばかりなんだがな。どうやら毎月新月の夜に、裏の品物を扱う『市』があるらしい」

ガルドさんが話しかけてきたのは私たち二人にだったけど、どうやら本当のお目当てはロウだったみたい。だけど、それも仕方がない。なにしろ私は、やっとこEランクになったばかりのひよっこ（殻はとれた）だ。ガルドさんの話の内容が依頼だとしたら、それを受けるか断るのか最終判断をするのは筆頭である私だとしても、まずはロウが難易度を判断してからってことになる。

「……ほう？」

『裏の品物』という単語を聞いた途端、ロウがチラリと私を見る。そして――

「そんなことにレイを関わらせる気はない。話というのがそれなら他を当たれ」

「おいっ！　ちょっと待ってってっ――頼む、人の命がかかってんだっ！」

今すぐにでも席を立ちそうなロウに、聞き捨てならないことを言いながら、ガルドさんが取りすがる。その慌てっぷりに、ガルドさんの本気度が見えた。

「ロウ。私のことはいいから、もう少し話を聞こうよ？」

それを見て、私からもロウに取りなす。私が口出しする場面じゃないかもしれないけど、『人の命』なんて単語を聞いてしまったからには、このまま知らん顔をして戻れない。

「頼む、ロウっ！　レイちゃんもこう言ってくれてんだしよ？」

ガルドさんには感謝の目で、ロウにはジト目で睨《にら》まれるが、ここは最後まで聞いてみるべきだと思う。無理やり振り切って帰っても、どうせ気になってしまうだろう。

「仕方がない――先を話せ」

「すまねぇな。それでよ――」

さらに声を潜《ひそ》め――ホントに、ちゃんと声量の調節できるんじゃないの。あの大声はフリだったりするのかな。いや、今はそんなことを考えてる場合じゃなかった――ガルドさんが先を続ける。

「市を開催しているのは、結構でかい後ろ盾を持ってる連中みてぇなんだ。騎士団も動いちゃいるようだが、どうにも手を出しかねてやがる」

「……というと、貴族か？」

「ああ。アレコレと表立って動いてんのはブライト商会ってとこだが、ウールバーとかいう男爵が黒幕に控えてるらしい。で、どっちも小狡《こずる》く立ち回ってて、なかなか尻尾をつかませねぇんだとさ」

うわ、出た、貴族！　そういう人たちがいるのは聞いていたけど、実際に関わり合いになるとは思わなかったな。いや、まだガルドさんの話に乗ると決めたわけじゃないけどね。

「しかし、既に見当はつけているんだろう？　ならば、そのまま騎士団に任せておけば、時間はかかっても、結果的にはそのほうが確実だ」

「そうはいかねぇ事情があんだよ……」

もっともなロウの言い分に、ガルドさんがため息をつく。

「俺だって好《す》き好《この》んで、顔を突っ込みたかねぇ。けど、泣いて頼まれちまってよ……」

「女か――おい、レイ、やはり帰るぞ。こんな男に引っかかる女の話なぞ、聞くだけ無駄だ」

「いや、だから待てってて！　確かに頼まれたのは女からだが、色がらみじゃねぇんだよ」

またしても席を立ちそうになるロウに、大急ぎでガルドさんが説明する。

ガルドさんの行きつけの酒場の看板娘が数日前からいなくなったらしい。それだけなら、好きな相手と駆け落ちでもしたんじゃないか、って予想もありえるんだけど、実はその『看板娘』はそこの主人の娘で、まだ十歳の少女だという。

「ミュラ、つってな。ちっこい体でクルクルと、リスかコマネズミみたいに動いてよ――家族はもちろんだが、俺も含めた客たちも全員、その子を可愛がってた」

そんな小さな子を、しかも酒場で働かせるなんてと言われそうだが、こっちではごくごく普通のことのようだ。本人も少しでも家族の手助けをしたいってことで、自発的に店に出ていたらしい。

そんな事情があるならば、その子がいきなり姿を消したことをガルドさんが心配するのは当然だと思う。そして、母親が悲嘆に暮れているのを見かねて、無償でその子を探すことを約束してしまったのだと聞いて、ガルドさんのことをちょっと見直してしまった。

「だが、その話でどうして市や貴族なんぞが出てくる？　……ああ、なるほど、な」

「そういうこった。取引する裏の品物、ってのの中に人間もいるらしい。ちょいと調べてみたら結構な人数が姿を消してやがった。主に若い娘だな。ギルドにもいくつか、捜索の依頼が出てたぜ。俺はちまちましたのは好かねぇから、気がつかなかったんだけどよ」

そこでいったん話を止めて、ガルドさんが重いため息をついた。その様子からも、本当に困っているのがわかる。ここ数日、姿を見なかったのは、この件について調べまわっていたせいなのかもしれない。

「なるほどな……それで、どうして俺たちにこの話を持ってきた？」

「……ぶっちゃけて言っちまえば、お前『たち』じゃねぇ。ロウ、用があるのはお前ぇだけだ」

「ふん……良かったな、ガルド。命拾いしたぞ」

え？　それって、どういうこと？

「若い娘が攫《さら》われているなら、レイを囮《おとり》にして……なんぞと寝言を言うなら、この場で半殺しにしてやるところだ」

「いくらなんでも、それはねぇよ」

ロウの台詞《せりふ》に、ガルドさんが苦笑する。

「レイちゃんの見かけなら、確かに極上の餌《えさ》になってくれるだろうが、お前が『うん』と言うはずがねぇ。レイちゃんをどれだけ大事にしてるかってなぁ、見てりゃわかるしよ」

意外にも、その辺はしっかり認識してるらしい。つまり、私にちょっかいをかけてくるのは、ロウをからかうのが目的ってことで――いや、残念なんて思わない。思っていません、本当です。

「――さっきも言ったが、目星はもうついてんだよ。だから、ほしいのは囮《おとり》じゃねぇ。俺と一緒に殴り込んでくれる奴だ。いや、レイちゃんが役に立たねぇって言ってるわけでもねぇぞ。森猪を狩れる実力があるのは知ってるしよ――だけど、やっぱ、こういう荒事には向いてねぇだろ？」

「そこまでこちらの事情を理解しているのなら、素直に他を当たれ……と言いたいところだが、もう当たった後か？」

「いや――何人か候補はいたけどよ。どう考えてもお前が一番、適任だ。事が事だけに、人数で賄《まかな》うってわけにもいかねぇ。殴り込む前に、見つかっちまったら元も子もねぇからな」

そこまで聞いたところで、今度はロウがため息をついた。私のほうをまたちらりと見て――もの言いたげな私に、目で黙っていろと告げると、ガルドさんに向き直る。

「事情はわかった――それで、今すぐ返事が必要か？」

「できればそうしてほしいところだが、今すぐなら断る、ってのなら待つぜ。ただ、あんまり時間がねぇ。『新月市』ってくらいだ、次の開催まであと三日だろうからな」

そういえば、今日は五月二十七日か。新月が朔日《ついたち》ならば、確かにあまり時間がない。

「明日の今頃――それまで待て」

「わかった。いい返事を期待してるぜ」

そう言って、ガルドさんが席を立つ。残された私たちはしばらく無言でいたのだけど、やがてロウもイスから立ち上がった。

「帰るぞ」

「うん」

今日の依頼はどうするのか、なんて野暮なことは私も聞かなかった。

宿に戻ると、当然ながらさっきの件について話し始める。

「俺としては、断る一択の案件だが……お前は違うんだろう？」

毎度、直球のロウの台詞《せりふ》に、申し訳なく思いながらも頷《うなず》く。

「うん。私が依頼を受けたいと言っても実際に動くのはロウだから……」

「気にするな。お前が望むなら、それを叶えるのは俺としても本望だ」

ロウなら、そう言ってくれるだろうとは思ってた。だけど、その好意に甘えてしまっていいのか、という気持ちもある。なにしろ、お貴族様が絡《から》んでいるという話だ。もちろん、危険だってあるだろう。そんなところへ、私の我儘《わがまま》でロウを飛び込ませていいのだろうか。

でも、一緒に連れて行ってほしいと正面から頼んでも、足手まといだと断られるのは目に見えているんだよね。なら、いっそこっそりついて行っちゃえばいいんじゃない？　そしたら、万が一、ロウが怪我をしたときもすぐに治してあげることができるし……

そんなことを考えていたら、またしても顔に出ていたらしい。こつん、と頭を小突かれてしまう。

「おい、また、妙なことを考えているな？　止めておけ。確実に邪魔だ」

「……なんでわかったの？」

「お前の考えていることくらい、顔を見ていれば想像がつく。荒事は俺に任せておけばいい――もっとも、ガルドのことが心配で……というのなら話は別だが？」

「え？　いや、それは全然考えてなかったよ」

そういえば、ガルドさんも怪我をする可能性があるのか。言われて気がついたけど、ロウのことばかり考えていて、そっちまでは気が回らなかった。無論、怪我したのであれば治療するのはやぶさかじゃないが――そのことを素直に言うと、さすがのロウも苦笑する。

「ガルドに聞かせてやりたい台詞だな。まぁ、あいつもああ見えてBランクだ。その辺の破落戸《ごろつき》まがいの連中に、引けを取るようなことはないだろう」

「ガルドさんってBなのっ？　ってことはロウよりも強いってことよね……やっぱり年の功？」

てっきりロウと同じランクだと思っていたんだけど、ちょっとおもしろくないって感じるのは、私がロウのことを好きなせいだよね。

「確かに俺はCだが、実戦になれば引けは取らんつもりだ。それと、あいつは俺よりも確か二つ年かさなだけだぞ？」

「え……？」

ロウより二つ、っていうとガルドさんって二十四歳ってこと？　……てっきり前の私と同じくらいかと思ってた。老け……ごほん、貫禄ありすぎでしょ、ガルドさん。

「しかし――奴のことはさておいて、そこまでお前が入れ込むのは、やはり、攫《さら》われたという娘の話を聞いたからか？」

急に話が変わるのは、あんまりガルドさんのことは話題にしたくないってことなのかな？　ロウの独占欲を垣間《かいま》見た思いがするが、攫われた女の子――ミュラちゃんのことが心配なのは事実だから、素直に頷《うなず》いた。

ガルドさんの話で聞いただけの、一面識もない相手だけど、それでも放っておくなんてできない。大体、十歳っていったら、あっちじゃまだ小学生だ。そんな遊びたいさかりの小さな子が、お家のためにって自発的にお手伝いをがんばっていたのに、人攫いに遭《あ》うなんて可哀想すぎる。しかも、品物として扱われる人身売買だという。

もしも、ロリコン趣味のある相手に買われたりしたら――労働力としては見込めない小さな女の子なんて、それ以外に考えられないんだけど――想像しただけで、そいつのナニをちょん切ってやりたくなる。

「いきなり娘さんがいなくなって、お父さんやお母さんもすごく心配してると思う」

あちらなら、こういうときはすぐに警察が動いてくれる。だけど、こっちではそうはいかない。街の治安を守る騎士団は存在してはいるが、貴族でもない庶民の娘がいなくなったからといって、率先《そっせん》して動いてくれるわけでもないようだ。だけど、私みたいに死んじゃったのならともかく、その子はそうじゃないんだ。助け出して家族に会わせてあげたいって思う。

「その子のためにロウを危険な目に遭わせるのは、私の我儘《わがまま》なんだとわかってる。でも……」

「レイ……」

そこまで話したところで、ロウに抱きしめられた。

「俺がなんとしてでも、その子を助けてやる――だからそんな顔をするな。お前に泣かれると、どうも調子が狂う」

そういえば、ロウの前では二回も泣いちゃってるんだっけ。でも、今は泣いてないよ。

「今にも泣きそうな顔をして言われても、全く説得力がない。お前を家族に会わせてやるのは俺には無理だが――せめて、その娘だけでも、そうしてやろう」

私が口にしなかったことまでくみ取って、そんなことを言ってくれるから、我慢していた涙が出てきそうになる。

「おい。やはり泣くんじゃないか」

「これはロウのせいだよ。それにちょっと、家族のことを思い出しちゃって……」

「……話してみるか？　聞いても俺にはどうすることもできんが……」

「ううん、そんなことない――聞いてくれる？」

「ああ」

そう言ってくれたんで、ぽつりぽつりと話し始めた。

残してきた家族のことやたくさんある思い出をロウに話しながら、心の中では、家族に対してつくづく申し訳ない思いでいっぱいになる。

おばあちゃんが亡くなって以来、私はどこか一歩引いた態度で家族と接していた。弟や妹は気がつかなかったと思うけど、お父さんとお母さんにはきっとバレてただろうし、心配もかけていたはずだ。

なにか悩みがあるんじゃないかって聞かれたことが何度もある。けど、あの『力』はお母さんには遺伝してなかったらしくて、話すことはできなかった。だから、結局、おばあちゃんが突然、亡くなったショックが大きすぎてそんな態度をとっている、ってことで落ち着いたんだっけ。

就職して一人で生活したいって言い出したときも、もの言いたげな様子ではあったがそれでも許してくれたのは、私に少しでも良い変化が起こることを期待していたんだろう。

それほど気にかけて、愛してくれていたのに、当時の私は自分のことで手いっぱいで、その思いに気づくことができなかった。心配かけてごめんね、お父さん、言えなくてごめん、お母さん……

早くから宿に戻ってきていたから、昼食をはさんで、また話して——それでも、やっぱりあの『力』のことだけは言う勇気がなかったのだけど——私の話が一段落したところで、少しだけロウのことも教えてくれた。

「聞けば聞くほど、不思議な世界だな、お前がいたところは……」

「ロウが生まれたところは、どんなとこだったの？」

「俺か？　俺の故郷は、草原にぽつりぽつりと木が生えているだけの、どこまでも見通せる広大な場所だ。そこで俺たちは、馬と羊を連れて、旅をしながら生きていた——」

モンゴルの遊牧民みたいな生活だったようだ。まだ見たことのない風景が、ロウの話で目の前に広がっているように感じられる。その話に夢中で聞き入っていたんだけど――

「――俺の母は、父の第三夫人だった。兄弟は兄が五人と姉が三人、他は妹が三人で……」

その話の中に、聞き捨てならない単語が混じっていた。

「ちょ、ちょっと待って！」

第三夫人ってなにっ？　そして、何気に十二人兄弟っ？

「第三ってどういうこと？　もしかして、ロウのお父さんには奥さんが三人いたってこと？」

「いや、俺の母が三番目だっただけで、合計五人だな」

奥さんが複数いることに驚いた。そして、それだけ奥さんがいれば、十二人兄弟ってのも頷《うなず》ける。

しかし、ロウはそれをさも当たり前のように話してくれた――ってことは？

「……もしかして、それってこっちじゃ普通のことなの？」

「ああ。俺の父は氏族長だったしな……お前の様子からすると、前にいたところでは違うのか？」

そして、相変わらず勘もいい。

「奥さんが一人なら、旦那さんも一人だよ。一部の国では旦那さん一人に、奥さんが何人もいたりするけど、それ以外は一人ずつが常識だった」

「……ずいぶんと不自由な世界だったんだな」

不自由？　これはまた、意外な単語が出てきたぞ。

「なんでそう思うの？」

「違うのか？　なら、既に婚姻《こんいん》している者が他に好き合う相手ができたときはどうするんだ？」

「え……そりゃ、その相手を諦めるか、離婚してそっちと再婚するしかないでしょ」

「なるほどな……不自由、というより薄情といったほうがいいようだな」

「そういう解釈になるのっ？」

結婚してるのに他に好きな相手ができた場合、不倫に走る選択肢は別として、諦めるか、今の人と別れてそっちと一緒になるのが普通だよね？

少なくとも私はそう思うが、この世界の結婚に関する常識、というか感性は、それとは全く違うみたいだ。納得できない様子の私に、ロウがわかりやすく説明してくれた。

まずは大前提として、こちらの世界での結婚相手は複数いても認められる。さすがに夫複数に妻複数というのはありえないが、夫一人に妻三人とか、妻一人に夫二人とかは、ごくごく普通の家族構成だという。

しかし、そうはいっても、好き勝手に相手を増やせるってことではない。

夫一人、妻複数の場合を例にとると、夫は妻を増やしたいと思った場合、まずは今いる配偶者に許可を求める必要がある。許可が下りれば、新しい妻を娶《めと》ることができるわけだが、夫は新旧の妻たち全員を平等に扱い、扶養する義務を負う。新しい妻にうつつをぬかして以前からの妻を雑に扱ったり、人数を増やしすぎて養いきれなくなったりすると、妻側から離婚を申し立てられてしまう。これは大変に恥とされることであり、それを防ぐ意味でも、庶民は三名、少し裕福でも五人あたりで留めるのが一般的だ。

ロウのお父さんは一族を束ねる立場だったので、五人の奥さんがいたってことみたいだね。

ちなみに、夫一人、妻複数の場合の夫の側からは、離婚を言い出すのは認められない。これは男女が逆でも、同じように扱われる。ある意味、ものすごい男女平等な仕組みだ。

「こっちって、そういうシステムだったのね。それにしてもそういう重要なことは、もっと早く教えてほしかったかも」

「……すまん。俺にとっては当たり前すぎて、話す必要があるとは思わなかった」

まぁ、確かにそうかもしれんというのは認めよう。私が逆の立場でも――例えばロウが私みたいな状況で、ここが『あちら』の世界だったとしても、『結婚相手は一人です』とかまでは言わなくてもわかるって思うよねぇ。

しかし、びっくりした。ロウの家族の話も途中でぶった切っちゃったんだけど、今さら続きを話してもらうのもなんとなく気が引ける。まぁ、そのうちまた聞かせてもらうチャンスもあるだろう。

ガルドさんに協力することは決定したから、その後のことも考えて、その夜は早めに寝た。

「ん……う？」

そして、翌朝。目が覚めた途端に、なんか胸のあたりが重い――と思ったら、ロウの腕が私を抱き込むように回されていた。

「起きたか？」

「あ……おはよ、ロウ」

珍しく、私が目を覚ます時間なのに、ロウが起き上がってない。私の隣で横になったまま、肘をついた腕で頭を支えて、こっちを見ている。

「どしたの？　まだ着替えてないなんて珍しいね。もしかして、どこか体の具合でも悪い？」

「いや、今日は出かけるのが遅いし……お前の寝顔を見ていたかった」

うわ、真顔でそんなこと言わないでよ。ぼぉっ、て音がしそうなくらいの勢いで、顔が赤くなっちゃう。しかし、いつから見てたの？　涎《よだれ》とか垂れてなかっただろうか。

「お前はすぐに赤くなるんだな」

「仕方ないでしょ、絶対的にそーゆーコトの経験値が不足してるんだから」

夜の間はどれだけエロくても、朝になったらすっきり爽《さわ》やか（？）に、寝ぼけてる私を叩き起こすのがいつものパターンだ。こんなふうに自然に目を覚ますまで、しかも隣で寝たまま待ってくれていたのは初めてだったりする。

「……ロウ？」

「なんだ？」

あんまりにもいつもと違うから、まだ夢かもしれないと思ってもう一回名前を呼んでみる。すぐに返事が戻って、体に回された腕にわずかに力が入った。

うむ、どうやら夢じゃない。って、いかん……幸せすぎて顔がにやける。

「なにをニヤニヤしてる？」

「だって……ロウ、大好き」

脈絡？　なんですか、それ？　おいしいもの？

しょうがないじゃない、他に言葉が出てこなかったんだ。そのつもりはなかったんだけど、不意打ちに成功したらしい。ロウの顔もぱぁぁ、って感じで赤くなったよ。

「お前は……この状態で、そういうことを言うか？」

赤くなったまま、唸《うな》るような声で言われて、改めて現状を再確認する。

この部屋にはベッドが二つあるんだけど、諸事情によっていつも一つしか使っていない。その狭い一人用のベッドの上でくっついて寝てるから……

あら、元気なのが腰のところに当たってるよ。これは、話には聞いたことのある朝○ちってやつですか、もしかして。男性特有の生理現象らしいから、それに関してのコメントは控えるけど、あえてその状態で私にすりつけてくるのは、なぜでしょう？

「えーと……今の発言は、なし、ってことに……」

「――なると思うか？」

あ、やっぱりダメですか。ならば――三十六計逃げるに如《し》かず。ぱっと飛び起きて、一目散に駆け出します。だって、もう完全に朝なんだよ。前の晩からの流れで明け方にも……っていうのは、何度かあるが、昨夜は良い子で寝たんだから。それで今から、っていうのは私にはハードルが高すぎます。しかも、今日はこれからガルドさんと会う予定になっている。もしかしたら速攻、荒事に突入するかもしれない状況だ。んなことしてる場合じゃないでしょうが。

「あっ！　こら、待て」

待て、と言われて止まる奴はいない。目標は、隣の浴室だ。いつもは使ってないんだけど、浴室には内側からかけられる閂《かんぬき》がついている。とりあえず、そこに逃げ込んで嵐が過ぎ去るのを待つ――つもりだった。

「……逃げるとは、いい度胸だな？」

「あ、あははは……」

あと一歩、いや、半歩だったのに……

浴室のドアにもう少しで届くというところで、ロウの腕が私の目の前をふさいでしまう。

おお、これがうわさに聞く『壁ドン』か、とか悠長なことを考えてる場合じゃない。

「だって、ガルドさんと会う前に、いろいろ準備してないとマズいでしょ？　だから、その……」

「あいつなら待たせておけばいい」

ひきつった笑顔で言い訳するんだけど、一蹴《いっしゅう》されてしまう。

なんか、逃げたことで余計に煽《あお》ったかもしれない。目が……毎度おなじみ、肉食獣のそれになっちゃってる。しかし、ここで流されるわけにはいかない。

私が今回の依頼を引き受けてほしいとお願いしたことではあるけど、だからこそ準備不足でロウが怪我でもしたら大変だ。だからなんとかして、思いとどまってもらおうと――

「いや、待たせちゃダメでしょ。用意とか打ち合わせもあるだろうし、それに、もうお日様が昇ってるし……こんな時間に、ベッドであんなことするのは恥ずかしいよ」

至近距離から見下ろしてくるロウに、目を潤《うる》ませながら『だから、今は許してね？』ってお願い光線を出してみた。三十路《みそじ》がやれば気持ち悪いだけなんだろうけど、ぴっちぴちの十七歳なら効き目はあるはず。てか、あってください！

「……ふむ」

おお、やったか？

なにやらロウが考え込む様子を見せたんで、ほっとする。ところが、だ。

「寝台で、が恥ずかしいなら、ここで構わん」

「……はい？」

……私、なにか聞き間違えたかしら？『ここで』とかいう単語が聞こえた気がするんですけど？

でも、ここって、その――えええっ？

むちゃくちゃ悪い予感がしたんで、咄嗟《とっさ》に、腕で阻《はば》まれているのとは反対側へと逃げようとする。

でも、そっちへも再度『壁ドン』で、ロウの腕の間に閉じ込められてしまう。

「やっ!?　ちょ、ちょっと待っ……んんっ！」

そこへ、顔がずずいっと近づいてきて、強引に唇を奪われてしまった。

このシチュエーションにロウも興奮を覚えているらしく、最初っから本気の濃厚な口づけだ。

「んーーっ！」

さすがに、これはまずい。いくらなんでもこんなところで……前言撤回。お願い、せめてベッドでしましょうよ。

じたばたと抵抗するんだけど、一向に口づけから解放してくれる気配がない。唇の間から入り込んだロウの舌が、私の口内のあちこちを彷徨《さまよ》う。尖《とが》らせた舌先で歯列をなぞり、奥で小さくなっていた私のそれに絡《から》みつき、互いの唾液を混ぜ合わせるようにして翻弄《ほんろう》する。呑み込み切れなかった唾液が唇の端から滴《したた》り落ちると、ほんのわずかな間、唇が解放され、代わりにロウの舌がそれを掬《すく》い取って、ごくり、と飲み下す音が、妙に大きく聞こえた。

「あ……ロ、ゥ……」

頭では『ダメだ』と思っているのに、私の体はロウの与えてくれる快感を素直に受け入れ始めてしまっている。

自分でも知らない間に、両手でロウの首にしがみついて、キスを返し始めていた。そのことにロウも気がついたのか、微《かす》かに笑う気配がするんだけど、それを悔しいと思う余裕なんてどこにもない。

ぴちゃぴちゃ、と音を立てながら交わされる濃厚な口づけに、頭がくらくらし始めると、やっとのことで唇は解放してくれたんだけど、その代わりに首筋へとターゲットが移ってしまう。

「やぁんっ……そこ、ダメぇ……っ」

「……ここが弱いんだな、お前は」

ええ、すっかり把握されてしまってます。

吐息がかかるだけでゾクゾクしてしまうのに、くすぐるようにキスされたり、ねっとりと舌を這《は》わせられたらたまったものではない。しかも、私の抵抗が止んだのをいいことに、両側の壁に置かれていたロウの腕までが、あちらこちらへと彷徨《さまよ》い始めてしまう。

昨夜は致してなかったから、ちゃんと服は着ているんだけど、そんなことは障害にもなりはしない。上着のボタンを片手で器用に外し、大きくはだけられ、下も少々強引な手つきで引き下げられる。むき出しにされた胸の膨らみを強弱をつけて揉《も》まれ、なけなしの力で足を閉じても、膝でこじ開けられる始末だ。

中途半端に脱がされた服は、全裸よりもなんだかかえっていやらしいし、上着が二の腕に引っかかっていて動かしづらい。

そういえば、この前もこんな感じだったな。もしかして、ロウってこういうシチュエーションが好みだったりする？　……さすがは、S属性だな。

「あ、あんっ」

「いい声だ――もっと聞かせろ」

そんな状態で、うっかり声が出ちゃったもんだから、余計に煽《あお》る結果になってしまう。

好き勝手に胸を弄《いじ》られ、下にも手を這わされて――すっかり尖《とが》って固くなった胸の先端を指でつままれて、じんっとした疼《うず》きが下腹に湧きおこる。

「んあっ！」

とろりとなにかがあふれる感触がして、すかさずそれをロウの指が掬い取った。

「濡れてきたぞ」

知ってますから、言わなくていいです。ついでに、わざわざ目の前に持ってきて、見せてくれなくていいんですっ。

指から滴《したた》る恥ずかしい液体を見せつけられて、真っ赤になって顔を背けると、小さく笑う気配がした。

苛《いじ》めっ子だ……苛めっ子がここにいる……

私の反応に満足した様子で、下に戻ったロウの手が、くちゅくちゅと音を立てつつ、濡れた襞《ひだ》をかき分けるようにしながら何度も往復する。少し上にある小さな突起にも指が這《は》わされ、くにくにと指の腹で押しつぶされたかと思うと、二本の指の間に挟み込まれた。手探りで薄い包皮をむいて、敏感すぎるソレをむき出しにされたうえできつく捏《こ》ねられて、快感が全身を駆け抜けていく。

「あっ、んんっ！」

襞の間からあふれる液体の量が増すのを感じる。恥ずかしくて仕方がないが、それ以上にあちこちから伝わってくる快感に、腰が砕けそうになってしまう。床にへたり込みそうになって、慌ててロウに強くしがみついた。

「も、無理……っ」

だから、お願いだからベッドに連れて行って……

そうお願いしたつもりだったんだけど、ロウは違う解釈をしたみたいだ。

くるり、と後ろを向かされて『あれ？』と思っていたら、さらに腰に手をあてがわれてグイッと引かれてしまう。体のバランスを崩しかけ、慌てて目の前の壁に手をつくのと同時に、ロウが膝を折って姿勢を低くする。

え……まさか……？

「待っ――あんぅ！」

お尻の割れ目を指で押し広げられたかと思う間もなく、吐息と一緒にぬるりとした感触が、ソコに感じられる。立ったまま、後ろから舐《な》め上げられてるんだと悟《さと》り、恥ずかしさのあまりに目の前が真っ赤になる。

だけど、そんな状況なのに――いや、だからかもしれない。ゾクゾクする快感が全身を走り抜け、壁に手をついて腰を突き出した格好のまま、背中が反《そ》り返った。

「あ、あっ！　やっ……ダ、メっ」

熱くぬめった舌先が、襞の間を這い、先にある尖《とが》りへも、足の間に顔をこじ入れるようにして伸ばされる。ロウの鼻が濡れそぼった入り口付近に押しつけられ、一瞬、自分たちがどんな格好をしているか想像してしまい――あまりの卑猥《ひわい》さに、気が遠くなりそうだ。

なのに、ロウは委細《いさい》構わず、といった様子で、そこを舐め上げるのに忙しい。ぴちゃぴちゃと舌全体で舐め上げるようにしたかと思うと、尖らせた舌先で突起をくすぐってくる。そのたびに、私のナカからは新たな液体があふれてきていた。

「やっ……これ、ヤダっ……恥ずか、し……っ」

切れ切れに発した抗議の声も、自分でわかるほどに甘く濡れてしまっている。

「こんなに濡らしているのに、か？　いくら舐めとっても追いつかん」

背後から、くぐもったロウの声が聞こえた。その唇と舌の動きにすら感じてしまい、全身がぶるりと震える。もう、マジで限界なのに、さらにロウが甘く疼《うず》いている部分へ指を埋めてくる。

「あ、あっ……やっ、ロ、ウっ！」

すっかり潤《うる》んでしまっているそこをかき回されて、気持ち良さのあまりに腰がうねる。ロウの指を呑み込んだまま、きゅっと締まって、また新たな液体をあふれさせた。気持ちがいいけど、まだ決定的なモノを与えてくれない。既にもっと強い刺激を知ってしまっている私が、もどかしさに腰をくねらせるのと、ロウの唇が、小さな突起をきつく吸い上げるのが、ほぼ同時だった。

「ひっ、あ――ああ、あっ……っ！」

ちりり、とした感触の後で、全身が蕩《とろ》けそうな快感に襲われる。きつく背中を反らし、壁についた手をぎゅっと握りしめて、全身を硬直させ――思い切りイってしまった。

「は……ぁ、う……」

全身から力が抜け、その場に崩れ落ちそうになるのだけれど、ロウの手がしっかりと腰を支えていて、そうさせてくれない。しかも、呼吸を整える暇さえ与えられず、一歩前に進んで、壁に上半身を押しつけられた。腰をロウに向かって差し出すような形で――中心に、固くて滑《なめ》らかなモノが触れたかと思うと、ずぶずぶと後ろから、立ったままの私のナカへと、ロウが入ってくる。

「あああっ！」

甘い悲鳴を上げる私には構わず、一気に根元まで埋め込まれた。そして、間髪《かんはつ》を容《い》れずに激しく動き出してしまう。

「いっ！　あっ……あ、あんっ」

私のお尻に、ロウの引き締まった下半身が何度もぶつけられる。そのたびに、ぱんぱんとぶつかり合う音がして、それに粘《ねば》っこい水音が混じり合う。

「ひぁっ――あっ、あっ、あん……ああんっ」

こんな姿勢でされるのは、もちろん、これが初めてだ。いつもと違うところにロウの先端が当たっている。そして、それがすごく気持ちがいい。

ロウにもそれがわかったらしく、そこを目がけての激しい抽挿《ちゅうそう》に、私の口からはひっきりなしに甘い喘《あえ》ぎが漏れてしまう。イったばかりの体は酷《ひど》く敏感で、ほんの少しの刺激にすら反応してしまうのに、私の弱点をねらった刺激が送り込まれて、またしてもすぐにイってしまいそうだ。

根元まで埋め込んだ後でわずかに腰をひねり、入り口ギリギリまで抜かれて、大きく張り出した部分で何度も狭いソコをこじ開けるように動かれる。自分のモノの形を強調するような動きに、快感を覚えガクガクと足が震えた。

激しすぎるロウの動きに、私の中からあふれ出た液体が、太ももを伝って床にまで滴《したた》っているんだけど、それを気にする余裕なんてどこにもない。

両手で壁に縋《すが》りついて、それでも体が支えきれずに床に崩れ落ちそうになる。身長差があるから、立ったままのロウを受け入れるために、私はつま先立ちみたいなことになっていて、それがまた余計につらい。できることなら、このまま床に横たわって、爆発しそうな快感にすべてをゆだねてしまいたい。なのに、がっちりと腰をつかんだロウの手は一向に緩《ゆる》まないから、それもできない。

「っ……いつも、より……締めつけが、すごい、ぞっ」

力の入らない足で必死に体を支えてるから、自然とナカにも力が入り、締めつけてしまうんだよ。それでまた感じてしまうという悪循環（？）に陥《おちい》ってるのだけど、それもこれも全部ロウのせいなんだから、それで文句を言われたって困る。

そして、そんな状態だというのに、不意にロウの片腕が腰から離れて、前に伸ばされた。

「やっ、そこ、ダメ！　ダメっ、ダ……あああっ」

入り口の近くにある小さな突起は、しばらく放っておかれたのにもかかわらず、充血して固く立ち上がったままだ。そこに、ロウの指が触れる。指の腹であふれたものを掬《すく》い上げ、濡れた指先で捏《こ》ね回し、押しつぶすようにして刺激された。

ぬるぬるした液体で滑りが良くなった小さなそれは、揺れる腰の動きもあってロウの指先からすぐに逃《のが》れてしまう。だけど、ロウの指が執拗《しつよう》に追いかけてきて弄《いじ》られてしまうから、ひっきりなしに強い快感が私の全身を襲う。

「あぁっ、ダメぇ……あぅ……っ……イ……くぅぅ……っ」

疲れを知らない動きで私のナカを出入りする大きく固いモノの感触と、すっかりむかれてしまった突起への愛撫。両方から与えられる快感に、気持ちが良すぎて気が変になりそうだ。

「くっ……イ、けっ……見ていて、や、るっ」

その言葉と一緒に、体が浮き上がるほどに一番奥を突き上げられ、突起を痛いほどに押しつぶされて、目の前が真っ白になる。

力が入らなかったはずの足がぴんっと伸び、背中がのけぞった。

根元から切っ先まで、ナカにいるロウを渾身《こんしん》の力で締めつけながら、悲鳴じみた声をあげて——

私はまたしても全身を震わせながら、朝で、しかも立ったままだというのに、ロウにしっかりと目撃されながら、思い切りイってしまった。

「ああっ――っく……うぅぅっ！」

「ぅ……ぐ、ぁ……っ」

それにわずかに遅れて、吐息のようでもあり、苦痛をこらえるようでもあるロウの声が背後から聞こえた。

ナカで暴れまわっていたモノが、瞬間的にその体積を増して、最奥で熱い液体をぶちまける。

「ひ、ぁ……あ、あ……」

内部に収まり切れなかった白濁が、つながった部分から勢いよくあふれ出し、余韻《よいん》に震える私の足を伝って床を濡らしていく。

ロウが手を伸ばして私の顔を後ろにねじ向け、噛みつくような口づけをしてくる。そのままきつく抱きしめられ、疲れ切った体からようやく力を抜くことができた。


「だから、遅くなるって言ったのに……」

「朝っぱらから俺を煽《あお》るお前が悪い。それに、今夜は戻れないかもしれないからな――その間の補給だと思え」

「なんの補給ですかっ？」

朝からしっかり致してしまった後、軋《きし》む体にムチ打って着替えを済ませ、ガルドさんに会うためにギルドへと出かける。昨日約束していた時間はとっくに過ぎてるし、そもそも大仕事の前に、こんなことをしていていいのだろうか、という疑問は今さらだ。

「おう、レイちゃん、ロウ。来てくれてありがとよ」

今日は依頼を受けるためじゃないから、いつもの放浪者ルックじゃなくて、私もロウもごく一般的な服装だ。といっても、私は杖を魔倉に仕舞い、ローブを脱いで、ズボンをスカートに変えただけで、ロウも、革鎧《かわよろい》を脱いだだけだった。その格好で、昨日と同じく、二階にあるカフェスペースでガルドさんと落ち合う。遅刻についてはなにも言われなかったんだけど、そのことでかえって良心が痛む。

ちなみに、ガルドさんもいつもの銀色のプレートメイルじゃなくて、ごくごく普通の、黒っぽい服装をしていた。隠密行動になることを見越してだろう。さすがに、あの格好じゃ目立ちすぎるからね。普通の服を着ているところを初めて見たんだけど、着やせするタイプなのか、いつもの筋肉ダルマな印象じゃなくなっている。目立たないながらもセンスがいい服装だし、顔に浮かんでる表情も、例の絵にかいたような脳筋笑顔じゃないから、元々顔立ちがいいことも相まってイケメン度が上がってるようで——

どうせなら、いつもこうしてればいいのに。昨日に引き続いて、ガルドさんの新たな面がどんどん出てきて——こうやって向かい合ってると、なんだかドキドキしちゃうかも。

「で？　どうだ、乗ってくれる気になったか？」

もっとも、そんな私の心境の変化がわかるはずもないガルドさんが、単刀直入に切り出すと、ロウがそれに頷《うなず》く。

「ああ。ただし、俺までただ働きは御免蒙《こうむ》る。その辺は、考えてるんだろうな？」

「もちろんだ――例の娘以外にも、いくつか依頼が出てるって言ったろ？　それを全部受けてあんだよ。首尾よく全員助けだせりゃ、半年やそこらは遊んで暮らせるぜ」

「取らぬ狸《たぬき》のなんとやら……だな。もし、『首尾よく』いかなかった場合でもそれなりのことはしてもらうが？」

「あー、まぁ、そっちは後で相談ってことで――じゃ、話は決まったってことでいいよな」

「おい……」

ロウの呆《あき》れ顔には構わず、ガルドさんはさっさと話を進めてしまう。

こういうところは、前と同じだね。

それによると、『新月市』とやらが開催されるのは、明後日《あさって》の夜で間違いないということだ。ただ、その開催される場所、というのが今一つ確証が持てない。そのため、『新月市』の関係者とつながっているらしい博打《ばくちば》場で探りを入れて場所を聞き出したいから、ロウの協力がほしいということらしい。

「ってことで、悪いがしばらくロウを借りるぜ、レイちゃん」

「はい。でも、あまり危ないことはしないでくださいね」

ロウはもちろん、ガルドさんだって怪我をしてほしくはない。

ん？　あれ……なんか、ちょっと考え方が変わって来てるか、私？

「……やっぱり、私もついていったほうが……」

「却下だ、お前はおとなしくしていろ」

「だな。レイちゃんを連れてけるようなお上品な場所じゃねぇ――それに、荒っぽいことになんのは、明日あたりだな。今日は心配するほどのことはねぇよ」

そんなことを言われたって、心配します。けど、足手まといになるのは避けたいし……

「安心しろ、お前を泣かすようなことはしない」

力づけるように言ってもらい、そこでやっと頷《うなず》いた。

「うらやましいぜ、ロウ。レイちゃんにこんなに心配してもらってよ――ま、それはさておいて、すぐにも動きてぇ。行けるか？」

「ああ。だが、レイを一度、宿まで送りたい」

「あ、私ならひとりで戻れるよ」

知らない場所ならいざ知らず、ギルドから宿までの道だ。

「レイちゃんもこう言ってくれてることだし、それで良くねぇか？」

「しかし……」

本当は、ここに来るのもロウ一人でいいって言われてたんだけど、どうしても行きたいって言い張ってついて来たんだ。このうえ、さらに時間を取らせるようなことになったら申し訳ない。

大丈夫だよ、宿までなんてすぐだし。子供じゃないんだから、迷子になったりはしないって――

重ねてそう言うと、渋々ながらロウも頷いてくれた。

「くれぐれも気をつけるんだぞ」

「わかってます――ロウも、気をつけてね。あ、ガルドゥークさんも」

「俺はつけたしかよ……」

ボヤかれたけど、あんまり甘い顔をしないほうがいいだろうから、曖昧《あいまい》に笑って見せる。いろいろあって、最初の印象よりかなり好感度は上がってるんだけど、それでもロウとは扱いに差をつけておくべきだろう。

で、その後すぐにロウとガルドさんは連れ立って出て行き、私もその後でギルドを出る。

宿までは十分もあれば余裕だし、寄り道しないように言われているから真っ直ぐに道を辿《たど》って、次の角を曲がったらもうすぐ――宿が見える地点まで来たときだった。

「すみません――そこのお嬢さん？」

不意に声をかけられて振り向くと、いかにも成金趣味な服を着た太ったおじさんがいる。

「すみませんが、道を教えていただけないでしょうか？」

なんだ、いい年こいて迷子か。でも、私もそれほどこの街に詳しいわけじゃない。ギルドや宿の周辺ならわかるようになってきてはいるけど、その他の地域のことはさっぱりだ。

「ごめんなさい。私、街の様子はよくわからないんです」

「おや……もしや、こちらには来られたばかりで？」

「そうなんです。だから、すみませんが、他の方に尋ねていただけますか？」

『知らない人に声をかけられても、返事をしちゃダメよ』って、誰かの声が聞こえた気がしたけど、遅かった。誰かが私の後ろから近づいて来た気配がしたと思ったら、いきなり顔に妙な匂いのする布を押しつけられる。

「な……」

咄嗟《とっさ》のことに驚いて、大きく息を吸ってしまい、それが悪かった。ぐらり、と視界が揺れる。

慌てて、その手を振り払おうとするが、体に力が入らない。立っていることすらできずに、その場に倒れ込みそうになったところで、やはりさり気なく近づいてきていた別の男が私の体を肩に担ぎあげる。男はそのまま走り出して、最初に声をかけてきた人や背後にいた奴、それから他にも数人の男たちが現れて、私を囲むようにして移動していく。

こいつら、全部グルだ。さり気なく人ごみに紛《まぎ》れてて気がつかなかった。けど、今さらそれがわかっても、体が動かない。気分が悪いし、あの妙な匂いのせいで目が回っている。吐き気を懸命にこらえていたところで気が遠くなり、私はそのまま意識を手放してしまった。

「……も黒か。このあたりでは珍しいな。東の血でも入っているのか？」

「さて、私どもではわかりかねますが、噂では黒髪黒目の美貌の娘が、最近、術者としてギルドで名を上げていると――」

「ほう……本人だとすれば、これは掘り出し物というわけだな」

「偶然とはいえ、このような上玉に出会えたのは幸運でした」

「これほどの美しさに加えて魔術師か、あるいは療術師《りょうじゅつし》の能力を持っているとなれば……どれほどの高値がつくか。これは、今度の『市』が楽しみだな」

知らない声を聞きながら目覚めた気分は最悪だった。昔、一回だけやった二日酔いの朝みたいだ。のどは渇いてるし、頭は痛いし、眩暈《めまい》と吐き気もする。

体の下は、固い木の床みたい。そこに寝かされている、というよりも転がされてるって感じだ。

なんで、私、こんなところに？　それに、この声、誰なんだろう？　人のこと勝手にあれこれと……って、私のことだよね、今の？

そこまで考えて思い出す。変なおっさんに声をかけられ、囲まれた挙句に、変な薬をかがされて拉致《らち》られたんだった。

つまり、ここはヤバい場所？

「おや？　目が覚めたようだぞ」

しまった、つい体を動かしちゃったみたいだ。

起きたのがバレたので目を開けて周囲の様子をうかがうけど、かなり暗い。窓はないのか、あっても閉じられているのか、ほぼ真っ暗だ。一方向からだけ、光が差し込んでいる。そっちに目をやると、ドアがあって人影が二つ見えた。

「誰……？　ここ、どこです？」

あの変な薬の影響が残っていたのか、口から出たのは自分でも驚くほど弱々しい声だった。

「おや？　しゃべれるのか――迷香《めいこう》は嗅《か》がせたのだろう？」

「ええ。ですが、体質によっては効き目が弱いこともありますので」

ちょっと、聞かれたことには答えなさいよと、文句の一つも言いたくなって、そっちへ頭を動かす。そしたら途端に、ものすごい頭痛がして、うめき声を上げてしまった。

「う……あ……」

「十分、効いているようですな」

「念には念を入れろ」

「かしこまりました――おい」

ちょっとでも身動きすると、頭痛と眩暈《めまい》が襲ってくる。迷香、というのは、あのときの布についていたものだろう。転がされた姿勢のまま、とにかくここで吐くのだけは嫌だ、と必死で我慢していたら、敬語で話していたほうがなにやら指示を出したようで、三人目が登場すると、あれと同じ嫌な匂いがする香炉みたいなのを部屋に持ち込んできた。

「こうしておけば大丈夫でしょう」

「うむ。ギリギリだったが、最後にこれほど上玉が見つかるとはな。次の『市』は盛り上がるぞ――くれぐれも逃がさぬようにしておけ」

「わかっております。魔術なども使えぬように、封じを致しておりますので、ご安心ください」

「そうか。では、後は任せたぞ。私は、次は『市』の夜に来る」

「はい」

私を気にする様子もなく、『偉そう』に話す奴と『敬語』で話す奴はそんな会話を交わしてる。声で気がついたけど、『敬語』のほうは私に最初に近づいてきたおっさんみたいだ。

バタン……ガチャと、ドアが閉められ、鍵のかかる音がする。部屋は真っ暗になり、私は一人でそこに残された。

密室内に気持ちの悪い匂いが充満して、頭痛と吐き気が酷《ひど》くなる。最悪だ、このままだとマジで吐く。魔法でなんとかできればいいんだけど、具合が悪くて集中できない。となると、自力で香炉のところまで行ってなんとかしないといけないってことだ。

「覚えてなさいよ……う……」

体を動かした途端、吐き気がこみ上げてくるが、必死で耐える。こんな体勢で吐いたりしたら目も当てられない。部屋は真っ暗なんだけど、香炉の中で火が燃えていて、その光が微《かす》かに見える。

とにかくそこまで辿《たど》り着いて、なぎ払うなり、蹴り倒すなりして匂いを消さないことには始まらない。立ち上がる余裕はないから、匍匐前進《ほふくぜんしん》で香炉のほうへと移動する。

吐き気をこらえつつなのでじりじりとしか動けないが、かなりの時間をかけてなんとか香炉に手が届いた。思いっきり壁に投げつけてやりたいところだけど、そんな余力はなかったし、物音を聞きつけられても困る。なるべく音がしないように、香炉を傾《かたむ》け、中のものを床にぶちまける。灰が舞い上がって余計に匂いがきつくなったけど、香炉本体を蓋《ふた》みたいにして上からかぶせたら少しはマシになった。

ほっとして、体から力が抜ける。真っ暗な中で、そのまましばらく休んでいたら、頭痛もわずかながら弱まってきた。ならば、いつまでも暗い中にいることはない。

魔法で灯りを――って、ちょっと待てよ？　そういえば、さっき、あの二人組がなんか言ってなかったか？　私の素性《すじょう》を知ったうえで、『魔術が使えないよう、封じてある』とかなんとか、と。

まさか、とは思いつつも、試しに光球の魔法を使ってみる。

「……げ」

マジだ、魔法が使えない。

体の中で魔力が動くのは感じられるが、それが発動しない。表に出せない、って言ったほうがいいのかもしれないが、使えないことには変わりない。

狼狽《うろた》えているうちに、首に違和感があることに気がつく。なにか巻きついてるような……なんだ、これ、首輪？　いや、首枷《くびかせ》か？

手探りで確認してみると、首枷はUの字になっていて、金属製のようだ。両端のところで別の棒を差し渡すような形で固定されていた。太さは二センチくらいだろうか。Uの字になっている中央の一カ所だけ、なにかが埋め込まれている手触りがする。

なんだろう、そこだけ凸凹《でこぼこ》してるけど……丸い形状からして、魔石だろうか。

確認のために、もう一度、魔法を使ってみる――が、やはり発動しない。体の中で魔力が動いた途端に、この首枷にそれが吸い取られる感じだ。

あの連中め。よくも、こんなタチの悪いもの、無断で取りつけてくれたわね。

寝転がったまま、心の中でさっきの『敬語』の奴と『偉そう』な奴にさんざん文句をつけてたんだけど、ふと気がついて、深呼吸をしてみる。

こんな状態で、しかも頭に血が上《のぼ》っていたら、まともにモノが考えられるわけがない。現にさっきも、魔法が使えないってわかるまで首枷に気づいていなかった。

なにをやってるんだよ、自分。閉じ込められて、魔法も使えない、挙句にテンパってたんじゃ、本物の役立たずじゃないか。

落ち着け、落ち着け、と頭の中で唱えつつ、ゆっくりと起き上がり、深呼吸を繰り返す。

とりあえずは、現状の把握からだ。焦《あせ》る気持ちもあるけれど、まずは一つずつ確認していく。

体は動くようになった。

魔法は今のところ使えない。

首枷は嵌《は》められているけれど、他になにかされた様子はないみたい。

服装は誘拐される前と同じで、魔倉は……あった。

手探りで蓋《ふた》を開けて中に手を突っ込む。中のものを取り出そうとしてみたが、やはり首枷《くびかせ》に魔力を食われてダメだった。ただ、カムフラージュのために入れていた手巾《ハンカチ》とかは手に触れる。銀貨や銅貨を入れていた小さな袋はないから、それは持ってったのか、せこいなぁ、と思う。

それでも、顔や体に浮かんでいた汗をハンカチで拭き取ると、多少気分が良くなった。できれば水も飲みたかったけど、それは魔倉本体の中なんで、我慢するしかない。

そういえば、今は何時なんだろう。こんなふうに閉じ込められていると、今が昼なのか夜なのかすらわからない。どのくらい気絶していたのかはわからないが、長くても数時間というところか。ロウたちとはお昼頃に別行動になり、こうなったわけだから……日が暮れたかどうかくらいの時間だろうと見当をつける。

ロウ——私がいなくなったことにもう気がついているかな？　私を一人にしたことを悔やんでいるに違いない。心配かけてごめん——だけど、ロウのことを考えると、どうしても気弱になっちゃうから、今はなるべくほかのことを考えよう。

今、私が置かれているのはどんな状況だろうか。

窓のない部屋に閉じ込められて、ドアには鍵がかけられている。

目が覚めてから確認した人物は『偉そう』と『敬語』と『下っ端』の合計三人。しかし、他にもいるかもしれない。誘拐されたときには、最低でも五人はいたと思う。ならば、それよりもっと多い人数がいると考えたほうがいいだろう。

そして、これが一番重要なこと。

なぜ、私は誘拐されたか？

さっき聞いた会話を思い出す。確か、高値がつくだの、『市』が盛り上がるとかなんとか……そこで思い出すのが、ガルドさんの話だ。

『新月市』っていう、裏の品物が取引されるブラックマーケットって、うわ、まさにこれじゃないか。しかし、私はなにをやってるんだ……攫《さら》われた女の子を助け出すはずが、私まで攫われてどうするよ。杖を持ってなかったし、服装も普通だったから、一般市民と思われたんだろうが、でも、どうやら私がギルド登録者だということはバレてしまっているようだ。

ただ、それで若干気が楽になったのも事実ではあった。

ここでその『市』が開催されるのならば——わざわざ、別のところに移動したりはしないよね——計画通りにいけば、明日あたりにロウとガルドさんがここに殴り込んでくるはずだ。だから、私はそれをここで待っていればいい。

ただ——万が一という場合もある。ガルドさんの話だと、開催される場所についてはまだ確証が得られてないって言ってたよね。うまいこと、聞き出せていればいいが、そうじゃなかったら……？いや、そもそも、私がここにとらわれてるって、どうして二人にわかる？　まるっきり見当違いの場所を探していて、そのせいでここに来るのが遅れたら……？

いくつもの懸念《けねん》事項を考えて、もう一度、自分に問いかける。

本当に、私はただ、ここで助けられるのを待っていればそれでいいのか、と。

しかし、そうはいっても、魔法が使えない以上、今の私はほぼ無力だ。

この首枷《くびかせ》、どうにかして外すか、壊すかできないもんだろうか？

試しに引っ張ってみるけど、頑丈でびくともしない。首の太さにちょっと余裕がある程度のサイズなので、頭から抜くのも無理だ。金具も固くて爪が折れちゃいそうだから、早々に諦めて、あとはここにはめられた魔石をどうにかできないか、だな。

改めて、魔石の部分に触れてみる。大きさは、ロウが依頼で納品してたサイズの大きいものと同じくらいだと思う。

魔石は魔法をため込む性質があるってロウが教えてくれた。そしてこの首枷、『敬語』の奴は魔封じと言っていたけど、実際には魔力を吸収するものではないだろうか。

それならば、容量以上の魔力をぶち込んでやれば、壊れてくれるんじゃないだろうか？

確証はない。だけど、さっき魔法を使おうと試した感じでは今できることはこれしか思い浮かばない。

幸い、私を攫《さら》った奴らは油断してる様子だ。ドアの外に見張りはいるにしても、魔封じの首枷と、香炉を一個置いただけで、手足を縛ったりはしなかったことからもわかる。たかが女一人だし、それで抵抗の手段はすべてつぶしたと思ってるんだろう。後は当日になったら、こっから出して『市』に出品させればいいと思ってるに違いない。

そううまくいかせてなんかやるもんかと、覚悟を決めて、とにかく魔法を使いまくってやった。

けど……なかなかこっちの望む状態にはなってくれず、魔力が吸い取られていくばかりだ。

あまり魔力を使いすぎると眩暈《めまい》がしてくるので、そうなったらいったん休む。ある程度回復したら、またやってみて……そんなことを始めてから、どれくらい時間が経ったんだろうか。あまりにも手ごたえがないことに、不安な気持ちでいっぱいになる。これは吸い取ってため込むんじゃなくて、別のシステムで動いてるんじゃないのか、今までやったことは全部無駄だったんじゃないか、とか嫌な考えが頭をよぎる。

頭痛は治まっていたけど、魔力を使うたびに感じる眩暈はどんどん酷《ひど》くなっていって、座ってられずに寝転がった。それでも、使い続けていたら、今度は地面が揺れてる気さえしてくる。体もだるい……寝ちゃダメだ、と思っても、魔力の使いすぎで疲れてしまって睡魔に抵抗できない。

ごめん、ロウ。ちょっとだけ寝かせて。起きたらまた頑張るから……

『レイ！　どこだ!?　返事をしろ――レイっ!!』

目が覚めた！　今のは夢？　違う……この感覚を私は知ってる。

『見えた』んだ。前世の――あっちでの私が、さんざん悩まされた『力』。こっちに来て以来、全くそんな気配がなかったから、消えちゃったんだと思っていたけど、違う。まだ、あった。そして、たった今、それが発動した。

未だかつてなかったほどに、長く鮮明な映像の中にロウがいた。どこか立派な建物の中で、両手に剣を持って私の名前を叫んでいる。その前にはやはり剣を持った男たちがいて、ロウに襲いかかろうとしていた。そして――柱の陰から弓を持った男がねらっているけど、きっとロウは気づいていない。

これはいつのこと？　今？　それとももっと先？　いや、そんなことはどうでもいい。私を助けに来てくれたロウが危ない。大切な人が、私のために危険に晒《さら》されてる。なのに私はなにをしてる？　のん気に寝ている場合じゃない。

「この……バカ石！　さっさと壊れなさいよ！」

ドアの外の見張りへの配慮なんか、一瞬でどこかに吹き飛んで大声を出していた。

へばって気絶するみたいに寝てしまったというのに、どこにそんな力が残っていたんだろう。ただ、ロウが危ないって思った途端、胸の奥が熱くなって、そこから力が湧き上がってくる。最初に、ロウの傷を癒《いや》したときと同じ感覚だ。その力が、出口を求めている――魔法を流し込むんじゃなくて、純粋な魔力を直接、首枷《くびかせ》の魔石に向かって全力で叩きつけた。

ピ……カシャン。

小さな音がして、石が砕け散ったのが感じられる。即座に立ち上がると、気力、魔力はもちろん、体力も回復しているようだ。首枷本体もぶち壊せそうだが、そうしようとして思い直す。この先、なにがあるかわからないのだから魔力は無駄使いしないほうがいいだろう。光の玉を出して周囲を照らし出しつつ、同時にサーチも発動する。

――思った通り、すぐ近くに敵性の反応があった。見張りだと思われるが、委細《いさい》構わず、ドアに向かって特大の火球をぶつけてやる。

ドゴォォン！

ドアが鍵ごと一瞬で吹っ飛んだ。シールドと身体強化、ついでに魔倉から杖も取り出す。強化した足で、一瞬で部屋の外へと移動すると、足元には木っ端微塵《こっぱみじん》になって、ところどころぶすぶすとくすぶっているドアの残骸《ざんがい》が散らばっている。部屋の外は長い廊下になっていて、灯りもちゃんとついていた。見張りは……あの爆発に巻き込まれたかと思ったのに、無事でいる。

「な……なんだ、お前はっ。さっさと部屋に戻れ！」

私が腕ごと杖を一振りすると、突風が吹き荒れ、叫んだ直後の見張りの体が吹っ飛んだ。突きあたりの壁に激突して、そのまま動かなくなる。サーチの結果、ここの近くにいたのはこいつ一人だけだとわかっている。物音を聞きつけ駆けつけてくるにしても、まだ少し時間があるだろう。

完全に意識を失っているのを確かめてから、改めて周囲を見渡す。廊下には、その両側に私が出てきたのと同じようなドアがずらりと並んでいる。おそらくは、この中に私みたいに攫《さら》ってきた人が閉じ込められているのだろう。

「……そうだ、ミュラちゃんっ」

ガルドさんの話に出てきた、女の子のことを思い出す。ロウのことが気になって仕方がなかったが、この状況で放っておくことはできない。

すぐさま心を決めて、大量に並ぶドアに杖を向ける。

ドゴゴゴゴォ！

振り返って、背後にあるドアにも同じようにすると、あっけないくらいにすべてのドアが廊下側に向けて吹き飛んだ。爆風に混じってあの嫌なお香の臭いもしたから、周囲の空気にリフレッシュをかける。

その後で、ドアの残骸《ざんがい》に気をつけながら、片っ端から中をのぞき込んでいく。どの部屋にも、力なくうずくまる人影があるが、私の探す相手じゃない。四つ——いや、五つ目の部屋に差しかかったところで、ようやく見つけた。幼い女の子が隅のほうで震えている。

「……誰？」

怯《おび》えた声を出す少女に、できるだけ優しく微笑《ほほえ》んで見せた。

「私はレイガだよ。貴方《あなた》はミュラちゃん、かな？　ガルドゥークさんって知ってる？」

「……知ってる、うちのお店のお客さん」

やっぱり！　ガルドさんの予想したとおりだったよ。

その頃になると、遠くからばたばたという複数の足音が聞こえてきた。私は内心、かなり焦《あせ》りつつも、これ以上、この少女を怯えさせないように気を使う。

「私は、その人に頼まれて、ミュラちゃんを助けに来たんだよ」

「ほんとっ？　私、お家に帰れるのっ？」

涙の痕《あと》の残るミュラちゃんの顔が、私の言葉でぱぁっと輝いた。

おお、可愛いっ。なるほど、これはロリコンにとっては垂涎《すいぜん》ものの物件だろう。あの連中、意外に目は確かじゃないか。いや、褒めてるわけじゃないよ。かえって、怒りが増しただけだ。

「もうすぐミュラちゃんを助けてくれる人が来るから、もう少しの間だけ我慢してね」

「……お姉さん、あのお客さんのお友達？」

友達、といっていいのだろうか？　まぁ、いいことにしておこう。

「うん、そうだよ――でも、まだ危ないから、もうちょっとだけ、ここでじっとしていてほしいんだ。できる？」

「うん」

嘘と本当が半分ずつな説明をすると、素直に頷《うなず》いてくれた。聞き分けの良い子で助かる。光の玉を浮かせて部屋を明るくして、害意《がいい》を持った相手が近づけないように結界《バリア》を張った。他の部屋にいる人たちのことも気になるが、さすがに全員に説明する手間はかけられない。同じく結界を張り、身の安全だけは確保してから先を急ぐ。

その頃になると、悪人どもの新手が到着していた。ただし、こっちはサーチでその動きがわかっているから、不意打ちを食らうような真似はしない。反対側の廊下の端がドアになっていて、そこが開けられると、五人ほどの男たちが姿を現す。

「なんだ、こりぁ？　手前ぇがやりやがったのかっ？」

男たちは、人数だけは多いものの、ろくな武器も持ってないようだ。無力な虜《とりこ》が相手だと、なめてかかってるんだろう。その思い違いを、今から訂正してやろうじゃないの。

範囲を定めて電撃の魔法を放つ。放射状に広がる雷に打たれ、男たちは悲鳴を上げてバタバタとその場に倒れ伏す。戦闘で高揚した精神状態のまま、三下どもの絨毯《じゅうたん》を踏みつけて、ドアを出るとそこはまた廊下になっていた。今来たところとTの字になってるようで、こっちの廊下はかなり短い。片方は行き止まりで、もう片方には上へと続く階段がある。当然、階段のほうへと向かう。

その間にも、あっちこっちから男たちの声や足音が聞こえてくるけど、サーチで全部居場所がわかるから、不意を突かれる心配はない。階段を上がったあたりにも複数の反応があったので、先に炎の魔法をぶち込んだ。杖の先から燃えさかる炎の球を男たちに向かって解き放つ。

邪魔者を排除しつつ進んでいくと、ドアを見つけた。開けると、廊下続きの景色が変わり、半円形のホールで舞台が現れる。劇場のようだが、その舞台の近くにある扉が、私が出てきたところだ。

天窓からは弱い太陽の光が差し込んでいるのが見え、知らないうちに朝になっていたことに気がつく。舞台の周りは一段低くなっており、そこにいくつもの丸テーブルとイスが置いてある。周囲の壁際は二段にわかれていて、そこにもたくさんのイスが並んでる。

この舞台やイスといい、まるで劇場だ。

ここで、その『市』とやらが開かれるのだろうか？　私の閉じ込められていたのがこの下だったことからして、全くの無関係ってことはないだろう。

私が出てきた扉とは別の扉がいくつもあって、そこからわらわらと人が出てくる。どいつもこいつも人相《にんそう》の悪い奴ばっかだ。

「ファイアーボール！」

さっきの階段で使ったのと同じものを放つ――ただし、威力は二倍くらいになっている。

目が覚めて、魔石を破壊して以来、自分でも驚くほどの精度で魔法が使えていた。胸の奥には、今も熱い感触があるのだけど、それが手助けしてくれているのかもしれない。

燃え盛る火の玉がホールの中央で爆発四散して、男たちにぶつかっていく。十数個に分かれた火球に襲われた連中は、着衣や髪の毛に火がついて、それを消そうと必死になってる。

「サンダーボルトッ」

そこに向かって、今度は雷をお見舞いしてやった。幾本もの雷が私の持った杖から放射状に延びて、そこら辺にいる奴ら全部をまとめて昏倒《こんとう》させる。さすがに火がついたままの奴のは消してあげた。多少の火傷《やけど》はしているだろうが、意識のないまま焼死体になるよりはマシだろう。

どうやら、援軍はそれで打ち止めだったようだ。先程の大騒《さわ》ぎから一転、急に静まり返った舞台の上で、私はもう一度、サーチを使う。

やはりそこにも新手の反応はなくて――いや、こっちに向かってくる反応が……一つ？

「レイちゃん！」

不意に名前を呼ばれ、驚いてそちらを見る。

「……えっ？」

私がいる場所とは反対側の壁にあるドアが開き、そこから姿を現したのはガルドさんだった。

映像ではロウしか見えなかったけど、ガルドさんも一緒に行動してて当然だ。

「どうしてここに？」

「どうして、って……そりゃ、レイちゃんを助けに来たんだが……」

舞台の上と下で見つめ合った後、ガルドさんが呆《あき》れたように周囲を見回す……言いたいことはわかった気がする。

「まさかたぁ思うが……」

ええ、私が片づけました。

「マジかよ……レイちゃん、確か療術師《りょうじゅつし》だよな？」

「本職はそうですけど、多少は攻撃魔法も使えますから」

魔力の発現の方角が違うだけなんだから、両方使えて当然だ。けど、ガルドさんは、なんだかすごくびっくりしてる。

「そいつは承知しちゃいるが……こいつら全部をなぎ倒しただぁ？　癒《いや》しの力があるうえに、これってなぁ、まるで伝説の巫女姫《みこひめ》じゃねぇか……」

なに？　最後のほうは声が小さくて聞き取れなかったよ。茫然《ぼうぜん》とした様子で、私と倒れている男たちを交互に見て――最後にもう一度、私を見る目が、今までとちょっと違いませんか？

「やべぇ……やっぱ、ロウに独り占めさせとくにゃ、もったいねぇ」

「はい？」

「いや、こっちのことだ」

なにか、物騒なことを言われた気がする。ガルドさんと合流できたことで、自分でも意外に思うほど気持ちが楽になっていた。が、ここで気を抜いている場合じゃない。

「そうだっ、ロウ――ロウはどこ？」

「あ……ああ、あいつももちろん来てるぜ。さっき別れたばかりだ。あいつが上に行ったんで、俺がこっちに来たんだ」

上ってどこよ？　なんで、反対に来てくれなかったの、ロウ！

「ロウのところに連れて行って！　今すぐ――お願い、ロウが危ないの！」

あの場面が現実になる前に、一刻も早く、ロウのところへ行かないと。

私の様子に、ガルドさんもなにかを感じたんだろう。すぐに踵《きびす》を返して走り出す。舞台から下りて私もその後を追った。ガルドさんが出てきた扉を開けて入ると、廊下に、幾人もの男たちが倒れているのが目に入った。サーチの反応に比べて、私のほうに来る人数が少なく感じたのはこのせいか。状況から見るに、こいつらはガルドさんが倒したらしい。中には血を流していたり、うめき声を上げてる者もいるが、癒してあげようって気には全くなれない。死にそうなほどの重傷者はいなそうだし、身から出た錆《さび》だよ、なんて結構冷たいことを考えていた。

そうして、ガルドさんに置いて行かれないように必死に足を動かしていたとき――

「レイちゃんっ！」

「え？　――きゃっ！」

急にガルドさんが振り返ったかと思うと、いきなり腕をつかんで抱き寄せられた。その直後、今の今まで私がいた空間を、銀色の刃《やいば》がなぐ。

「野郎っ！」

私を胸に抱いたまま、ガルドさんの右足が跳《は》ねあがった。ドガッていう痛そうな音がしたかと思うと、きらきらと刀身を輝かせながら一本の剣が宙を舞った。それが今しがた通り過ぎてきた廊下に落ちて、甲高《かんだか》い金属音を響かせ、二転三転した後、やや離れたところで止まった。

持ち主らしき男は口と鼻から血を流しながら、完全に意識を失って私たちの足元に伸びていた。

「い、今のって……」

やっと自分がそいつに斬《き》られそうになっていたのだと悟《さと》る。そして、それを理解した途端、項《うなじ》から後頭部にかけての毛穴が開くような——全身が総毛立つ感覚に襲われる。

普通なら悲鳴を上げ、パニックになっているところだ。そうならないでいられたのは、ガルドさんの逞《たくま》しい胸にしっかりと抱きしめられていたからだろう。

「怪我はねぇか、レイちゃん？」

「だ、大丈夫……でも、どうして……？」

気遣う言葉に答える声は、情けないけど少し震えていた。それにしても、私の前を走っていたガルドさんが、どうして今のに気がつけたのか不思議に思う。

「殺気がしやがった。ただ、俺に向けたもんじゃなかったんで、ちっとばかり反応すんのが遅れたんだ。ついでに言やあ、行きできっちりノしたはずなんだが……怖ぇ思いをさせたな」

「いえ、おかげで助かりました。ありがとう、ガルドさん」

サーチにも反応しなかったから、意識を失っていたはずだ。ちょうど目を覚ましたときに私の姿が見えて、闇雲に襲いかかってきた、ということだろうと推測する。

「俺の不手際で、礼を言われることじゃねぇ——それより、今、気がついたんだがよ。やっと、俺のことをそう呼んでくれるようになったな。嬉しいぜ」

「あ……」

そういえばそうだった。このところ、頭の中じゃすっかりそう呼ぶようになっていたんだけど、実際に本人に言うのはさっきが初めてだったことに気がつく。ニヤッと男くさい笑顔で嬉し気に言われて、胸の鼓動が高まる。

この緊急時に、私は一体なにを考えてるのか――ロウ以外の男性《ひと》にキュンとかしてる場合じゃない！

「――っと、ロウの野郎が危ねぇんだったな。こっちだ、レイちゃん。この上に……」

ガルドさんのほうが、よほど状況を正しく理解している。私が衝撃から立ち直ったのを見て取ると、すぐにまた走り始めた。長い廊下を走り抜け、玄関ホールみたいなところに出る。それからまた階段を駆け上がり――その途中にもやはり数人の男たちが倒れていたが、起き上がって襲って来る者はいなかった――到着したのは二階の奥にある、シャンデリアがつりさげられた大広間だった。

その奥からロウの声が聞こえる。


「レイ！　どこだ⁉　返事をしろ――レイっ‼」


間に合った！　間違いなく、あの場面だ。

両手に剣を構えたロウの右前方に二人、左に三人。そして、私とロウを挟んで反対の柱の陰に、弓を構えたもう一人が――

「バースト！　ファイアートルネード！」

一発目で、そいつが構えていた弓を木っ端微塵《こっぱみじん》に吹き飛ばす。二発目は、ロウの周りにいる連中に向けてだ。炎の竜巻がうなりをあげながら室内を吹き荒れ、左右にいた奴と、柱の陰に潜《ひそ》んでいた奴もまとめて巻き上げ——落下したときには、全員ピクリとも動かなかった。

「なんだ——レイっ？　無事だったか！」

突然の私たちの登場とその後の展開に、ロウは一瞬戸惑《とまど》ったような顔をしたけど、すぐに私の名前を呼ぶと、安堵《あんど》の表情を浮かべてこちらに走り寄ってくる。

「ロウ……良かった……」

でも、私の感じていた安堵は絶対にそれ以上だ。

『見えた』未来を、変えられた！　あの力を自覚して以来、私は初めて行動し、それを変えることができたのだ。それがロウで、本当に良かったと思う。

ほっとすると同時に、全身の力が抜け、すぅっと気が遠くなる。ロウとガルドさんが私の名前を呼んだ気もするけど、それを確認する間もなく目の前が真っ黒になって、ぷつん、と意識が途切れてしまった。

ゆっくりと瞼《まぶた》を開けると、すっかり見慣れた天井が視界に入る。周囲は、少し薄暗い。夜……じゃないな、閉められた鎧戸《よろいど》の隙間《すきま》から細くお日様の光が差し込んでいた。

「レイ！　目が覚めたのか」

私が目を開けたのに気がついて、ロウが声をかけてくる。

「熱も下がったようだな」

熱？　私、風邪ひいてたっけ……と、まだぼーっとしている頭で考える。えーと、寝る前ってなにしてたっけな――って、あああぁ！

「ロウ！　怪我は？」

「怪我はしていない。お前も俺も、な」

街で襲われたり、閉じ込められたり、そのうえキレて――途中、いろいろやらかしちゃった気がするけど、なんとかロウのところに辿《たど》り着いた。そして、間に合ったことを思い出す。

「そっか……良かった……」

「それも俺の台詞《せりふ》だ。言っただろうが。一人歩きするときは、くれぐれも気をつけろと」

あ、やっぱりお説教されちゃうの？　けど、あれは不可抗力だよと、言い訳しようとした。そのタイミングをねらったみたいに、ノックもなしにバタンッとドアが開けられる。

「よう、ロウ！　レイちゃん、目ぇ覚ましたか？」

「ガルドさんっ？」

「うるさい、静かにしろ。たった今、目覚めたところだが、まだ眠っていたらどうする気だ。そもそも、なぜお前がここにいる？　部屋に入る許可を出した覚えはないぞ」

突然、乱入してきたガルドさんに、ものすごい勢いで文句を言う。

「さっさと出て行け」

「おいおい、レイちゃんを心配して来てやったのに、その言い草はねぇだろうがよ」

その割には乱暴な登場だが、もしかして、ドアの前で様子をうかがってたんじゃないのか？　偶然というにはタイミングが良すぎる。でも、おかげでお説教を受けずに済んだ。

そう思って、こっそりガルドさんの顔を見ると、にやりと笑う。

――やっぱりかいっ！　その心遣いに感謝して――いや、感謝するのはそれだけじゃないな。ところどころ記憶が曖昧《あいまい》だけど、あそこでガルドさんと会ったのはちゃんと覚えている。ガルドさんの道案内でロウのところに行けたし、危ないところを助けてもらった。今ここで、みんなが無事で顔を合わせていられるのだと思えば、どれほど感謝してもし足りない。

それなのに、ガルドさんはロウに追い出されそうになっているから、慌てて声をかけた。

「待って、ロウ――ガルドさん、来てくれてありがとう」

「おお、レイちゃん。思ったより元気そうじゃねぇか。心配してたが、良かったな」

「ロウとガルドさんのおかげです――それと、余計な手間をかけさせてしまってすみません」

本来ならば、あの女の子――ミュラちゃんを助けて、ついでに他の人たちも助け出すだけで済んでいた。そこに私までつかまっちゃったから、話がややこしくなって、余計な危ない橋を渡らせる羽目になったんだから、お詫びを言うのは当然だろう。

「それにしても、よく私まで、あそこにいたのがわかりましたね」

っていうか、そもそも、私はまだあの場所がどこだったのか知らないんだよね。

そのことも含めて尋ねると、ロウがちょっと嫌そうな顔をした。

「お前はまだ目が覚めたばかりだろう？　自覚がないようだが、気を失った後、丸一日以上寝ていたし、熱も出している。気になるのはわかるが、今はまだ休んでいたほうがいい」

あれ、そうだったの？　でも、もう気分は悪くないし、睡眠も十分な感じなんで、今からもう一回寝ろと言われても難しそうだよ？

「いいじゃねぇか。本人が聞きてぇっつってんだし、話してやろうぜ」

「お前が口を出すな。それに、説明なら俺一人でやれる。さっさと出て行けと言っただろう」

「そう邪険にすんなって――レイちゃんもそう思うだろ？」

「え？　あ、はい」

ついうっかり頷《うなず》いてしまう。だけど確かに、お礼を言ったら、後はさようならというのは、ガルドさんのしてくれたことを思えばあんまりな扱いだろう。私のほうがどうなっていたのかも話しておいたほうがいい、ということで三人で情報交換することになった。


私が誘拐されてからの出来事をざっと説明し――薬をかがされて拉致《らち》られたことや、『高値がつく』って言われた話をしたら、しょっぱなからロウの顔に青筋が浮いていた。その後で、首枷《くびかせ》につけられていた魔石を壊そうとして魔法を使いまくっていたってところで、今度は青くなる。

「無茶なことをするな。魔力を使いすぎると、最悪の場合、心臓が止まることもある」

ええっ？　あのときは気分が悪くなったくらいで大丈夫だったんだけど、そんなことになるとは知らなかった。これからは気をつけよう。

さらに、思いきり魔力をぶつけて壊した話を言ったらもっと青くなられてしまう。

「……その話、絶対に人には言うな」

なんで？　と思ったら、直径三センチ程はあったあの魔石を、魔力で満タンにするには魔法使い十人分くらいの魔力が必要なんだって。そうなると私の魔力量ってのは、最低でもそれくらいはあるってことだ。で、さらに壊れるほどの勢いで魔力を流し込むなら、その倍は必要になるかもしれない、と。

……あれ、私、結構すごい？

「そのおかげで、魔力が枯渇《こかつ》しかけたんだぞ。こんな無茶は二度とするな」

……ごめんなさい。

叱《しか》られて反省してから、ミュラちゃんを助け出した件や、その後、ガルドさんと出会うまでのことを私が話し終えた後は、ロウとガルドさんが交互に、自分たちがなにをしていたかを教えてくれる。

二人で出向いた聞き込みは首尾よくいったらしく、『新月市』が開催される場所——つまりは、私が捕まっていたところだ——を探り当てることができた。黒幕の一人であるウールバー男爵の持ち物で、普段は劇場として使用されていた建物だとわかる。

殴り込むのは翌日の予定だったので、いったん、ロウは宿に戻って来たが、そこで私がまだ帰っていないことに気がついたらしい。慌てて周囲を探してくれたようだが、無論、その辺にいるわけがない。しかし幸運にも、私が太ったおじさんに声をかけられている姿を見ている人がいた。その人は話しかけているところしか見ていないようだったけど、おじさんの風貌《ふうぼう》を覚えている限り伝えてくれたみたい。そこから探りを入れると、私を誘拐したのは、よりによってもう一人の黒幕であるブライト商会の会頭《かいとう》だった。そんな上にいる人が、誘拐事件の実行犯だなんて呆《あき》れるが、まぁ、そっちの事情はどうでもいい。

「ロウの野郎が怒り狂ってよ。いきなり殴り込みそうになりやがるから、止めるのに苦労したぜ」

「余計なことは言うな」

ガルドさんがロウをなだめつつ、アレコレと手配を済ませた後、件《くだん》の劇場へと向かった。夜陰《やいん》に紛《まぎ》れて劇場の内部へ侵入し、相手が油断するだろう夜明けを待って騒《さわ》ぎを起こしたらしい。途中で私と合流できたのは、本当に偶然の賜物《たまもの》であり、二人としては内部をしらみつぶしにしてでも私を見つけ出すつもりだったという。

そして、合流できた後、私がいきなり倒れたので、騒ぎを聞きつけてやって来た騎士団の詰所で休ませてもらっていたのだそうだ。

「そういえば、私についてた首枷《くびかせ》……」

「鍛冶屋《かじや》を呼んで外させた。あんなものを、よくもお前につけたものだ」

「どっから見てもやべぇ代物《しろもの》だったしなぁ。あれ一つだけでも、十分罪に問えるってよ」

あれは犯罪者用の首枷で、本来ならば逮捕権がある騎士団以外が持っているはずのない物らしい。昔は奴隷用としても使われていたようだが、ガリスハール王国ではとうの昔に奴隷制度は廃止されている。そこらの商会や下っ端貴族が所持できる物じゃないってことで、外した後は嬉々として騎士団が証拠物件として押収していったと教えてくれた。

他にも私みたいに攫《さら》われていた人（主に女性）を発見したり――ミュラちゃんも無事に保護されて、ご両親のもとへと戻れたようだ――明らかに盗品と思われる品物も山ほど出てきたりして、騎士団は今頃大忙しだろう。

「そんなことがあったんだ……二人とも、本当にありがとう」

「お前を取り戻すためにやったことだ。礼を言われるようなことじゃない」

「恩に着てくれるなら、走り回ったかいがあったぜ」

……言ってることが正反対ですね、お二人さん。しかし、ロウはもちろんだけど、ガルドさんにもお礼をしないといけないよね。こういう場合って、お金でいいのかな？　それとも、なにか希望があるなら、できるだけそれに添いたい。だから尋ねてみると……

「礼をしてくれるってんなら、一つ、頼みてぇことがある」

やけに返事が早かった。あらかじめ私がそう言うことを予想していたらしい。

「レイちゃん――いや、ここは『銀月』筆頭というべきだな。俺を、あんたのパーティに加えてくれ」

「……え？」

「ちなみに、ロウの野郎の許可は取りつけ済みだ」

なにを言われたのか、一瞬、理解できなかった。

「えええええ？」

「おいおい、レイちゃん。そりゃあんまりな反応だろう？」

「ええ……だ、だって、いつそんな話になってたの？」

「レイちゃんが寝てる間、だな」

「私、聞いてないよ」

「そりゃ、レイちゃんは寝てたからなぁ」

ちょっと待って。ちゃんと説明してよ。

すがるようにロウに目を向けると、ため息をついて事情を話してくれた。

「……お前を助け出した後だ。こいつがいきなり、俺たちのパーティに入れてくれ、と言い出した。最初は断ったが、こいつも生半可な覚悟で言ったことでもないらしく、どうしても退《ひ》かなかった」

「で、でも……私が筆頭なんだよ？　ガルドさんって凄腕《すごうで》の人なんでしょ？　それなのに……ほら、最初に、ロウじゃなくて私が筆頭だって聞いたときもびっくりしてたじゃない」

「まぁ、あんときは確かに驚いたけどな。今はそれで納得してるから安心してくれ」

苦笑いしつつ、ガルドさんが言う。

いや、でも、今の説明じゃまったくわかんないし、安心とかも無理だって。

「……おい」

「わぁってるって」

納得のかけらもしていない私に気がついたのか、ロウがガルドさんを突っつく。

なんだろな、この男同士のツーカーな感じは？　ちょっとだけ嫉妬しちゃう。

「あー……なんだ、白状すると、要するに俺はレイちゃんに惚れちまったんだよ」

「……はぁ？」

「さっきもそうだけどよ。その反応はさすがの俺も傷つくぜ？」

「あ、ごめんなさい――って、なんでいきなりそうなるんですか？」

ガルドさんとはギルドで会う以外は、今回の話し合いと、あの劇場でのことしか接点がない。事あるごとにちょっかいは出されていたが、あれはロウをからかうためだろうから、いきなり『惚れた』とか言われてもわけがわからない。

あーそうか、普段は忘れがちなんだけど、私、こっちじゃすごい美人だったんだ。それで……だとしたら、謹《つつし》んで却下させてもらいます。

そんなことを思ってたのが顔に出てたのか、ガルドさんが真面目な顔になった。

「言っとくが、レイちゃんの顔に惚れたわけじゃねぇぜ？　そりゃ、確かにすげぇ美人だとは思うが、それで本気で惚れるほど俺もガキじゃねぇ。最初は、ロウが宝物みてぇに大事に囲い込んでるんで、ちぃっとばかり興味を持ったのが始まりだ。んで、その後、何度かやりとりしていただろ？あれで半分くらいはヤられちまってたんだが――決め手になったのは、あんときだ。ほら、俺とレイちゃんがあの劇場で会ったとき、だよ」

それは私も覚えてる。まとめてチンピラたちを倒した後で、ガルドさんが駆け込んできたんだ。

「あそこで、レイちゃんは舞台の上に立ってただろう？　足元には、野郎どもが死屍累々《ししるいるい》の状態でよ。そこへ光が差し込んで……そんときだな」

あのときって、確か『これを全部倒したのか』って聞かれて、そうだと答えて――そういえば、その後、なにやらガルドさんが呟《つぶや》いてたっけ。『伝説の巫女姫《みこひめ》』とかなんとか？

「ああ、聞こえてたのか？　そいつは、ガリスハール建国にまつわる伝説の一部だ。当時の王の娘で、とてつもない美貌と魔力の持ち主だったたって話だぜ」

ロウには『月の女神』で、ガルドさんのほうは『伝説の巫女姫』？

二人からそんなどえらいものにたとえられて、思わず赤面してしまう。けど、そっちに気を取られている暇もなく、ガルドさんは先を続ける。

「まぁ、俺もそんなお伽噺《とぎばなし》を信じるような年じゃねぇから、そっちの話はさておいて……とにかく、あの瞬間に俺はレイちゃん――あんた、レイガに惚れた。正真正銘、本気で言ってる話だ。ロウの野郎も納得させている。あとは、レイちゃん、あんたが頷《うなず》いてくれりゃ、この先、一生、俺はあんた一人を守っていく覚悟だ」

なんなら、誓ってもいいぜ、と言う、ガルドさんの目がマジだ。これは、本当に本気で言ってるらしい。念のためにこっそりロウの様子をうかがったけど、不機嫌そうな顔はしていても、ガルドさんの話を否定する気はないみたいだ。

いや、でもいきなりすぎでしょ。それに、『あのときの私に惚れた』と言われても、キレてトランス状態だったんで、普通はあんなことはやらない、というかできないんだよ。なのに、その姿に惚れたっていわれてもね。

「……その顔じゃ、まだ納得しちゃくれてねぇみたいだな」

「すみません、だけどやっぱり突然すぎて……」

「ま、仕方ねぇ。事が事だしな。さすがに俺も今ここで返事をくれとは言わねぇ――とりあえず、ロウと話もあるだろうしな。明日また来ることにして、今日はこれで退散するぜ」

意外にも、あっさりと引いてくれて、ちょっと拍子抜けする。けど、そんな話を聞かされたばかりの混乱してる状態で、重要なことを決めずに済み、ほっとしたのも事実だった。

せっかくガルドさんが気を利かせてくれて二人きりになったのだから、あれこれ話し合うべきところだが、一体どこから始めたらいいのか。

「あの、さ……。えっと、あのね……」

困ってると、ロウのほうから切り出してくれた。

「……ガルドのことだろう？　お前も驚いたと思う。すまん」

「驚いたのは確かだけど、ロウのせいじゃないでしょ。それでさ……ガルドさんは、自分が仲間になるのはロウも納得してるって言ってたけど、ほんとにそうなの？」

「……ああ」

返事するまでに少し間があった。嘘をついてるとは思わないけど、なんか微妙だ。

じぃぃ、っとロウの顔を至近距離から見つめてると、困ったような顔になる。

「そんなに睨《にら》むな――頭では納得してるが、まだ感情が追いついていない、ってところだ」

「感情、なの？　ガルドさんのことが、ロウは嫌いだったりするとか？」

「……うるさいし鬱陶《うっとう》しいが、腕は確かだ。あんな図体でも頭の回転は速いし、敵に回せば厄介《やっかい》だが、仲間になるなら心強い」

けなしてるようで実はベタ褒めだ。やっぱりロウはツンデレなだけで、ガルドさんが嫌いなわけじゃないし、実力もあるって認めてる。

そんな人が仲間になってくれるって言うなら、全面的に歓迎してもいいはずだよね。なのに、感情が……って、どういうこと？

「……相変わらず、鈍いな」

「そんなこと言われても、わからないものはわからないよ」

男同士の面子《メンツ》とかかな？　あんまりにもガルドさんが強すぎて嫉妬――はないな。ロウだって、十分強い。体格の差があるから純粋な力勝負になれば負けるかもしれないけど、敏捷《びんしょう》さや、双剣のほかに弓も使える攻撃手段の多さでロウだって引けは取らないはず。

そんなことを考えていたら、ロウが教えてくれる。でも、それは、私が全く考えてもなかったことだった。

「つまりは――こういうこと、だ」

こういうこと、という言葉に合わせて、横にいたロウが私の上に覆《おお》いかぶさってくる。

え？　話の途中なのに、いきなり始めちゃうの？

「ガルドに、お前がこうされる、と思うとな……」

「へ……って、ええ？」

こう……ってのは、つまりアレされちゃう、ってこと？　いやいやいや、確かに、惚れたとは言われたし、いい年をした男と女なら、そういう関係になりたい願望もあるんだろうけど。

「ちょっと、待って！　私、そんなこと……」

確かに、付き合いが深まるにつれ、ガルドさんが最初の印象みたいな単なる筋肉ダルマじゃないというのはわかってきた。正直に言えば、ちょっとときめいたこともある。だけど、惚れたと言われたからって、いきなりエッチすることを考えろとか無理です。そもそも、私にはロウがいるじゃないか。あんまりにもビックリしたんで、頭が混乱しちゃったけど、落ち着いて考えたら、つまり、それって――

「ガルドさんが仲間になったら、ロウは、私がガルドさんと浮気するって思ったの？」

私のことを、そういう女だと思ってたってことだよね。それって酷《ひど》くない？

ロウの体を押しのけるようにして起き上がり、憤然《ふんぜん》として抗議する。

「浮気？　なんのことだ？　あいつは本気だと言っていただろうに」

「……え？　いや、ガルドさんじゃなくて、私が言ってるのは……」

「誓いを立ててもいい、と言っていたのはお前も聞いただろう？　そこで嘘をつくような男なら、俺も悩まん」

また出た、誓いっ！　ガルドさんは狄族《てきぞく》じゃないから、ロウのとは種類が違うんだろうけど――

思考が横に逸《そ》れそうになるのを急いで修正する。ここできちんと考えないと、また後でえらいことになる。

えーと……あれ？　改めて整理すると、なんか話がおかしい気がする。浮気じゃなくて、本気って言った？　つまり、私が本気で二股かけると……いや、さすがに、そこまで酷い女だと思われてることは考えたくない。ロウだって、そんな女に、あれほど優しくはできないだろう。

ってことは、どういうことだ……？

さらにぐるぐる考えていると、ロウが苦笑交じりにヒントをくれた。

「……俺も、まさか自分がこういう立場になるとは思っていなかったからな。何人妻を持つか、想像したことはあっても、自分が何番目の亭主になるかなぞ、考えたこともなかった」

そこまで言われて、ようやく、何を意味していたのか気づく。

惚れたとは言われたものの、ガルドさんの希望は『パーティに参加希望』ってだけだったでしょ？　だから、結婚の意味も含んでるってことにまで気が回らなかったんだよ。

こちらでは結婚の儀式めいたことはある程度の身分のある人しかしないらしく、一般庶民は、神殿に行って神様に報告をした後、近しい人たちを招いてお披露目するくらいだという。つまり、お互いの合意があれば結婚しているとみなされる。だから私とロウの場合も、正式に届けを出したり、式を挙げたりしたわけじゃないけど、いわゆる事実婚だと考えていいだろう。

そのうえで、教えてもらったこっちの婚姻システムに今の私たちの状況を当てはめてみると、私が奥さんでロウが第一夫。そこに第二夫候補としてガルドさんが登場したことになるんだよね。配偶者を増やす場合、妻は第一夫に相談して賛成してもらう必要があるはずなんだけど、その妻である私をすっ飛ばして、第一夫のロウが次の夫を勧めてきてるってこと？　そういうパターンもありなわけ？

あんまり驚いたので、かえって表情には出なかったようだ。私の内心の大混乱にも気がつかない様子で、ロウの話は続いている。

「だが、俺の個人的感情はさておき、今回の騒動で俺たちは目立つことになる。そうなれば、今以上に、お前に群がる男が増えるだろう。中には、あいつらのような強引な手段に出る奴がいないとも限らん――無論、お前のことは守り切ってみせるつもりだが、万が一の場合がある。そのためにも、腕利きがもう一人いれば心強い」

「ただ守ってもらおうなんて思ってないよ！　そりゃ、私はまだまだ駆け出しだけど……」

そこまで聞いたところで、つい叫んでしまった。

私だって、ロウを守りたい。今回だって、そう思って行動して、間に合ったんだ。でも――そんな私の言葉にかぶせるようにして、ロウが先を続ける。

「これがガルドでなく他の男だったら、俺も能力不足を理由に断っているところだ。だが、あいつはああ見えても、そこそこ有能な奴だし、本気の求婚を正当な理由もなく俺が拒めば、お前の評判を下げることにもなりかねん。お前に触れさせることを思うと誰であろうが腹は立つが、それでも、どこの馬の骨ともわからん相手よりは、ガルドのほうが数倍マシだ」

マシ……って。けど、私にしてみたら、自分の評判なんてどうでもいい。そんな理由で、いきなりエッチする関係になれと言われても無理です。ここまでロウが言うんだから、パーティ加入は、考えないでもない。

「それに……」

え？　まだ、なにかあるの？

「お前ほどの女の夫が、一人で済むはずがないのはわかり切ったことだ。こういうことも考えておかなければならなかったのに、それを怠《おこた》っていたのは、俺の落ち度だ」

「ロウ……」

少し寂しげに、でも覚悟を決めた表情を浮かべるロウに、実は『複数婚のことは、すっかり忘れてました』とは、さすがに言えなかった。

ここで、お互いの認識のすり合わせができたのはいいが、だからといってそれで話が終わったわけじゃない。

——でも、この場で結論が出せる問題でもないんだよね、これが。

どうしたものかと考え込んでいたら、同じくなにかを考え込んでいる様子だったロウが無言のまま、私の体を強く抱きしめてくる。

「……ロウ?」

「ガルドのことは、今はもういい。それよりも……お前が、無事で良かった」

聞こえてきたのは、絞り出すような声だった。

「ごめんなさい、心配かけて」

ああ、これ、ホントなら一番最初にすべきことだったんだよね。

私もロウを抱きかえしながら、反省する。しっかりと抱き合い、お互いの存在とぬくもりを確かめた。柔らかで優しい感触にうっとりと目を細めていると、ゆっくり後ろへ押し倒される。

「ロウ?」

「病み上がりのお前に、無理はさせたくない――だが、どうしても今、お前を抱きたい」

真正面から言われて、ぼぼっと顔に血が上る。が、その言葉で、私が攫《さら》われたことがそんなにもこたえてたんだと、改めて思い知らされる。

「ロウ……本当にごめん。私だったら大丈夫だから……」

ロウの心が少しでも休まるのなら、そんなことはお安い御用だ。しかし――次のロウの台詞《せりふ》で、ちょっとばかり、他の要素が見え隠れする。

「お前の姿が見えなかった間、あの連中になにをされていたか。考えるだけで、はらわたが煮えくり返る。ガルドに言われて命だけは取らなかったが、やはり殺しておくべきだったかもしれん」

「え？　い、いや、それは……」

それやっちゃったらマズいでしょう。死者が出てないからこそ、こっちのやらかしたことも大目に見てもらえたんだし。しかし、物騒な台詞はまだまだ続く。

「その他の連中も、だ。お前を助け出した後、騎士団の奴らは、お前の姿に釘づけだった。いらんと言っているのに、無理やり詰所まで連れて行かれた」

「それは事情聴取の必要があったからじゃ……」

「そうだとしても、俺かガルドのどちらかだけで十分なはずだ。意識のないお前を連れて行ってどうする？　鍛冶屋《かじや》を呼んで、あの首枷《くびかせ》を取ってくれたのだけは感謝するが、その間にもあれやこれやと……特に、小隊長とかいう男は、自分は療術の心得があるとかなんとか言いながら、お前に触れようとまでした」

自分から始めた話なのに、どんどんとロウの機嫌が悪くなってくる。なにやら不穏《ふおん》な気配も漂《ただよ》ってきて、どうやってなだめようかと考えていたら、突然きっぱりと言い切られた。

「それもこれも、お前が魅力的すぎるのが悪い」

「ええっ？」

「あいつらのあの目――ガルドのことは、もう仕方がない。俺も諦めるが――」

だから、私はまだガルドさんを受け入れると決めたわけじゃ……ロウさん？　聞いてます？

「その他の男なぞ、どれほど群がろうと目に入らんよう、お前の体に教え込む」

ちょっと待てっ！　さっきはそういう趣旨の発言じゃなかったでしょっ？　いや、それとも最初からそうだったのか？

「死ぬほど感じさせてやろう」

そして、病み上がりだという私になにをする気ですかっ。

「つらすぎるようなら言え。配慮は……する」

しかし、独占欲全開モードになったロウが、今さら、止まるわけがなかった。


「ん、ふ……んっ」

仕切り直しってわけでもないのだろうけど、もう一度口づけから始まった行為は、意外にも優しかった――配慮すると言ったのは本当のことだったみたいだ。

最初の口づけは啄《ついば》むように、次はしっとりと重ね合わせる。ロウの長い前髪が私の額《ひたい》や瞼《まぶた》に当たり、それがくすぐったくてわずかに口元を緩《ゆる》めると、その隙間《すきま》から熱い舌が忍び込んできた。

尖《とが》らせた舌先で歯列をなぞられ、もっと開けろと言外に要求されて、それに従うとさらに奥まで侵入される。ねっとりとした動きで、口中をくまなく動き回るそれが、奥で小さくなっていた私の舌を探し当てる。弄《もてあそ》ぶように戯《たわむ》れを仕掛けられて、おずおずとそれに応えれば、待ちかねたようにして絡《から》みつかれた。

ぴちゃぴちゃと音を立てながら、濃密に舌を絡め合い、互いの唾液を混ぜ合う。濃厚ではあるが、決して強引ではない――上手に息継ぎのできない私が、息苦しさを覚えるタイミングでいったん、唇を引いて待ってくれる。それからまた深く重ね合わせるのを、何度も繰り返す。

やがて、吸われすぎてぼってりと腫《は》れたようになった唇がようやく解放された。離れたお互いの唇の間で、唾液が糸を引いてつながり――それが、ぽとりと二人の間に落ちて、シーツに小さなシミを作る。

「ふ……は……」

まだ口づけられただけだというのに、私の息はすっかり上がってしまっていた。おそらくは顔も真っ赤になっていることだろう。瞳も完全に潤《うる》んでいるのを自覚する。

そんな私の様子に、ロウがさすがに気遣わしげに問いかけてきた。

「大丈夫か？」

この先に進んでもいいのか、という意味だろうと解釈する。体調的には大丈夫だが、既にここまでされていて、おあずけを食らうのは私としてもつらい。わずかな葛藤《かっとう》の後、小さく頷《うなず》くと、再びロウの手が動き始める。

私に体重をかけることを嫌ったのか、左腕は自分の体重を支えたままで、もう片方だけの動きだ。腫れた唇を労《いた》わるように指先がかすめ、顎《あご》のラインから項《うなじ》を通って肩に辿《たど》り着く。丸みを帯びたその感触を確かめるようにして撫《な》でさすった後、胸の膨らみへと移動する。

まだ服を着たまま――寝間着には着替えていたが、これもロウがやってくれたんだろう――だったので、布の上から手のひらで柔らかく包み込まれた。先程の口づけで、そこは既に先端が尖《とが》り始めている。

「固くなっているぞ」

「し、知ってる、からっ」

そんな意地悪な言葉にすら、反応してしまうのはいつものことだ。羞恥《しゅうち》プレイが標準だなんて、私も大概、ロウにならされてしまっているらしい……

それでも、胸の膨らみを包み込む手つきは優しい。壊れ物に触れるように、そっと揉《も》まれ、先端も宝石を弄《いじ》るみたいな慎重な手つきで探られて、その快感で体が震え、甘い声が漏れ出た。

「あっ、んっ……」

まだ片方を弄られているだけなのに、もう片方も重たく張りつめ、先端も固く立ち上がりつつある。優しすぎる行為は、かえって私の快感を刺激し、ジワリと全身に汗がにじむ。

体中が熱くなってきて、服を着ているのが苦痛になってきた。それを見越したように、やっとロウが前を留めていたボタンに手をかける。ぷちん、ぷちんと順番にゆっくりと外されて、前を大きくはだけられた。

「レイ……レイガ……」

私の名を呼びながら、私の胸に唇を押し当て、時折、強く吸いついて赤い痕を残していく。ちりり、とした痛みは一瞬で、ついた痣《あざ》も淡い色合いだ。自分で言うのもなんだけど、真っ白い肌に散ったそれは、桜の花びらが散っているみたいにも見える。やがて、その唇が先端に辿《たど》り着き、唇で覆《おお》うようにして包み込まれた。

「あっ」

熱く濡れた舌が、固く尖った先端に触れて、小さな喘《あえ》ぎ声が漏れてしまう。指よりもずっと柔らかな感触が、そこに絡《から》みつき、飴玉を舐《な》めるような動きでコロコロと転がされ、ジン……とした疼《うず》きが下腹から湧き上がる。

「あっ、ロウ……っ」

「焦《あせ》るな——今日はゆっくり、だ」

ロウの与えてくれる快感にならされてしまっている私の体は、とっくに蕩《とろ》けているというのに、ロウはあくまでも自分のペースでコトを進めていくつもりらしい。

固くしこった先端を舌で押しつぶし、巻き取るようにして絡みつき、時に尖らせた舌先ではじくようにして刺激する。たっぷりと時間をかけて味わった後、ようやくもう片方へとそれが移る。熱い唇から解放されたそこが、空気に触れて微《かす》かな冷たさを覚えた。

「あっ……んぅ、ぅ……」

ねっとりと舐め上げられるのは同じで、そこからまた舌先で転がされ、軽く吸い上げられる。つきん、とした痛みにも似た感覚に下腹にたまる熱が増していく。空いたほうにも手が添えられて、固くなったところが醒《さ》めてしまわないように、と柔らかく揉みしだかれている。

そちらも同じほどの手間と時間をかけて愛され、最後に長くきつく吸い上げるのと同時に、初めて軽く歯を立てられて、一瞬、真っ白い世界が見えた。

「あ、や……あ……んぅっ」

びくんっと体が痙攣《けいれん》し、下肢から熱い液体がどっとあふれ出る感触で、気がつく。

まさか、胸だけでイかされるとは……

「もう……か？」

「ロウのせい、でしょっ」

驚いたようなロウの声に、真っ赤になって反論する。自分でもびっくりしたんだから、仕方ないじゃない。

息を弾《はず》ませながら睨《にら》みつけている私を、検分するように眺めていたロウだが、やはり『大丈夫』だと判断したらしい。そこからまたゆっくりと唇と手が、鳩尾《みぞおち》からおへそにかけて、ちゅっちゅっ、と音を立てながらまたも桜色の花びらを散らしながら移動していく。

濃厚な口づけと、たっぷりと胸を弄《いじ》られ続け、挙句に達してしまった私の体は、そんな小さな刺激にさえ大きな反応を示してしまう。尖《とが》らせた舌先で、おへその窪《くぼ》みをチロチロとくすぐられて、体がわななく。

「あ、ヤダ、そ……んんっ！」

またも、それだけで小さくイってしまった。全身からどっと汗が噴き出し、鎧戸《よろいど》から差し込む光を受けて淡く肌が光る。それを、ロウの舌が舐《な》めとるようにしながら、下腹に移動し、ついに――待ち望んでいた部分に、触れてくれた。

「んあっ！」

濡れた襞《ひだ》を舌が舐め上げる。たったそれだけで、震えるほどの愉悦が湧き上がる。

くちゅん、という濡れた音は、そこがすっかりドロドロに蕩《とろ》けてしまっているからだ。今すぐ挿《い》れられたとしても、痛みなど感じなかっただろう。いや、むしろそうしてもらったほうが良かった。

「ああっ、ああんっ、あん、あんっ」

私の喘《あえ》ぐ声が絶え間なく室内に響き渡り、ぴちゃぴちゃと猫がミルクを舐めとるみたいな音が、それに混じる。

あふれる液体を掬《すく》いとる動きで、何度も舐め上げられる。複雑に入り組んだ襞の間にも舌が差し込まれ、一枚一枚を解きほぐすかのように動き回っていた。

ぴちゃりぴちゃり……と舌が動くたびに、ゾクゾクする快感がこみ上げてきて、一つ一つは小さいのだけれど、それがいくつも重なり合うことで感覚が高められていく。やがて、少し上にある小さな――体中で最も感じるその器官に、尖らせた舌先が触れる。

「ひっ！　ああんっ」

はじくようにして刺激され、ひときわ大きく体が跳《は》ねた。危うくロウを蹴り飛ばす勢いだったから、それ以上の危険行為を防ぐためか、両足を大きく割り広げた形で固定されてしまった。

「ああっ！　ヤッ……恥ずか、し……っ」

「……お前のココは、きれいだ。恥ずかしがる必要などない」

そんなことを囁《ささや》きながら、今まで以上に無防備になったソコへ、ロウの唇が落とされる。

真っ赤になって膨らみ切っているソレを、唇で覆《おお》うようにして包み込み、舌が器用に薄皮をむいていく。むき出しにされた小さな肉芽に、吐息がかかるだけで反応してしまう。唇で優しく食《は》まれ、舌を絡《から》めて優しく転がされると、それだけで少なくとも数回はイったと思う。

「あ、ああっ……ロ、ウぅっ」

「まだまだ、だ――今夜は死ぬほど、感じさせてやると言っただろう？」

さり気なく恐ろしいことを呟《つぶや》きながら、なおもそこへとむしゃぶりつかれる。

あふれ出る液体はその量を増していて、シーツまでをも濡らしてしまっていた。あまりの量の多さに、時たま、顔を上げて顎《あご》に滴《したた》る液体を、腕と手の甲を使ってロウがぬぐい取る。そんな仕草や、汗で額《ひたい》に張りついた前髪を、鬱陶《うっとう》しそうにかきあげる様子に、体に与えられる刺激とは別に、きゅんと胸が高鳴った。

男のくせに色っぽすぎる、どこでそんな色気を身につけてきたんですか。

「……なにをあほうなことを。お前のほうがよほど――」

うっかり声に出てたらしい。とっくの昔に声を抑える努力なんて放棄していたんだけど、余計なことまで口走っていたとは思わなかった。

そして、『よほど――』の先をロウは口にしなかったけど、言われなくても自覚している。全身を薄紅色に上気させ、快感のあまり、泣き出す寸前だから目は潤《うる》んでいた。ひっきりなしに与えられる甘い刺激のせいで漏れる声については、言うまでもないだろう。

無意識にすがるものを求めて両腕が彷徨《さまよ》い、下肢に顔を埋《うず》めたロウの頭に触れると、惑乱しているせいかその髪をかき乱してしまう。大きく広げられたままの足は、小さく痙攣《けいれん》しっぱなしで、つま先がきゅうっと丸くなっている。

ロウは『無理はさせない』『ゆっくりと』と言い、その通りに行動しているのだけど、私にしてみたら、いつもみたいにもっと強引にしてくれたほうが良かった。体にたまった熱は、小刻みな爆発で幾分かは放出できているものの、それ以上の勢いで蓄積され続けてしまっている。ロウの行為が優しく丁寧であればあるほど、加速度的に増す気すらしていた。

しかも、一番ほしいところは、舌で舐《ねぶ》られはしたものの、そんなことでは到底足りない。

「ロウっ、も……お、願いっ」

ヒクヒクと震え、ひっきりなしに涎《よだれ》をたらしているソコを、満たしてほしい。舌でも指でもなんでも――いや、本当にほしいのはそれじゃない。もっと、太くて、固くて、熱いロウの――

「レイ……だが……」

まだ指ですら慣らしていないソコに、己《おのれ》を埋め込むことをロウは躊躇《ちゅうちょ》しているようだ。だけど、私はもう限界だった。この先も焦《じ》らされ続けたら――ロウにそんな気がなくても――本当にどうにかなってしまう。

「いい、からっ！　早く……ロウが、ほしいのっ」

切羽詰《せっぱつ》まった、切れ切れの涙声でねだると、そこでやっと踏ん切りがついたようだ。

「本当に……大丈夫、だな？」

コクコクと必死に頷《うなず》く。

既に全裸にされていた私とは違い、ロウはまだ下着を身に着けていた。それを手早く脱ぎ去って、改めて私の足の間に陣取る。

ぬるりとした奇妙に滑《なめ》らかで固いモノが、濡れそぼった襞《ひだ》に押し当てられると、期待で全身がわななないた。

「きつければ……」

「大丈夫、だからっ」

ともすれば、自分から迎え入れそうになるのを必死でこらえて、ロウが動くのを待つ。

私の返事に、ロウはため息をつくと、それからゆっくりと体を押し進めてきた。

「ふ、うぁ……っ」

大きく張り出した切っ先で、狭い入り口を押し広げられる感覚に、まだ空虚なままの奥がきつく締まるのを感じる。早くソコも満たしてほしい。大きくて固いので、いっぱいにしてほしい……そんな私の心の声が聞こえたかのように、熱い楔《くさび》がゆっくりと狭いナカを広げながら進んできた。やがて、切っ先が奥の壁にまで届き、そこをずん……と強く押される。

「あああ……っ！」

たったそれだけで、また、達してしまった。ロウの屹立《きつりつ》を呑み込んだ部分から、粘《ねば》ついた液体がどっとあふれ出てくる。

「っ……こらっ」

ギリギリと音がするほどに、ソコがロウを締めつけているのがわかった。

「ゆっくり、だと……言った、だろうっ」

「だ、だって……ああっ！」

たまらないといった感じのロウの声がして、絡《から》みついた粘膜を引きはぐ勢いで抜かれる。入り口ギリギリまで下がったソレが、もう一度強く奥を目指すのだと思ったのに、その予想は外れた。

「あ、あっ……あっ、やっ……」

先端部分だけが、入り口近くで何度も抜き差しされる。一番大きく張り出した部分が、狭い入り口を押し広げ、少し入ったところでまたすぐに抜かれてしまう。

「あああっ、それ、ヤっ……んんっ！」

「なぜ？　お前は、これが好き……だろう？」

確かに、これをやられると入り口のすぐ近くにあるいわゆるＧスポットが刺激されて、ものすごく気持ちがいい。奥を突き上げられるのとは違って、息が詰まるような衝撃もないから、快感だけを追っていられる。しかし、そのせいで奥からはどんどん新しい液体があふれてきて、小刻みな動きだけなのにぐちゅぐちゅという水音がすごい。

「そ……だけ、どっ」

またしてもイってしまいそうで、必死になって堪《こら》えているというのに、それでもロウの動きは止まらない。

「やっ、ダ……あんんっ！」

相変わらず切っ先だけが入り込んだところで、軽く腰を揺すられて、愉悦がはじけた。

「あ、あっ、ロウぅっ」

「我慢、するな――お前の好きな、ことは……全部、知って、いるっ」

言葉に合わせて腰を振る。

「ひぁっ！」

「こう、し、ながら……ここを、弄《いじ》られるの、も」

「あああっ！　やっ……それ、ダメっ。また……ク……っ」

ぽってりと膨らんだ小さな突起に指が添えられ、クニクニと刺激された。

「こうやって……奥で、動かれる、のも……」

言葉と同時に、ずくんっ、と一気に根元まで埋め込まれる。その状態で、捏《こ》ねるようにして腰を使われ、あっけなく我慢の限界が訪れてしまう。

「ひっ、ああ……気持ち、い……っ」

ヒクヒクと、下腹を震わせながら、既に数え切れないほど経験した快感の爆発に、体を委《ゆだ》ねる。

「うぁ……気持ち、い……よ、ぉっ」

イきながら、泣き濡れた声で快感を訴えた。そして、同時に、素直にそれを認めたことにより、ひたすら強く、もっと奥にと、締めつけるだけだった内壁の動きが、柔らかくうねるようなものへと変わっていく。

ぎちぎちと締めつけるばかりだった力が緩《ゆる》んだことで、それがロウにも伝わったのだろう。

「っ……レイ？」

「い、いっ……ロウ、のっ……気持ち……いい、のぉっ」

「く、そっ……、俺も、だ……っ」

緩やかに、蠢《うごめ》く粘膜をこすりたてながら、ロウの強直が何度も出入りする。強すぎず、弱すぎず、絶妙な力加減で奥のスポットを突かれて、またイった。

「いっ！　あ……いぃっ、んんっ！」

ヒクヒクと下腹を痙攣《けいれん》させて、ロウの強直にナカを抉《えぐ》られる快感に酔いしれる。

「あっ……ク、るっ、おっき……の、がっ」

そうするうちに、ひときわ大きな波の到来を予感する。幾重にも重なる波の頂点で、今まで以上の、巨大な快感の波が——

「ああっ！　ロ……い、っしょ……にっ」

「っ、まっ……もう、少……し、っ」

すがるように伸ばした手が、ロウのそれに包み込まれる。ぎゅっと強く握りしめられ、律動がさらに強さと激しさを増した。

「ああぁっ、やっ……早、く……ぅっ！　もっ、無理ぃっ……っ」

じゅぷじゅぷという淫猥《いんわい》極まりない水音が最高潮に達する中、切羽《せっぱ》詰まった私の声に、待ち望んでいたロウの言葉が重なる。

「く、そ……っ、いい、ぞ……イ、けっ！」

「んんっ！　う……ふ、ぅ……っっ！」

いつもの白い閃光《せんこう》が爆発するみたいな感じとは違っている。我慢させられた末の今日のソレは、もっと高い場所に向かって上っていた階段の、最後の一段を手を取って引き上げられていくようだった。視界全体が白く染まり、次いで、全身がその光に包み込まれるような感覚が新しい。

「あ、あ……ロ、ウぅっ」

「レ、イっ……ぐ、ぁっ」

体全体が、不思議な浮遊感に包まれる中、かつてないほどの高みに達し、全身を弛緩《しかん》させていた。そのくせロウとつながった部分だけが鮮明で、熱い飛沫《ひまつ》が最奥に放たれるのを、私はどこか遠いことのように思いながら眠りへと誘われていく。

幸いなことに――と言っていいのかわからないが――翌朝、起きてみると、ガルドさんからの言《こと》伝《づて》が届いていた。例の事件に関わることで用事ができたから、今日はこちらには来れないという内容に、単に一日先送りになっただけなんだけど、まだ結論が出せていなかった私はほっとする。

そして、その代わりとでもいうように、午後になって、別の人が私たちを訪ねてきた。

お二方を訪ねてこられた方がいます――と、宿の人に教えられる。一体誰だろうと訝《いぶか》しみながら降りて行ったら、いきなり明るい声で呼びかけられて面食らう。

「お姉ちゃんっ！」

「ミュラちゃんっ？」

そこにいたのは、劇場で出会った小さな女の子だ。その後ろに三十歳くらいに見える女の人と、他に三人ほどの男性の姿がある。

「初めてお目にかかります、私はミューゼと言います。ミュラの母です」

「レイガです、初めまして。こちらは私の相棒のロウです」

ああ、お母さんか。なるほど、ミュラちゃんと目元や顔の形がよく似ている。しかし、一体どうして、ここに？

「『轟雷』の旦那からうかがいました。娘を助けていただき本当にありがとうございます」

「あ、いえ、ご丁寧なご挨拶、痛み入ります。でも、私だけの力じゃないんですよ」

確かに、ミュラちゃんとは劇場で会って、ちょっとだけ言葉も交わしたけど、だからといって『私が助けた』なんて言える状態じゃなかった。あのときの私はロウのことのほうが気がかりで、置き去りにするみたいに後に残して行ってしまった。最終的に助け出したのは、騎士団の人たちだったはずだ。それなのに、わざわざお礼を言いに来てくれたなんて、かえって申し訳ない気持ちになる。

「娘からも聞いています。暗くて狭くて怖いところにずっと閉じ込められていたら、急にドアが開いて、すごくきれいなお姉さんが来てくれた。お姉さんのおかげで帰ってこれた、と」

ああ、なるほど。ミュラちゃんの中ではそういうことになっているのか。そんなことを言われたら、確かに礼の一つも言わなきゃならないと思うだろうな。

「ありがとう、お姉ちゃん。来てくれてすごく嬉しかった――お姉ちゃんの言ったとおり、すぐに騎士様たちが来て、あそこから出してくれたんだよ」

一生懸命お礼を言うミュラちゃんは、普通にしていても十分可愛いが、笑うとさらに魅力的になる。

ガルドさんをはじめ他のお客さんも、これでイチコロにされてるんだろうな。私も、この笑顔を守れて良かった、と心から思っちゃう。

「そうだったんだ――良かったね、お母さんのところに戻れて」

「うん、母さんも父さんたちも、すごく喜んでくれたよ」

父さんたちって……ミュラちゃんの言葉に引っ掛かりを覚えた私は、後ろに控える男性陣に目をやる。

「お初にお目にかかります。俺はルクス、こっちはアスト、そっちにいるのがホートス。全員、ミューゼの亭主でミュラの父親です。このたびは娘を取り戻していただき、心から感謝しています」

代表して、そのうちの一人、ルクスさんと名乗った男性がお礼を言ってくる。

なるほど、父さんたちっていうのは、こういうことか。

「いえ、とんでもないっ。大したことをしたわけじゃありませんし」

何度も言うが、実際に助け出したのは騎士団の人たちなんだから、そんなにかしこまってお礼を言われると恐縮してしまう。しかし、あっちはそうは思ってくれてないようだ。

「ミュラは俺たちのたった一人の娘なんです。それが急にいなくなって、女房も俺たちもどれだけ心配したことか……最悪のことすら考えました。それを無事に取り戻していただいて――『轟雷』の旦那から、こちらのお二人の尽力あってのことだとうかがって、お礼に参上した次第です」

ルクスさんの言葉に、残る二人もうんうんと頷《うなず》いて、その後口々にお礼を言ってくれた。照れくさくて仕方がないが、そんな状態でも気になるのは、この中の誰がミュラちゃんの『本当のお父さん』なんだろう、ということだった。そしたら、またしても表情を読まれてしまったようだ。

「よく聞かれるんですよ、一体誰の子だってね。ですけど、私にもそんなことはわかりませんし、亭主どもも全員気にしてません。私が産んだ自分たちの娘だって、みんな、目の中に入れても痛くないほど可愛がってくれてます」

コロコロと笑いながらミューゼさんがそう教えてくれる。旦那さん方も、その通りだと言うように後ろで何度も頷いていていた。

「父さんたち、みんな優しいんだよ。でも、戻ってきたら叱《しか》られた。心配かけたから、って」

ちょっとだけ不満そうにミュラちゃんは言うが、それでも『父さんたち』に分け隔《へだ》てなくなついているのがよくわかる――知識としては持っていても、実際に見るのは初めてだった私にとって、こっちの家族ってこういうものなのかと教えられた瞬間だった。

私は病み上がりだし、ミュラちゃん家族も店の開店準備があるということで、一行はあまり長居はせずに戻っていく。お礼だと言って、お店で出しているのだというお料理とお酒を差し出され、申し訳ないからと断ったんだけど、結局押しつけられるようにして受け取らされてしまった。

「お姉ちゃん、またね！」

「ぜひとも、次は店にいらしてください。腕によりをかけておもてなし致します」

「お代なんか気にしないでくださいね。思いっきりご馳走いたします」

そんな言葉を残して、戻っていく五人の後ろ姿は、仲の良い家族そのものだった。真ん中にミューゼさんとミュラちゃんがいて、その周りを三人の父親たちが囲んで歩いていく。

「……こっちの家族って、あんな感じなんだ？」

ぽつりと呟《つぶや》いた言葉に、ロウが答えてくれる。

「あれほど仲がいいのは珍しい部類かもしれんが……大体、ああいうものだろうな」

「あの人たちも夫婦喧嘩とかしたりするのかな？　旦那さん同士で喧嘩とかも……？」

「全くないとは言い切れんが、仲が悪ければ、そもそも一緒に暮らしてはいないだろう。嫌になれば出て行けば済むことだ」

「それでいいの？」

「そうやって出て行く女房や亭主はごまんといる。あの亭主たちがそうしないのは、うまくやれているという証拠だろう」

そういうものかな。喧嘩なんて一対一の夫婦だってやるものだしね。

ミュラちゃんも、お母さんに加えて、三人のお父さんたちに愛されてとても幸せそうに見えた。

ロウと会話をしながら見送っていたら、ミュラちゃんが道端のなにかに注意を引かれて、駆け寄り、それを父親の一人が慌てて引き戻すのが見える。こんな光景、どこかで見たことがあるような……そう考えたら、思い出した。

まだおばあちゃんが生きていた頃、家族全員で出かけたお祭り見物だ。加奈子はまだ生まれて間もなくてお母さんの腕に抱かれていて、徹はお父さんが肩車していた。久しぶりに家族揃ってのお出かけで、私ははしゃいでいて、あっちこっちを走り回るのを防ぐためにもおばあちゃんと手をつないで――その思い出が、ミュラちゃんたちの姿と重なる。

私の家族とは年齢も構成も違うけど、こちらではこれが普通であり、幸せの形なんだろう。

そう思ったとき――

「あ……」

「どうした？」

「また――」

見えた。やっぱり、この力は消えたわけじゃなかった。あの劇場の地下で、ロウの危機を察知したときみたいに、映像が頭に浮かぶ。けど、これはなにかの危険を知らせるものじゃない。

私とロウとガルドさんが、三人で笑い合っている。その姿はとっても自然で、仲の良さがにじみ出ているようだ。いや、それだけじゃない。もっと他にも……ああ、ダメだ。映像はほんの一瞬で、しっかり確認する前に消えてしまう。

そのとき聞こえるはずがない声が聞こえた。それを私が聞き間違えるはずがない。懐かしくて、もう一度だけでも聞きたくて、だけど聞こえたのはそれっきり。それでもその言葉はしっかりと私の心に刻まれた。

「レイ？」

急に硬直した私を気遣って、ロウが声をかけてくる。その声に我にかえって——ロウをじっと見つめる。あっちの世界では見つけることができなかった——いや、臆病だった私が探すことを諦めてしまった『大切』な人。こちらで、ロウに出会えたことは本当に幸運だった。

だけど、もちろん、運だけじゃない。そうなるために、私は行動してきている。

ガルドさんもまた、ロウみたいに私にとって『大切』になるんだとしたら？　いや、もしかしたら、とっくにそうなっているのかもしれない。だって、そうじゃなければ、ここまで悩んだりしないはずじゃない？

「……明日、ガルドさんが来たら、話したいことがあるんだ。ロウにも聞いてほしいし。最終判断は、そのときに——それでいい？」

それでもやっぱりもう一度、ちゃんと話がしたい。ガルドさんだけじゃなくて、ロウとも。

「お前が決めたことなら、俺は従う。亭主を選ぶのは女房の権利だからな」

「うん……ありがとう」

誰に強制されるわけでもなく、自分で選ぶんだ。自分と、自分の『大切』な人たちの未来を。

第五章

その翌日、一日遅れてガルドさんがやってきた。

今日もプレートメイルではなく普通の服装だ。挨拶もそこそこに部屋に招き入れ、落ち着いて話ができるようイスに座ってもらう。私とロウも着席して、そのうえで話を切り出した。

「えっとね、ガルドさん。まず、お話ししたいことがあるんですけど……」

「ああ？　やっぱりなしにしよう、ってなら聞こえねぇぜ」

「違います。そうじゃなくて、ですね。私のこと、ガルドさんはほとんど知らないでしょ？」

なにしろ、この一件を持ち込まれるまで、ガルドさんとはギルドで顔を合わせるだけの間柄だったんだ。当然、私がどこの誰――というか、どこから来たか、なんてことは話してない。

どうやってロウと出会ったかくらいは、私が攫《さら》われてる間に、ロウが説明していたらしいが、そのときも当たり障りのない話しかしていないと聞いていた。

「なんだ、そっちかよ――だけど、言いにくいことなら、別に言わなくてもかまわねぇぜ？」

「……え？」

「『放浪者』なんてのをやってる奴ぁ、どいつもこいつも事情持ちばっかだ。そいつを無理に聞き出そうなんて、野暮な真似は俺はしねぇよ」

「ガルドさん……男前ですね」

まさかそう返されるとは思わなかったからびっくりしたが、ここでその言葉に甘えるわけにもいかない。ガルドさんが本当の意味で私たちの仲間になるのなら、隠したままではいられない。

「正直に言えば、私もガルドさんに好意を持ってます。だからこそ、聞いてもらいたいんです。ロウにしか話していないことで――もしかしたら、信じてもらえないかもしれないけど」

そう前置きをして、話し始める。

私がかつて、別の世界で別人として生きていたことから、こちらのことに全く無知な私にロウが色々と教えてくれて、一緒に旅をするようになったことまでを。

その間、ロウは黙っていたし、ガルドさんもたまに「ほぉ」とか「へぇ」とかの相槌《あいづち》を打つくらいで、話を聞いてくれていた。

「――ってことなんです。説明が下手でわかりにくかったらごめんなさい」

「……説明がどうこうつーより、中身が突飛《とっぴ》すぎだな、こりゃ」

そして、やっと話が終わった後の、ガルドさんの第一声はそれだった。

やっぱりそうだよね。けど、信じてもらわないと困るんだよなぁ……

「けど、まぁ、レイちゃんがそう言うならそうなんだろ――ちょいと変わったお嬢ちゃんだとは思ってたが、さすがにここまでとは思わなかったぜ」

「え？　まさか、今ので理解してくれたんですか？」

「いや、まったくからっきしだ。けどよ、話を聞いて納得できることもあったし、聞いたからって今さらなにがどうなるわけでもねぇんだろ？」

私がなんのことかわからないといった表情をする。

「いきなり、その――『ちきゅう』とやらに帰っちまうとか、そういうことだ」

「そんなら、別になにも問題はないと言いますか、あっちではもう私、死んじゃってますし」

「そんなら、別になにも問題はねぇな。俺は、今、目の前にいるレイちゃんに惚れたんだ。そいつが変わらねぇなら、多少みょうちくりんな事情があろうと、関係ねぇ」

みょうちくりん、って……けど、すっきりきっぱり言い切ってくれて、ほっとしたのも確かだ。

「それじゃ、今の話を聞いても、仲間に入りたいって気持ちは変わらないんですか？」

「んなこたぁ、当たり前だろ。心底惚れこんで、一生を懸けられる相手に、やっとのことで出会えたんだぜ。多少変わった事情持ちだからって、ここで逃げ出すような真似はしねぇよ」

問いかけた私の言葉に、ガルドさんはきっぱりとそう答えてくれる。

「ガルドさん……ありがとう」

どうしてここまで惚れ込まれたのかは、未だに謎だけど、考えてみれば私がロウを好きになったのも、これって理由があったわけじゃないしね。

「礼を言われるようなことじゃねぇ――それよりも、今のは俺の加入許可ってことでいいのか？」

「あ、いえ。その前に……もう一つ、話しておきたいことがあるんです」

こっちのほうが、私にとっては前世の話より、ずっと重要なことだった。

「ロウも一緒に聞いてね。これは、まだ誰にも話したことがなかったんだけど――」

『見える』ことを告白するのは、おばあちゃん以外では初めてだ。頑《かたく》なに自分一人の秘密にして、家族にさえ言えなかったことだけど、自然と言葉が出る。

「前の私には未来が見える力があったの。っていうか、今もあるみたいなんだけど――いつもじゃないし、どんなふうに見えるかもそのときで違うんだけど、どれも未来に起こる出来事なの」

『未来が見える力』なんていうと、すごく便利に聞こえるかもしれないけど、実際のところはそんないいもんじゃない。だって、いつ、どんなものが見えるか全くコントロールできなかったし、見えた未来をどうすることもできなかった。その最たるものが、おばあちゃんの死、だ。そのことについてもどう思っていたかを話す。

「私はそれを知っていたのに、なにもできなかったんだ。そして、そのせいで、臆病になってしまったの。もしこの先、大切な人ができても、もしその人のこれからが『見えて』しまったら、ってね。だから、大切な人を作らないようにして生きてきたんだ」

最初で最後の彼氏とはあちらから告白されて付き合うことになったが、次第に会うのも間遠くなって、最後は電話で別れ話をされてそれっきりになった。酷《ひど》い話だが、彼がそうしたのも当然だ。常になにかが『見える』かもしれないってびくびくして、相手がいなくなった後のことばかり考えてるような女だったんだから。そして、それを自覚したことで、私の結婚願望はきれいに消え失せた。一生、一人で生きて行こうと決めた。

「祖母にべったりだった分、死なれたときの衝撃もすごかった。だから、もう二度とあんな思いはしたくないから、大人になったらすぐに家を出て、一人暮らしを始めたよ。家族に万が一のことがあっても、距離を置けばショックが少なくなるんじゃないか、なんてね……」

――こうやって話していると、いかに前の自分が愚かだったか思い知らされる。

「……レイちゃんは、あほうだったのか？」

「おい、ガルド」

「いいの。自分でもそう思ってる――それで、自分が先に死んでたら世話ないよね。こっちで生き返れたのは良かったけど、もう家族やみんなに会えないって、大泣きしたのはロウも知っての通りだし……ただの友達だと思ってた子は、ほんとはとっくに大親友で、職場のみんなも大切な人たちだったって、やっとわかった」

でも、前はそれがわからなかった。未来に怯《おび》え、失うことばかりを恐れて自分の殻に閉じこもる。少しでも傷つかずにすむようにと、それだけを考えて生きていた。

だけど、ロウを助けることができたことや、ガルドさんの一件で、改めてこの力について考えさせられたんだ。本当にこれは、私を不幸にするだけのものなのか、ってね。

だって、この力があったからこそ、私はあのとき、ロウのところに駆けつけられた。あの映像が見えなかったら、もしかしたら私はロウが死んだことすら知らずに、誰かに売られてしまっていたかもしれない。そう思うと、ぞっとする。

見えて良かった――初めてそう思えた。

そして、見えた未来を、唯々諾々《いいだくだく》と受け入れるんじゃなくて、行動することで変えられるんだってことも知る。

ガルドさんのことだって、この力がなければ、まだうだうだと悩んでいたはずだ。それに——あのとき、一緒に聞こえたあの声。ほんの一瞬だったけど、私が聞き間違うはずがない。

それは、離れのソファーに一緒に座って、何度も繰り返し聞いた声と言葉だった。


——玲ちゃん。『大切』に出会ったら、それを逃しちゃダメよ。もしかしたら、もう二度と出会えないかもしれないんだから、つかめるときにつかんでおかないとね。


いっぱい間違った私だけど、やっとそれに気がつくことができた。私と同じ力を持っていたおばあちゃんの、その言葉に込められた『想い』にも。

あちらでは出会えなかった『大切』を、こちらの私は見つけられた。

もう『一生、一人で生きていく』なんて思わない。大切な人とともに生きて、一緒に幸せになりたい。だから、お願い、おばあちゃん。私に、最後の勇気をください。

「——そういうわけで、私は元異世界人で、そのうえ、変わった力もあるんだけど……」

あのとき、ああすれば良かった、こう動けば良かった——と、今になっていろいろ思うけど、過去のことはもうどうしようもない。だけど、せめてこちらではそうじゃない生き方がしたい。しなくちゃいけないんだと思う。そしてそのためにも、こちらで出会った『大切』な二人に、すべてを告白したうえで改めて問いかける。

「ガルドさん、それにロウ——こんな私と、一緒にいてくれますか？」

「変だ、変だって言うけどよ。誰だって他人と違うとこはあるんじゃねぇのか？　俺ぁ、それなりに自分の目ってのに自信を持ってる。その目で見て、俺の前にいるレイちゃんに惚れたんだぜ」

　ガルドさんの言葉はぶれない。その視線も――あのときみたいに、真っ直ぐに私を見つめている。

「それによ――知ってっか、レイちゃん。この世で一番足が速やくてすばしっこいのは、幸運の野郎だって話だぜ？　そいつが目の前に出てきてくれたんだ、問答無用で捕まえるしかねぇだろ」

　そして、続けて告げられたその言葉は、おばあちゃんが言ってたのと同じだ。もちろん、そんなことをガルドさんが知るはずもないから、これは単なる偶然の一致にすぎない。だけど、その偶然が私の心をどれだけ揺さぶったか、ガルドさんは知らないだろう。

「今さらだな。お前に妙な力の一つや二つ、あったと聞いたところで別段、なにも変わらん」

　そして、ロウはいつでも丸ごと私を受け入れてくれる。それがどんなに幸運で、どんなに得難《えがた》いことか……

「……ありがとう、二人とも」

　知らず知らずのうちに、止めていた息を吐き出す。心からの感謝の言葉と一緒に、嬉し涙がポロリとこぼれた。

「ふつつか者ですが、これらもよろしくお願いします」

「ああ、こっちこそよろしく頼むぜ。そっちの人相《にんそう》の悪い野郎も、な」

「ああ――しっかりレイを守るんだぞ」

　二人の言葉を聞きながら、告白して――勇気を出して決断して、本当に良かったと思った。

「んで、えっと……ガルドさんもここに越してくるんだよね？　それで、その……どこで寝るかについてなんだけど……」

そうなると、どうしても気になるのが、実に即物的ではあるが――夜のことだったりする。さっきのは気持ちを確認しただけじゃなくて、夫としても受け入れるって意味を含んでいる。

私もガルドさんも（ついでにロウも）いい大人なんだから、そうなってくると必然的にそっちのことも考えるよね？

「あ？　やっとこ仲間入りさせてもらえたっつーのに、俺だけ別とかはねぇよな？」

「いや、ガルドさんだけ別になんて思ってないですよ。それに別になるなら、私が……」

「なぜだ？」

「なんでだよ？」

食い気味に、しかもステレオで聞き返されちゃったよ。

「いや、あのですね……さっきも話したように、私はもともと別の世界で育ってて、そこは一夫一妻制が普通で……で、私もそれが当たり前と思ってたわけで……」

さすがにストレートに『3○はやったことないんです』とは言えないよ。なんとも歯切れの悪い発言だけど、お願いだから、これで気がついてください。

「そりゃ聞いたが……ああ、なるほどな」

ガルドさんはわかってくれたようだが……

「ってことで、おい、ロウ。おめぇ、今夜は遠慮しろ——そうだな、一晩、どっかで飲んで来い」

「なぜ、そんなことをせねばならん？」

「今夜は俺とレイちゃんの初夜だからだよ。古亭主はお呼びじゃねぇってことだしょ、初夜って言ったっ？

確かに間違ってはいない。でもガルドさんの口から出ると、すごく生々しい。

恥ずかしくて顔が真っ赤になっちゃうんだけど、ロウはなんだか怒った顔になった。

「誰が古亭主だ。それに、夫の権利は平等だろうが。どうして俺だけ割を食わねばならん？」

「仕方ねぇだろ。レイちゃんが、俺一人に可愛がってほしいっつってんだ。奥方の希望に沿うなら、そうするしかねぇだろが」

「レイがいつそんなことを言った？　そもそも、一人というなら俺に優先権があるはずだろう」

「第一夫だからってか？　亭主は平等ってのはどうしたよ？」

「だからこそ、今夜の初手はお前に譲《ゆず》ろうと思っていた。だが、俺をのけ者にするつもりならそうはいかんぞ」

「別に毎晩そうしろって言ってるわけじゃねぇ。今夜だけ、ちょいっと寂しい思いをするだけじゃねぇか」

なんで喧嘩が始まるの？　って、私が原因なのか、これは。

「ちょっと待って、二人とも！」

慌てて割って入る。もしかしてこれがミューゼさんみたいに複数旦那さんを持っている人の苦労なのかな、なんてことを考えてる場合じゃない。

「違うの。私の言いたかったのは、一対一が普通だと思ってたから、その……みんなで、っていうのがなんか不安で、躊躇《ためら》いがあるし……いきなりそれだと、刺激が強すぎるし……」

「……なるほど」

「なんだよ、そういうことか……」

私のしどろもどろの説明に、ロウはほっとした顔になったんだけど――ガルドさん、今、小さく「ちっ」とか言いませんでしたか？

とりあえず、喧嘩は収まったみたいでほっとする。だけど、次の台詞《せりふ》で私が凍りつくことになりました。

「なら、話は簡単だな」

「おうよ。その不安ってのをなくしてやりゃいいだけの話だ」

どうして思考がそっちに行くのっ？

……押しに弱いのは、私の、というか日本人の悪い癖《くせ》の一つだと思う。

一瞬前まで、一触即発《いっしょくそくはつ》なムードだったはずのガルドさんとロウの見事なタッグにより、あれよあれよという間に押し切られ――まさか、初日からこういう展開になるなんてと驚く。

ガルドさんが前の宿を引き払ってこっちへ合流してきたのは、まだ夕方にもならない時間だった。その間に、宿の人にもう一人泊まることになったことを説明し、部屋も入れ替えてもらう手続きまでしていたんだから、ガルドさんの行動力ってすごい。

そこからすぐに部屋を移り、さぁ……となりそうになったのを、「せめて夜になるまで待って」とお願いして、浴室に籠《こも》っていたんだけど、そんな悪あがきもそろそろ限界だ。

どこもかしこもつるつるになるまで磨き上げ、湯あたり寸前まで粘《ねば》ったところで諦めて……蝶番《ちょうつがい》が小さく軋《きし》む音とともに浴室のドアを開けると、その向こうに広がる部屋は暗かった。外はとっくに日が暮れていたらしい。ただ、魔石を使った照明はついているから、真っ暗ってほどじゃなくて、ちょうど私が希望していたくらいの薄暗さだ。

前は一人用の寝台が二つあるツイン仕様の部屋だったのが、お引っ越ししたんで今はもっと大きな――キングサイズはあるんじゃないかってベッドが部屋の中央にどーんと鎮座している。

そのベッドの上に座ったロウとガルドさんは上半身裸で、見るからに準備万端……傍《かたわ》らにある小さなテーブルにはお酒の瓶とグラスがあったから、私を待つ間に一杯やっていたらしい。

ドアが開いた気配に同時に振り向いて――よく見えないけど、小さく笑ったみたいだった。

「やっと出てきたな」

「う、うん。その……お待たせしました」

「そんなにカチコチになってくれんなよ。こっちも緊張しちまうぜ」

手招きされて、おずおずと二人に近づく。

「ひゃ！」

ロウに腕を引かれ、その胸に倒れ込む形になる。

「……色気のない声だな」

……悪うござんしたね。緊張してるって言ってるでしょうが。振り仰いで睨《にら》みつけたら苦笑された。

「心配するな。俺たちに任せておけ」

くるりと後ろを向かされ、背中越しにぎゅっと抱きしめられると、ふわりとお酒の香りがした。ぎしり、とベッドが音を立てたのは、ガルドさんが位置を変えたせいだ。どっかりと私の正面に腰を落ち着ける。

「おい。抜け駆けはなしだぜ」

「レイを安心させていただけだ」

事あるごとに言い合いになるのは、お互い気心が知れた仲だから、ってことだよね？　ちょっと不安になってガルドさんを見たら、こんなやり取りを楽しんでる顔をしてた。

「んじゃ、ま——俺も、な」

いたずらっぽく言いながら、ガルドさんの顔が近づいてくる。思わず目を閉じると、瞼《まぶた》に軽く触れるような口づけが落とされた。あれ？　と思って目を開けたら——今度こそ唇にキスされる。驚きで薄く開いた唇の間から、ガルドさんの舌が忍び込んできて、奥で小さくなっていた私のそれを見つけ出して、絡《から》みつく。

「んっ……ぅ、んぅっ？」

え、なに、これ……ディープキスは、ロウともさんざんやっているのに、なんか違う。舌を絡め合い、あっちこっちを探られるのは同じはずなのに、そのタイミングや突かれる位置が微妙に違う。

そして、それが妙にその……気持ちいい。もしかして、ガルドさんって、こっち方面でもかなりの凄腕《すごうで》だったりするの？

「んぅ……ふ、ぁ……っ」

驚きと戸惑《とまど》いで茫然《ぼうぜん》としている間にも、まるで別の生き物みたいにガルドさんの舌が口中で動き回る。上顎《うわあご》の裏側をくすぐられたり、ほっぺたの奥をちょんって突くみたいにされたり――まだキスされてるだけだというのに、どんどん体温が上がっていく気がした。

「……可愛いな、レイちゃんは」

それほど長い時間じゃなかったと思うんだけど、解放された私の顔は真っ赤になっている。目も、トロンと潤《うる》んでいるのがわかった。

「お前に教えられるまでもない」

そしてそのことに競争心を煽《あお》られたのか、今度はロウが私の唇をふさぎにかかってくる。こちらはいつも通り――でもないか。顎に手をかけられて後ろを振り向かされ、口づけられたのだけど、舌の動きがいつもよりもなんだか執拗《しつよう》だ。戸惑って逃げる私の舌を追いかけ、引きずりだされて、軽く噛まれる。

「ん……む、ぅっ」

「おい、ロウ、こっちにもよこせって……」

「……わかっている」

ロウとガルドさんに後ろと前から、交互に口づけられる。回を追うごとに深く濃厚になっていく口づけは競い合うようで、頭がくらくらしてきてしまう。

服はまだ脱がされず、ロウの腕が後ろから胸のあたりに回されてるだけで、襟元から侵入する気配すらない。ただ、その手が胸の膨らみを手のひらが包み込む感じになっているから、先端の変化にすぐに気づかれてしまう。

「……固くなってきたな。感じたのか？」

「お、どれどれ」

「あ……んっ！」

ロウの言葉を確認するように、ガルドさんもそこへと手を伸ばすので、右をロウ、左をガルドさんに弄《いじ》られることになる。

好き勝手に揉《も》んだり、つまんだり、引っ張ったりと、されるがままだ。でも全く違うタイミングでやられているから、一体どちらに集中すればいいのか混乱してしまう。刺激を受け続けた胸は、全体が重たく張りつめて、先端も充血して固くなっちゃってる。しかも、まだ布越しなものだから、焦《じ》れったさまで加わって、私の体は熱くなる一方だ。

さっさと脱がして、直接触ってもらいたい。けど、さすがにそんなことは言えなくて、もじもじしてたら——どうやら、バレバレだったようだ。

「そろそろいいんじゃねぇか？」

「……そうだな」

お二人さん。いちいち確認、っていうか相談するの止めようよ？　恥ずかしさも当社比二倍なんです。しかし、そんな私には構わず、やはり仲良く共同作業――風呂上がりに着たのは前でリボンで留めるタイプのネグリジェみたいなのだったから、それを解《ほど》くだけの簡単なお仕事です。

するする、つるっと、リボンを解いて、腕を抜いて――あっという間に体から取り払われ、腰を覆《おお》う小さな布きれ一枚の姿にされてしまう。

「……マジかよ。想像以上だぜ……」

小さな魔石が発する灯りに照らされている私の体に、ガルドさんが息を呑む気配がした。

食い入るような視線にさらされて、戸惑《とまど》いと恥ずかしさに身をよじる。

「やっ！　……あ、えっ？」

咄嗟《とっさ》に、せめて胸だけでも隠そうと腕を動かしたのだけど、それよりも早く、ロウに両方まとめて後ろ手に拘束されてしまった。

その声で、我にかえったらしいガルドさんは、まるで胸を突き出すような格好になった私に向かって、強い視線はそのままで、ゆっくりと顔を近づけてくる。

わずかに上半身を倒し――微《かす》かに震える胸の頂《いただき》に、唇が落とされた。

「あんっ」

ねっとりと舐《な》め上げられて、甘い声が漏れてしまう。刺激に再び身をよじるが、ロウの腕はビクともしない。背後でごくりと小さくのどの鳴る音がしたものの、無言のままでガルドさんの次の行動を待っているような気配がする。

そのことにガルドさんも気がついたのか、感謝が含まれたように感じられる視線をロウに投げかけた後、本格的にそこへとむしゃぶりついてきた。

「んっ、あっ……あ、ああんっっ」

吸いついて、舐《な》め上げられる。もう片方も手で揉《も》んだり、引っ張ったり、つままれたり——さっきのキスと同じだ。されているのは基本的にはロウと同じことなんだけど、それでいてどこか違う。吸い上げられる強さや、こすり合わされる指のタイミングや——それらに戸惑《とまど》いながら、けれどしっかりと私の体は快感を拾ってしまう。

弄《いじ》り倒され吸われまくった先端は、もう真っ赤になってしまっていて、じんじんと疼《うず》くような感覚を伝えてくる。一皮むけたんじゃないだろうかと思うほど、そこばかりを弄られて、少々辛くなってきた。それを見越したのか、ようやくガルドさんの手と唇が移動を始めてくれる。チュ、チュ……と音を立てながら、胸からおへそのラインに沿って口づけられた。それほど強く吸われている感じはないんだけど、そのたびに、私の肌に赤い痕が残っていく。

こういうのにもテクニックがあるんだろうか？

そして、その間にも手があちこちを撫《な》でさすり、ウエストから腰への曲線を辿《たど》っていたときに、思わず……といったふうな声が聞こえた。

「すげぇな……どこも、かしこも、吸いつくみてぇな肌だ……」

いやいや、さっきから吸いついているのはガルドさんのほうでしょうにっ？

ガルドさんの呟《つぶや》きに、内心突っ込んでいると、後ろでロウが小さく嗤《わら》う声がした。後ろ向きに抱き込まれているから実際には見えないんだけど、『どや顔』してるであろうことがわかる。なんで、ロウがそんな顔するのかと、心の中で突っ込みを入れている間にも、ガルドさんの唇が次第に下がっていって――未だに唯一、下着に包まれている部分へと到達した。

「あ、んんっ！」

布の上から食《は》まれ、またも声を上げてしまう。反射的に足を閉じようとするのだけど、ガルドさんの体が邪魔になっているうえに、手を添えて大きく割り広げられてしまった。

無防備になったソコが、布ごとすっぽりと唇で覆《おお》われて、ぬるりと舌を這《は》わされる。たっぷりと唾液をのせた舌が動くたびに、下着の布がそれを吸って、重く湿っていく。その少し下にある部分は、口づけや胸への愛撫によって、じわりと潤《うるお》い始めていた。そこへ布越しとはいえ、最も敏感な器官へ加えられた刺激により、どっと熱い液体をあふれさせる。

「えれぇ濡れてきてんぜ、レイちゃん」

「い、言わなくて、いい、からっ」

ささやかすぎる布は、あっという間にそれらの液体でぐっしょりと濡れそぼり、ぺたりとソコへと張りついてしまう。

「あっ、やだっ……ガルド、さ……っ」

そのうえからさらに何度も舐められて、濡れた布が、重なり合う襞《ひだ》の形やそのうえにある膨らんだ突起の形を鮮明に浮き立たせる。

これはもしかして……丸見えになってるよりも、エロいんじゃないだろうか？

薄い布を通してガルドさんの舌の感触がわかるんだけど、やはり布越しではどこかもどかしい。

じれったい刺激に腰が揺れて、その様子に、ガルドさんが、チラリと私ともロウともつかず視線を投げかける。

ロウが頷《うなず》いた気配がした後、脇の腰のところで結ばれていた紐を解かれ――ねっとりと糸を引きつつ取り払われる下着に、恥ずかしさのあまり眩暈《めまい》がしそうだ。

その後はもう、一番恥ずかしいところが男二人の前に曝《さら》け出されてしまう。ソコはとっくのとうにぐしょぐしょに濡れてしまっていた。ちょっと身動きしただけで、湿った水音がする。

前言撤回、やっぱり直に見られるほうが恥ずかしいです……

そんな状態のソコを、くぱぁと二本の指で開くと、ガルドさんがまたも唇を押し当ててきた。

「あんっ！」

直接チロチロと尖《とが》らせた舌先でくすぐられる刺激に、思わず体がビクンと大きく跳《は》ねる。

「おい」

危うくロウの顔に後ろ頭をぶつけるとこだった。寸前で躱《かわ》したようだけど、抗議交じりの声がして、やや低い位置で抱き直される。それと一緒に、やっとのことで両腕が解放されたのだけど、今になって胸を隠してもなんの意味もない――と、少し憮然《ぶぜん》として考えていたら、代わりにロウの手が隠してくれた。

いや、隠すんじゃなくて、揉《も》んでるんですね、はい。

ガルドさんの行為はその間も続き、さらに指が一本、ナカへと忍び込んでくる。

「んんっ！」

ガルドさんの指は、ロウよりも太い。大きな剣を軽々と振り回す手指は、ごつごつと固くて、節くれだっている。指の半分ほどまでを埋め込んだところで、ゆるゆると動き始めた。その動きにより、ナカに留まっていた液体があふれ出し、そのぬめりを借りてさらに指の本数が増やされる。丹念に内部を探りつつ、狭いソコをほぐすようにして動き回っていた。

ぐちゅり、ぬちゃり、と粘《ねば》っこい水音がして、ガルドさんの手を濡らし、シーツにも大きなシミができていく。

「んっ、あっ……あ、ああんっ」

長くて太い指なのに、その動きは繊細《せんさい》で——なんていうのかな、指の動きだけの話じゃなくて、他のテクニックも併せて、女の体を知り尽くしてる感じがする。ロウもそうだけど、ガルドさんもこの年まで、そっち方面の経験がないなんてのはありえないだろうが、それにしてもちょっとうますぎないか？　私に触れるのは初めてなのに、妙にツボを心得ているというか、やることなすこと全部が気持ち良く感じられるなんて、もしかして、かなりの女たらしだったりするのかも？

しかし、そんなことを考えていられたのも、ここまでだった。

「あっ、あっ……待っ……んんっ」

ガルドさんはそんなだし、ロウはロウで、私がどこを触られると反応するかを知り尽くしているから、そんな二人に寄ってたかって責められてはたまらない。

揉《も》まれながら舐《な》められて、弄《いじ》られて、いくつもの場所から同時に気持ち良さが襲いかかってきた。どこもかしこも気持ちいいが、どれか一つに集中しようとすると、他のところからの刺激が邪魔をする。だからといって、全部いっぺんになんて無理だ。こちらの処理能力が追いつかない。刺激を逃がそうと体をよじっても、快感でろくに力が入らない。そのうえ、相手は大の男が二人がかりだ。最初から、勝負になりはしない。

せめてもの抵抗で、左手で胸を揉むロウの手を、右手で股間に顔を埋《うず》めているガルドさんの髪を引っ張るのだけど——知らない間に、引きはがすんじゃなくて、余計に押しつけるみたいな動きになってしまっている。

「あ、あ……んんっ！」

そんな状態で、胸の先端を、痛みを感じる寸前まで強くつまみあげられた。同時に突起を舐められる。そのうえ内部を強く刺激されて、びくびくと体が痙攣《けいれん》し、頭の中が真っ白になる。

我慢なんてできるわけもなく、早速イってしまった。

「……すげぇ、締まったぜ」

「その程度で驚いていたら、レイの相手は務まらんぞ」

荒い呼吸を整えながら、ぐったりとロウの胸にもたれかかる私の耳に、そんな二人の会話が聞こえてくる。薄目を開けると、ガルドさんが自分の下着に手を伸ばすところだった。

「んなこと、言われてもよぉ——くそ、コレで我慢とかできるわけがねぇっ」

叫ぶように言いながら、さっさとそれを脱ぎ放り投げて、ベッドの下の床に落とす。

「——きつかったら言ってくれよな？」

私の両足を大きく割り広げながら言われるんだけど、言ったら止めてくれる——わけないですよね。いえ、いいんですよ、もう覚悟はできてますから。でも、いろいろ怖いから、絶対に下に視線は向けません。

ドキドキしながら待っていたら、固いものが内ももに触れた。

ぐり、っと入り口に押しつけられた感触は、ロウに勝るとも劣らない質量を感じさせる。

見ないと決めたはずなのに、うっかりそこに視線を落としてしまい――息が止まるかと思った。

「えっ？　嘘……無理っ、ソレ、絶対、無理っ！」

体つきからして、ある程度の予想はしてたけど、それをはるかに上回ってます。

赤黒くて、凶暴なくらい太くて――浮き上がっているのは血管ですか？

「んなこと、今さら、言われてもよ……」

「俺とそう変わらん、大丈夫だ」

困ったようなガルドさんの言葉に、ロウの声が重なる。何気に自分のも大きくて立派だと主張しているが、受け入れるのはこっちなんだから、無責任なことを言わないでほしい。

しかし抵抗むなしく、ソレの先端が入り口を軽くこする。濡れそぼった襞《ひだ》をかき分け、そこからあふれる液体をまとわせるように何度もなぞられた。ピンク色の私の襞の間で、黒っぽい肉の凶器が蠢《うごめ》いている。まじまじと見たいわけじゃないんだけど、目が離せない。

尖《とが》った先端が、襞の上にある突起にも届いて、その情景と固い感触にビクンと小さく震えてしまう。その隙《すき》を突くようにして、ガルドさんが軽く腰を引いた後、いよいよソレが私のナカへと挿《は》入《い》って来た。

「んぁっ！　……やっ……お、っきい……ぃ」

狭い入り口をこじ開けながら進んでくる質量に、悲鳴じみた声を上げてしまう。

本気でギリギリです。こういう比較もどうかと思うけど、ロウの一番おっきなところが上から下まで続いてる感じだ。

超凶悪な代物《しろもの》が、私のソコへと突き立てられてて、じわじわと押し広げながら奥を目指してくる。一気に突き上げてこないのは、自分と私の体格差を考えてのことなんだろうけど、ゆっくりだってこれはキツい。

「う……やべぇ。レイちゃ……ちと、力、抜いてくれ……」

ガルドさんの声も途切れ途切れだ。

けど、無理（きっぱり）。あまりの質量にぎょっとなって、体に力が入ってしまったものだから、ただでさえキツキツな私のソコはガルドさんを痛いほどに締めつけてしまっている。

「レイ、息をしろ――口を開け」

上からロウの声が降って来て、自分が息を止めていたことに気がつく。

慌てて口を開いて、ぱくぱくと何度も浅く呼吸すると、ガッチガチに固まっていた体からわずかに力が抜けた。その瞬間をねらって、小刻みに前後に動きながら、ガルドさんのモノがさらに奥へと入り込む。ロウも胸や首筋を指で弄《いじ》って私の気をそらしてくれて、なんとかやっと……奥まで辿《たど》り着いた。

「くそ、マジで、ヤベぇ……手前ぇ、ロウっ。こんなすげぇのを、独り占めしてやがったのかっ」

ガルドさんも息を切らしながら、なんだかロウに文句を言ってる。

「お前に責められる筋合いはない――それより、レイを壊すなよ？　そんなことになったら、殺すぞ」

「誰が壊すかっ。けど……さすがの、俺も……こりゃ……っ」

ぎっちり、みっちり、私のナカを満杯にしてるガルドさんのが、ぴくぴくと蠢《うごめ》いてる。その動きだけで感じちゃってるってのに、さらに動き始められたらたまったものじゃない。

「あっ、や……ああっ、ん……あんぅ」

ゆっくりと引き抜かれては、またいっぱいにされる。激しい抽挿《ちゅうそう》じゃなくて、自分になじませるようにゆるゆると動かれて、最初は受け入れるだけで精いっぱいだったソコが少しずつほぐされていくのがわかった。

くぷり、ぬちゃり……と、粘《ねば》ついた音を立てながら、ガルドさんが私のナカを出入りする。

根元まで呑み込まされると、まだまだ息が詰まるほどの圧迫感があるんだけど、必死で口呼吸して締めつけすぎないようにがんばった。おかげで、ひっきりなしに甘い声が漏れてしまうのは仕方がない。

「あ、あっ、ああっ……や、ぁ……き……」

「き――なんだ？　ガルドでそんなに感じているのか？」

怒ってるみたいなロウの声が聞こえるんだけど、これで感じるなってほうが無理だ。

ゆっくりと大きなストロークの間に、小刻みに前後する動きが加わって、敏感な粘膜を刺激される。ガルドさんのは、ロウのとはかなり形状が違うから、張り出した先端でこすられたりひっかけるみたいにされる緩急のついた快感じゃないんだけど、その分、全部が太くて休む暇がない。常にいっぱいでギリギリだ。ロウのとどっちが気持ちいいとかじゃなくて、どっちも気持ちいいんだから困る。

「ちっ……妬《や》くんじゃねぇ、よ――て、か、マジで……悦《よ》すぎ、だっ」

「ひぁっ！　――やっ、ちょ……ひあぁんっ！」

いっぱいにされてる状態で、ぐりっ、と一番奥を抉《えぐ》られるように刺激され、ひときわ大きな声が出てしまう。反射的にぎゅうっと締めつけてしまうが、絡《から》みつく粘膜を引きはぐ勢いで抜かれて、また突き入れられる。

「ああんぅ！　激し……だ、だめぇ、まっ――私っ、そこ、ダメェ！」

わずかに角度を変えて突かれたのが、ピンポイントで感じる部分に当たった。体が大きく跳《は》ねて、ロウとガルドさんの二人がかりで押さえ込まれる。

「っ……ここ、か、よっ」

そして、バレちゃったソコにきっちり当たるようにさらに突き入れられ、引き抜かれ、また押し込まれてしまう。

「やっ、ダメ――すご……あっ……ああ、あ、あああっ！」

気持ちのいいところばかりを突かれ、震えが来るほどの快感が私を襲う。上半身をロウに、下半身はガルドさんにがっちりと押さえられてるから、体をよじって、当たるところをずらすこともできやしない。

しばらくの間、放っておかれていた突起にも手が添えられ、接合部分からあふれる液体を塗りつけ、こすりたてられる。くにくにと弄《いじ》る手つきは優しいのに、腰の動きはそうじゃないのが、実に器用だと思う。かぶっていた莢《さや》をむかれ、さらに敏感になっているのをつままれて、快感が背筋を駆け上がっていく。

「ひっ、いっ……あああっ」

「すげぇ……うねって、やが、るっ」

だから、私は知りませんって、そんなことっ。

だけどそれが、ガルドさんに一層の快感を与えてしまっているのも事実だった。

「吸い、ついて……絞っ……ぐっ、あ……」

解説しようとしたらしいけど、途中で挫折したようだ。ぽたぽたと全身から汗を滴《したた》らせながら、もう無言で私のナカを突き上げ始める。固い肉棒にかき回されて、いやらしい液体が泡立ち、グプグプと音を立てながらあふれ出してくる。

歯を食いしばって、時折、動物みたいな唸《うな》り声を上げつつ、何度も突き上げられて、後ろで支えてくれているロウごと、私の体も激しく揺れていた。

なのにそんな激しい動きでさえ、私のナカはきつく締めつけながらもガルドさんを受け止めていて――キュンキュンと下腹が疼《うず》き、それが背筋を伝って脳裏に届く。

おなじみになった白い閃光《せんこう》が、瞼《まぶた》の裏で点滅をし始める。

「ああっ、やっ……もっ……っ」

大きすぎるほどに大きなモノを根元まで呑み込まされ、ゴリっと音がしそうなくらい一番奥を突かれたのが、最後のになった。

「っ……い……ひぁぁあああっつ」

体がのけぞり、足が跳《は》ね上がる。つま先までぴんっと伸びた足は天井を向いた状態で、粘膜に覆《おお》われた狭い場所が渾身《こんしん》の力でガルドさんを締めつける。

「つ、レイちゃ……く、ぁ……出……っ！」

一瞬、ガルドさんがその容積を増した気がした。どくん、と大きく脈打ち、直後に奥が熱いもので満たされる感覚になり——真っ白な光が爆発する。

「いっ……く、ぅ……っっ！」

悲鳴じみた声が、のどの奥から迸《ほとばし》り——男二人の腕の中、四つの目で見られながら、私は全身を痙攣《けいれん》させながら、イってしまった。

「っ……あ……」

ハァハァ、と荒い呼吸は私のだけじゃない。ガルドさんも肩を震わせて、汗まみれになって大きく息をついている。

「や、べぇ……完全にもってかれたぞ、くそ……」

脱力したように、ぼそりと呟《つぶや》く。私の上にのしかかっていた体を後ろへ退《ひ》いて、ベッドの上に胡坐《あぐら》をかくような格好で座り込んだ。

「んっ……」

その途端、大量の液体とともに、幾分柔らかく小さくなったモノが、にゅるんと私のナカから抜け出してく。それだって平均からすると十分大きいと思うんだけど、さっきの状態からしたら可愛らしいとさえ思えてしまう。

赤黒い肉棒に、白く濁ったものがあちこちにまとわりついてて、あれと同じものが私のナカに……いや、考えるな、考えたら負けだっ。

しかし……疲れた。無理やり押し広げられた後遺症なのか、あそこがひりひりするし、奥はジンジンと疼いてる気がする。達した余韻《よいん》で、体も泥のように重い。限界まで広げられたままの足を閉じたい気もするのだけど、それすらも億劫《おっくう》で、このまま眠ってしまいたい。

だけど――そんなことが許されるはずもなかった。

「……レイ」

頭の上から、低いロウの声がする。

既に半分眠りかけていたにもかかわらず、その声に含まれる剣呑《けんのん》な響きに、ぱっちりと目が開いた。

「ロ……ウ？」

どうしたの？　と目線で問いかけると、肉食獣の顔でロウが笑う。

「まさか、このまま寝られる、とは思ってないよな？」

え？　いや、だって――今日はガルドさんとの初夜（赤面）ですよね？　だからこそ、さっきからロウはガルドさんが私を弄《いじ》くりやすいようにあれこれと、協力して——謂《い》わば、裏方に徹してくれてたんでしょ。てことは、ロウはお休み……じゃないの？

「お前とガルドの、こんなものを見せつけられて——そのままで済むわけがないだろうが」

そう言われて気がついた。仰向けに、ロウの体にもたれかかるような体勢なんだけど、背中の真ん中あたり、肩甲骨のちょっと下に固ーい感触のモノがある。

この固さといい、さっきの声といい、これは……ちょっと、ヤバい？

けど、逃げ出そうにも体に力が入らない。その間にも、ロウの手が私の両脇へと差し入れられ、起き上がらされて、そのまま前に倒される。

先程とは反対にうつぶせで、ガルドさんが正面、後ろがロウだ。両手と両膝で体を支える、四つん這《ば》いの体勢になっている。

腰の位置も高くなり、必然的にさっきまでガルドさんを受け入れていたところを、ロウの目の前に曝《さら》け出すことになってしまう。

「こんなになるまで、あいつを咥《くわ》え込んでいたのか……」

「や、ぁ……見ないでぇ」

ひりひりするってことは、摩擦だのなんだので、赤くなってるってことだ。しかも、たっぷりと中出しされた後だから、それがとろとろとあふれ出してもいるはず。

そんな状態を見られるなんて恥ずかしすぎる。足を閉じて、少しでも隠そうとしたんだけど、それが余計に怒りを買うことになったみたいだ。

「ま、待って！　まだ……んんっ！」

お尻の合わせ目に指がかかり、さらに広げさせられてしまう。ナカにはまだ、ガルドさんが出したモノがたっぷりと残っているのに、そこに指が突き立てられた。

かきだすように動かされ、ぐぷり、ごぽり……と、音を立ててあふれてくる。それが太ももを伝って、シーツを濡らすのもお構いなしだ。

私はといえば、さっきの快感の残り火がまだ体の奥でくすぶっている状態だったから、そんな行為にさえ感じてしまう。

「あ、あっ……ロウ、待っ……私、ま……だっ！」

「おい、ロウ……」

「やかましい、黙っていろ」

ガルドさんも戸惑《とまど》った声を上げるんだけど、それもまとめて一蹴《いっしゅう》された。

そろえた二本の指先を奥まで突き入れては、そこにある残滓《ざんし》をかき出していく。乱暴ではないが、執拗《しつよう》な行為を続けられて、ロウが納得するまできれいにされる頃には、私はまたもイってしまっていた。

両腕はとっくに体を支える役目を放棄してて、ガルドさんの腰にしがみつくみたいになってる。

私の腰はロウががっちりとホールドされてて、高い位置にあるままなんで、さっきよりもさらに恥ずかしい格好になってるはずだ。

「あっ、ヤっ……こんな……」

「こんな――なんだ？　ガルドのモノは良かったらしいが、俺のはどうだ？」

そう言うが早いか、下着を押し下げて、自分のモノを取り出す。

まぁ、普段、あれだけ嫉妬心というか、独占欲バリバリなロウが、ここまで我慢していたのは褒めるべきかもしれないけど、その結果がこれではたまらない。

いきり立った切っ先が入り口へとあてがわれ、小さく息を呑む。数回、腰を前後にグラインドさせて、ロウのモノ全体を濡らした後で――

「あああっ！　ロ、ロウ、が……入って、く……るぅ」

大きく張り出した先端が、とろとろに蕩《とろ》けた入り口を押し広げながら、侵入してくる。

「ああ、俺の、だ……っ」

一番太いところが通り過ぎ、くびれた部分で一息つけたかと思う間もなく、一気に奥まで呑み込まされた。

「んっ――ああ……は、ぅんっ」

間髪《かんはつ》を容《い》れずに、前後に動き始める。

けど、いつもの激しい抽挿《ちゅうそう》とはちがって、探るような腰遣いだ。少しずつ角度を変え、的確に私の感じるところばかりを突いてくる。

ことさら、ゆっくりと抜き差しされ、私の悦《よ》いところを知り尽くしてるロウが、そんなことをしたら――

「ん、ぁっ……あっ、気持ち、い……っ」

「お、おい……こ、らっ……レイちゃ……っ」

ガルドさんにしがみついたまま、あられもない声を上げてしまう。それにガルドさんの声が重なり、あれ？　っと思ったら、胸の間にガルドさんのモノが挟まっていた。

後ろから突かれている私の体が揺れて、最初はふんにゃりとしていたソレが、刺激でどんどん育っていく。だけど、そっちに気を取られてると、お仕置きとばかりにロウに前を弄《いじ》られてしまう。

「あああっ！　やっ……い、ま、それっ……ダメぇっ」

充血して膨らみ切って、針で突いたらそのままはじけるんじゃないかと思うくらいになっている小さな突起を、ロウの指がぐりぐりと押しつぶす。痛いくらいの刺激なのに、快感に流されきった私の体は、それにすら感じてしまう。

けど、そのままイかせてくれるほど、ロウは優しくはなかった。さんざん我慢させられ、ガルドさんとの行為を見せつけられた鬱憤《うっぷん》を晴らすように、焦《じ》らしにかかってくる。

いよいよ……というところになるたびに、突き上げる位置をずらされたり、動きを弱められたりして、どうしても最後の一線を越えてくれない。

「あっ、あ……やっ……こ……嫌ぁっ」

何度何度も、瀬戸際まで追い詰められては、微妙に気を逸《そ》らされ、生殺し状態の私は、泣きながら懇願してしまう。

「お願い……もっ……っ」

「……俺のでイきたいんだな？」

かすれた、熱を含んだ声で聞かれる。

そんなこと、いちいち言わなくてもわかりきってるだろうに。でも、どうしても私の口から言わせたいらしく、ぐりぐりと突起をつままれて、促《うなが》される。

「あぁっ――ロ、ウの……でっ、イ……かせてぇっ」

背筋を反らし、ガルドさんの胸筋に顔をこすりつけながらも、必死で言葉を紡いでお願いした。

そのおかげでロウの機嫌も少しは良くなったみたいだ。焦らすような動きをやめて、抉《えぐ》るかのごとく奥を突き上げはじめる。

「ああっ、あ、あっ……あっ、い……っ」

パンパンと、体がぶつかり合う音が高く響く。後ろから激しくされているから、必然的に胸をガルドさんに押しつけながら、私の体も動いてしまう。意図したわけではないけれど、二つの胸の膨らみの間に挟まれて揉《も》まれるソレは、むくりと頭をもたげ、あっという間に先程と同じくらいの容積と固さを取り戻していく。

「こ、の……く、レイちゃ……すま、ねぇっ」

そして、なぜか、頭の上からガルドさんの謝罪の言葉が降ってくる。

なんで？　と思うのとほぼ同時に、大きな手のひらが私の後頭部にあてがわれて、下を向かされた。

唇に固いモノの先端が触れると、その手にさらに力が入り……

「ん、ぅっ？　……ん、むぅ……っ」

けど、抗議する間もなく、頭を押され、強引に唇を割ってソレが入り込んでくる。

フェラなんて、まだロウにだってやったことがない。というか、感じさせられて、喘《あえ》がされるばっかりで、私からなにかをしたことはなかった気がする。

「くそっ、ガル、ド……貴様っ……」

「やかま、しぃっ——手前ぇの、せいだ、ろがっ」

頭の上で、そんなやり取りが聞こえてくるが——こちらはそれどころではない。

私の液体にまみれ、さらに先端からは先走りを滴《したた》らせているガルドさんのソレは、顎《あご》が痛くなるほど口を開いても、先端から少し先まで含むのがやっとの大きさだ。

「ん、ぅあっ……ぅ、ふ……ん、んっ」

それなのに、ロウが後ろから突き上げてくるうえに、ガルドさん自身も腰を揺らし始めて——呑み込み切れなかった唾液が、唇の端から零《こぼ》れ落ちる。不自然な姿勢のせいで首が痛くなってきたうえに、あまり奥まで入ってこられると苦しいから、ガルドさんの太ももに肘をついて上半身を支え、根元のほうに手を添える。輪っかを作った指で竿の根元を扱《しご》きつつ、頑張って舌を使ってみた。しょっぱい味が舌先に感じられ、そのうえ、さらにまた一回り育ったようで……

一体、どこまで大きくなるのっ？

そして、いっぱいに頬張ってもまだあまりあるその容積に加え、いかにもギリギリといったガルドさんの声が聞こえてくる。

「レイ、ちゃ……くっ……すげ……っ」

……うん、きっとすごいエロい格好だよね、これ。

指と舌で奉仕しながら、ぼんやりと思う。仮にも元アラサーだ。パイ○リ＆フェラなんてシチュエーションも、世の中にはあるということくらい知っている。ただし、前の私はここまで胸が大きくなかったし、口でするのが上手かと聞かれたら、絶対にそんなことはないので、実際にやってみようなんて考えたこともなかった。今だって状況に流されて……だから、正気に戻ったら、きっと死にたくなるほど恥ずかしくなるのは確定だ。

「くっ……レ、イッ」

そして、欲情にかすれたロウの声が、ガルドさんのそれに重なる。

そのうち、申し合わせたわけでもないのだろうに、ロウが突くタイミングに合わせて、ガルドさんが腰を引き、また含まされるときにはロウのソレがずるりと抜かれる。

妙に息の合ったその動きに、まるで長くて太い一本の棒に、全身を貫《つらぬ》かれているような錯覚すら覚えていた。

上と下、二つの『口』を交互に犯され、まだどこか現実味のなかった『同時に二人の男性を相手にしている』という実感が、否応もなく突きつけられる。

前の私では到底考えられない、背徳感の混じった快感が脳裏を焼く。

「んっ……ふ……ぅん、んっ！」

意識が朦朧《もうろう》としてきて、自分がどんな顔で、こんな姿を二人に見せつけているのかすらどうでもよくなってきてしまう。自分で体を支える力なんか、とっくの昔に失くなっているのだけど、四本

の腕ががっちりとつかんで支えてくれている。

その強さを嬉しく思うのと同時に、抗《あらが》いようのない力で、自分が貪《むさぼ》られているとも感じられて、嗜虐心《しぎゃくしん》にも似た感情が快感に拍車をかけた。

「こ……のっ」

「う、が……っ、くっ！」

前後して、二人の男性の口から、呻《うめ》くような声が漏れてくる。

余裕がなくなってきたのか、二人のタイミングが徐々にずれ始め、それに慣れてきていた私に、新たな刺激となって襲いかかった。

入っていたモノが今度は同時に抜かれる。すると――最奥を突かれるのと、えずくほどにのどの奥まで入り込まれるのも同じタイミングだった。快感と苦しさが入り混じり、私の体の中に爆発寸前で溜め込まれていた熱が限界を超えてしまう。

「ふ、ぁっ――う……んっっっ！」

「レ、イ……ぅ、あっっ」

「ぐ、ぁ……ま……、出……っ」

獣じみた声が男二人ののどから漏れるのも同時だった。

ロウのモノが、子宮口を突き破るほどに激しく突き込まれ、ガルドさんの先端がのどの奥を犯す。

熱い液体に最奥を満たされる感覚があり、口の中いっぱいに青臭い匂いと苦い味が広がった。

「ひ……あ、ふぁ……」

二人の男性の欲望を一身に受ける快感に思い切り達してしまい――上と下の両方から、白濁した液体を滴《したた》らせながら、脱力してその場に倒れ込む。意識も朦朧として、今すぐにも眠ってしまいそうだ。

私の後を追うように、ロウの体が私の上に覆いかぶさってきた。少し間をおいて、隣にガルドさんもまたぐったりとした様子で寝転んだのが、霞《かす》んでいく意識の片隅に感じられる。

「悦《よ》すぎ、だ……癖《くせ》に、なっちまう」

「……俺なぞ、とっくだ」

「どうしてくれんだよ。もう、他の女じゃ勃《た》たねぇぞ……」

「貴様……こうなった後で、まだ娼館なんぞに行こうものなら――」

「そんなことするかよっ――つか、そんな気なんざ起きねぇって」

男二人の間で、そんな会話が交わされるのを夢うつつで聞きながら、疲労困憊《こんぱい》ではあるけど幸せな気分で、私は眠りについたのだった。

エピローグ

誘拐事件に端《たん》を発した一連の出来事の後、ようやく体力が全快して数日ぶりに外に出た私は、自分たちが一躍《いちやく》有名人になってしまっていたことを知った。

犬も歩けば棒にあたるじゃないけど、宿を出てギルドへ向かう途中、見知らぬ人に声をかけられるわ、いきなり勝負を持ちかけられるわ、挙句になにを勘違いしたのかプロポーズしてくる人までいて、えらい騒《さわ》ぎとなっている。ちなみにウールバー男爵とブライト商会の会頭《かいとう》なんだけど、最初はあーだこーだと言い逃《のが》れしていたようだ。

でも、元々騎士団も目をつけていたこともあり、ぐぅの音《ね》も出ないほどの証拠を突きつけられて、あえなくお縄に着くことになった。双方とも私財をすべて没収され、男爵の爵位ははく奪。会頭共々、厳しい罪に問われることになったらしい。なお、没収された財産は、被害者への賠償金として使われて、余った分は国庫に入れられるそうだ。

「レイちゃん、立ち止まらずにさっさと行かねぇと、また絡《から》まれちまうぜ」

「あ、はい」

ガルドさんに促《うなが》されて、慌てて足を速める。その後もやっぱり何度も絡まれたけど、ほぼ瞬時にお引き取り願って、ようやく到着だ。

「よぉ、嬢ちゃん。元気そうでなによりだ。俺らも気を揉《も》んでたんだぜ」

「おはようございます、アルおじさま。ご心配をおかけしてすみません。ギルドにもお世話になったとロウたちから聞いてます。ありがとうございました」

二人と合流できた後、タイミングよく騎士団が駆けつけてくれたのは、ギルドから通報があったからだと聞いている。ガルドさんの依頼でおじさまも裏で動いてくれていたのだ。

『当ギルドの構成員が、不法に拉致《らち》され、その奪回のために同じパーティの団員が動く。今回、特に知らせたのは、そのメンバーがまだ若い娘で、徒《いたずら》に時が過ぎるのを待てば取り返しのつかない事態になりかねないからであり、協力までは求めないが、万が一のときは配慮を頼みたい』

そんな知らせを、ギルドとは必ずしも関係が良好ではない騎士団へ走らせてくれたのだという。

無論、最初は騎士団の反応は芳《かんば》しいものではなかったようだ。だけど現場に来て気を失ってぐったりとロウの腕に抱かれている私を見たら、事前の情報がなくても、どっちが悪者かなんてのは一目《いちもく》瞭然《りょうぜん》だっただろう。ギルドからの口添えもあり、私のやったことは正当防衛と認められ、『仲間を救出するためにやむを得ず』ってことでロウたちへのお咎《とが》めもなしだったのは助かった。

「ギルドが構成員の手助けをするのは当然だ。気にすんな。それより、無事で良かったぜ――『銀狼』、『轟雷』、お前らも一安心だな」

「おうよ！」

「ああ」

ガルドさんはいつもの大声――よりはちょっと小さく。ロウは、いつもの仏頂面《ぶっちょうづら》で、でもしっかりとおじさまの言葉に頷《うなず》き返す。

「さて、嬢ちゃん、今日の用事はなんだ？　まさかもう、依頼を受けに来たんじゃねぇんだろ？」

「あ、はい。パーティの追加登録をお願いします」

「おう。じゃぁ、タグを出してくんな。おい、後ろの野郎ども。手前ぇらもさっさと出しやがれ」

おじさまに言われてロウとガルドさんが、魔倉からタグを取り出す。私も同じようにしておじさまに渡すと、三人分を重ね合わせて水晶球に近づける。それが小さく光ると登録が完了だ。

「できたか？　どれどれ……」

ガルドさんが嬉しそうにタグを確認する。一緒にのぞき込んだそれは、こんな具合になっていた。

氏名：ガルドゥーク・グリフェン
職種：戦士
年齢：24
登録地：ガリス
ランク：B
所属：『銀月』　構成員：レイガ（筆頭）、ロウアルト

もちろん、私とロウのタグにも、しっかりとガルドさんの名前が加わっている。

「これで俺も名実ともにレイちゃんの配下だ。よろしく頼むぜ、筆頭様よ？」

「こちらこそ。でも、誰が筆頭とかは関係なくて、みんなが大切で大事な仲間です」

「一部不本意ではあるが、レイの言う通りだ——が、筆頭の指示には従ってもらうし、第一夫は立ててもらうぞ」

「どっちなんだよ、そりゃ……」

「要するに、お互いを尊重していきましょう、ってことですよ」

「なら、ぜひ、俺も尊重してくれよ。頼むぜ」

『大切』な相手だからこそ、一方的な関係にはしたくない。ガルドさんもぼやいてはいるものの、それはわかってくれているよね。

カウンターの前で、三人で笑い合っていると、アルおじさまも加わる。

「『新月市』をぶっ潰《つぶ》しただけでも驚きだが……とうとう『銀狼』ばかりか『轟雷』まで手なずけちまったな。全く、嬢ちゃんは大したもんだ」

「運が良かったんです」

あそこでロウに出会えたことも、ガルドさんと知り合ったことも、こうやっておじさまと笑い合っていることも、全部、偶然の巡り合わせだ。だからこそ、その偶然を『大切』にしたい。

そして、あのとき見えた光景みたいに、みんなで笑って過ごせたら、それがなによりの幸せだ。

——そうだよね、おばあちゃん？

心の中でそう問いかけたら、おばあちゃんが『そうね、その通りよ、玲ちゃん』て、笑顔で頷《うなず》いてくれた気がした。

父の決めた相手と婚約した王女レイハーネ。その矢先、侍女を盗賊にさらわれてしまった。彼女を追って他国の宮殿にやってきたレイハーネは、奴隷《どれい》のふりをして潜《もぐ》り込む。すると、強面《こわもて》な王子ラティーフに気に入られてしまい——
婚約者がいる身なのに、甘く淫らに愛されて!?
砂漠の国を舞台にしたドキドキ蜜愛ファンタジー！

定価：本体1200円+税　　Illustration：北沢きょう

Noche
ノーチェ
神矢千璃
Senri Kamiya
執愛王子の専属使用人
An Exclusive Servant of Possessive Prince
「もっとこの快楽を
君の体に覚えさせたい。
そして、私なしでは
生きられなくなればいい」

Noche
神矢千璃
執愛王子の専属使用人
ケダモノ主人の包囲網は
超♥不埒!?

甘く淫らな恋物語
Noche
ノーチェ
ノーチェ文庫
創刊!!
好評発売中!
シンデレラ・マリアージュ
Cinderella Mariage
偽りの結婚がもたらした、淫らな夜――
佐倉紫
Illustration: 北沢きょう
間違えた出会い
A WRONG ENCOUNTER
男装して騎士団に潜入!
ところがそこで……
文月蓮
Illustration: コトハ
定価：各640円+税

砂城（すなぎ）
大分県出身、熊本県在住。趣味は読書、ゲーム、神社仏閣巡り。

イラスト：シキユリ

本書は「ムーンライトノベルズ」（http://mnlt.syosetu.com/）に掲載されていた作品を、改稿したうえ書籍化したものです。

元《もと》ＯＬの異世界逆《いせかいぎゃく》ハーライフ

砂城（すなぎ）

2016年10月31日初版発行

編集ー瀬川彰子・羽藤瞳
編集長ー塙綾子
発行者ー梶本雄介
発行所ー株式会社アルファポリス
〒150-6005 東京都渋谷区恵比寿4-20-3 恵比寿ｶﾞｰﾃﾞﾝﾌﾟﾚｲｽﾀﾜｰ5F
TEL 03-6277-1601（営業） 03-6277-1602（編集）
URL http://www.alphapolis.co.jp/
発売元ー株式会社星雲社
〒112-0005東京都文京区水道1-3-30
TEL 03-3868-3275
装丁・本文イラストーシキユリ
装丁デザインーansyyqdesign
印刷ー中央精版印刷株式会社

価格はカバーに表示されてあります。
落丁乱丁の場合はアルファポリスまでご連絡ください。
送料は小社負担でお取り替えします。

ISBN978-4-434-22574-1 C0093